風致の島

fuchi no shima

赤松利市
Riichi Akamatsu

講談社

風致の島

1

家畜《かちく》の臭いに目が覚めて、ベッドから身体を起こした。

歩み寄って二階の窓から下を見下ろすと、丸々と肥《こ》えた二頭の豚が、庭の隅に設《しつら》えられた二坪ほどのコンクリートブロックの囲いに納められている。

今夜が満月だったことを思い出す。

囲いの傍らでチョコレート色の肌を輝かせた少年が爪先立ちをし、囲いにぶら下がるように二頭の豚を覗き込んでいる。

伸びをした。南国の甘い朝の空気を肺いっぱいに送り込んだ。吐く息で呼びかけた。

「おはよう、マデ」

少年が囲いから離れた。無邪気に顔をほころばせた。

「おはよう、アオキさん。とてもいい豚だね」

子供らしい、真っ直ぐで張りのある声が返ってきた。大人びた言い方に、思わずおれも笑みをこぼした。

「そうか、いい豚か」

「うん、破裂しそうなおなかをしているもん。いっぱい腸が詰まっているよ」

洗いこまれた白いカッターシャツはマデが通う小学校の制服だ。

「きょうは午前の授業なのか」

「そうだよ。お昼には帰ってくるから、友達と豚を見に来てもいい？」

この島の授業は午前と午後に分けて行われる。急増する就学児童に教室の数が追いつかないのだ。授業時間は地区ごとに割り振られている。きょうの午後は、村の子供たちが豚の囲いの周りに集まることになりそうだ。子供たちに取り囲まれ、小枝や棒切れで突かれる豚に同情を覚えた。

「見るのはかまわないが、あまり苛《いじ》めると手を食い千切られるぞ」

冗談交じりの脅しにマデが肩をすくめた。

「大丈夫だよ」

口を尖らせた。

実際、二頭の豚は、子供の手首くらい軽々と食い千切りそうなほどの巨体だった。

しかしこの村の子供たちは誰も豚を恐れない。恐れではなく畏敬《いけい》の念を抱いている。子供たちに限らず、祭礼の供物《くもつ》として屠《ほふ》られる豚に、村人は特別な情愛を抱いている。

「早く学校に行きなさい。寄り道をしていると遅れるわよ」

隣家の庭先から叱責《しっせき》の声がした。マデの母親だ。

「今行くところだよ」

言い捨てて少年が未舗装の小道に駆け出した。

細身の身体にバティックを巻いた女性が姿を見せた。会釈《えしゃく》した。

マデの母親は村長の血縁に当たる。この村でも指折りの美形だ。次男のマデを産んだのが十六のときだと聞いた。その後三人の子を産んでいる。身体の線に崩れはない。三十にはまだ間がある彼女の年齢を思えば、あと二、三人は子を産むのだろう。

「おはようございます」

豚の囲いに目をやってからおれを見上げた。

「今朝早くに届きました。アオキさんはおやすみになっている時間でしたから、勝手に置いていってもらいました」

片手を上げて了解の意を示した。

「毎年ありがとうございます。みんなアオキさんに感謝しています」

胸の前に両手を合わせ、目蓋を伏せ、膝を折って頭を下げた。

「一年に一度のことだから」

豚の寄進は、この村に住居を構える条件として、村長に約束させられたことだった。

「村の住民として受け入れるためには、何らかの形でおまえにも祭礼に参加してもらう必要がある。そうでなければ、おまえはいつまで経っても、余所者《よそもの》として扱われるだろう。祭礼の折に豚を二頭寄進しなさい。そうすれば村人もおまえを受け入れるだろう」

金に余裕がある日本人に対するたかりだとは感じなかった。心からの親身な助言だと受け止めた。

祭礼用の豚の手配は村長自らが担ってくれる。おれは告げられた代金を村長に手渡すだけだ。祭礼の朝まで、豚を一時保管するコンクリートの囲いは、村の男たちが造ってくれた。その囲いに運びこまれた豚を初めて見たときおれは絶句した。

　街角の食堂の店先にぶら下げられている子豚の丸焼きを漠然とイメージしていた。運び込まれたのは三百キロはゆうに超えそうな堂々とした豚だった。それが二頭。その豚を屠畜《とちく》し、祭りの膳に供する村人たちの日常に、おれは慄《おのの》きさえ覚えた。

「以前はお米がたくさん収穫できた年だけ豚を食べられました。今はアオキさんのお陰で毎年豚が食べられます。ほんとうにありがとうございます」

　他の村人からも何度か聞かされた謝辞をマデの母親が口にした。

「村の人に喜んでもらえて嬉しいよ」

「帰ってくる人たちも喜びます」

　マデの母親が再び胸の前に手を合わせ、膝を軽く折って、ていねいに頭を下げた。流れるようなその仕草は、この島の女性がもっとも美しく見える所作だ。

　年に一度、シャカ暦の第十の月の満月の夜に、死者が戻るとこの島では信じられている。死者は月が半分に欠けるまで生まれ育った村に留まる。月が半分に欠けた夜に、月光の階段を天界へと旅立っていく。その旅立ちを送る宴の席に豚は供される。

　イスラム教を国教とする国にあって、この島の島民はヒンドゥ教に帰依《きえ》している。しかしそれは厳格なヒンドゥ教ではなく、もともと土着していた先祖崇拝が混淆《こんこう》した、この島独自のヒンドゥ教だ。それだけに、どんな祭事よりも、先祖の魂を迎える祭りを島民は重んじている。

　すべての死者が満月の夜に村に戻れるわけではない。

　戻れるのは徳を積んで天界に至った死者に限られる。生前の悪徳を咎《とが》められて不浄界に落とされた死者は、さらに月が欠けた新月の闇夜に迷い戻って災いを為《な》す。その一夜は忌の日とされ、外出、労働、灯火、殺生が禁じられている。観光が島の主要産業になった今も、ホテルを除く場所では、この禁忌が厳粛に守られている。

マデの母親が立ち去った。

待ちかねたように、四頭のくすんだ茶色の影が植え込みから姿を現した。

村を塒《ねぐら》にしている野良犬だった。

どの野良犬も毛足が極端に短く、人間の皮膚を思わせる質感をしている。顔は細く、胴体が長く、一様にあばら骨が浮き出ている。

卑屈な上目遣いでおれのことを気にしながら、四頭は豚の囲いに近付いて鼻を使った。やがて一頭ずつに分かれて四方から囲いを取り囲んだ。それぞれが後ろ足立ちになって、前足を囲いの壁の上辺に預け、さっきマデがしていたように二頭の豚を覗き込んだ。

半世紀以上前、この島に観光産業が興《おこ》るまで、島民のほとんどは稲作に従事していた。鼠《ねずみ》を捕食する猫や害虫の天敵である蛙が神々に序列されているのに比べ、犬は穀潰しとして扱われる。島の景観を代表する棚田がライス・テラスと称されて、世界的に有名な観光地になった今も、その風習に変わりはない。意味もなく子供たちに石を投げられ、村人に打擲《ちょうちゃく》され、オドオドと残飯を漁《あさ》りながらこの島の犬たちは暮らしている。

その犬たちが、一年に一度だけ、犬としての活気を漲《みなぎ》らせるのが祭礼の朝だ。

祭礼の朝は、早朝の静けさを破る豚の断末魔の絶叫で始まる。

斜めから射す朝日の中で豚は屠られ解体される。臓物の欠片《かけら》から血に至るまで、村人は粗末にしない。豚の内臓から発散される臭気が犬たちを狂わせる。普段の卑屈さをかなぐり捨てて本性を露わにする。血が滴《したた》る豚の肉を、あるいは臓物を、せめて皮だけでも掠《かす》め取ろうと、豚を捌《さば》く男たちの肉切り包丁の威嚇に牙を剝く。

その喧騒を、少し離れた木陰でひざを抱えた子供たちが見守り、身を清めた祭礼服の女たちは、香を焚《た》き、花びらを散らして精霊に祈りをささげる。

囲いの壁を挟んで、見つめられる豚と見つめる野良犬の沈黙を、おれはぼんやりと眺めた。そして一週間後の祭礼の朝の豚と犬を想った。

すべての窓を開放してベッドに戻った。

寝汗を含んだパジャマを脱いだ。

下着も脱いで全裸になった。

部屋の隅の籠に放り込んでベッドに腰を下ろした。

窓から朝の風が流れ込んでくる。

しばらくそのまま身体が醒《さ》めるのを待った。

ベッドから立ち上がった。

部屋の中央、天井の一点から吊るした蚊帳《かや》を捲《まく》り上げた。

蚊帳の中、床に直接敷いたマットレスで、麻の白いパジャマ姿のミチコが胎児のように眠っていた。ミチコの腰骨に手を掛けて揺り起こした。ミチコが重たそうな目蓋を開き、感情が消えた瞳をおれに向けた。

「あう」

言葉にならない呻《うめ》き声がミチコの薄い唇から漏れた。

「おはよう。気持ちのいい朝だ」

ミチコがこくりと肯《うなず》いた。

タオルでおれのベッドの足に縛り付けていた手を自由にした。

抱き起こしてベッドに座らせた。

うっ血した両手を包むように揉んでやった。

「今朝は何を食べようか」

ミチコの焦点の合わない視線が、剝き出しのおれの股間に貼りついていた。口に押し当てれば無心に咥《くわ》えるだろう。しかしそれに応えるポテンシャルがおれにはない。

五十九歳という年齢は、男として衰えるには早すぎる。試せば役に立つかもしれないが、不安と共存する日々の暮らしが、あらゆるものに対する昂《たかぶ》りのポテンシャルをおれから削《そ》ぎ落していた。

「沐浴しよう」

バスタオルを腰に巻きつけてミチコを肩に担ぎ上げた。枯れ枝のようなミチコの身体は頼りなく軽かった。

2

茹《う》だるような熱気と強い陽射しを避けて、おれはいつものように、二階の寝室でミチコを相手に穏やかな時間を過ごした。籐《とう》の長椅子に二人で寝そべり、長い髪の毛を撫で付けながら囁《ささや》く声でミチコに話し掛けた。

話し掛けているうちに、ミチコの瞳に光が宿り始めた。

ミチコにはおよそ三つの人格がある。およそとしか言いようがない。それぞれの境界が明確ではなく、曖昧《あいまい》な人格が現れることもあるからだ。

三つの人格のうち、もっとも多くミチコが依存しているのは幼女の人格だ。簡単なおれの問いかけに反応はするが、意思表示は「あう」と言葉にならない呻き声で答える程度のことしかできない。何より瞳の焦点があやふやだ。

もうひとつの人格は、おれが穏やかに語りかけるときにだけ現れる。

それは本来のミチコを思わせる人格だ。深みのある瞳の焦点でそれと分かる。しかし言葉のやりとりはできない。

めったには現れないが、老人の人格もミチコは有している。

老婆ではなく老人だ。

この人格は凶暴だった。

罵《ば》詈《り》雑言《ぞうごん》を吐き捨て、暴力に及ぶことも珍しくない。就眠時にミチコの両手を拘束しているのは、老人の人格を宿したミチコに寝込みを襲われたことがあるからだ。

一度や二度ではない。首を絞められるなどというのはまだ軽いほうで、花瓶で頭を割られたこともあった。安物の花瓶で助かった。あれがちゃんとした陶器の花瓶だったりしたら、傷口を三針縫う程度では済まなかっただろう。

老人の人格が亢進《こうしん》するとミチコは半覚醒状態に陥り、おれにも理解できない言葉を発するようになる。それは、語感としてはこの島の言葉のようにも聞こえるが、この島の言葉に関してはほぼネイティブスピーカーを自任するおれにも、意味不明の言葉だ。

その日もおれは、穏やかな時間の中で、ミチコにおれの生い立ちを聞かせてすごした。

何度も繰り返した話だったが、ミチコを相手にすると、忘れていた記憶の破片が新たに呼び起こされる。

思いつくまま話をするおれを見つめるミチコの瞳の色が深い。

その奥におれ自身が捉えられている。言葉を介したやりとりはできないが、ミチコの瞳は言葉以上のものをおれに語りかけているように思える。

それはミチコ自身の過去をほとんど知らないおれが、おれ自身の過去を、ミチコと共有することで、二人のつながりを得ようとする行為かもしれない。そのことをミチコも理解しているのだと、おれは信じたい。

「おはようございます」

階下から遠慮がちに訪《おとな》いを告げる声がした。

その声にミチコの瞳の焦点がぼやけ、たちまち幼女の人格に閉じこもった。

「おはようございます」

再び訪いを告げる声が、より強めに聞こえた。

ワヤンだ。

「上にいる。上がってこい」

無視しても諦める相手ではないので、そう応えた。

やがて階段を上がってきた男の腋臭《わきが》が鼻を刺した。遅れて股間から発するオスの臭いが部屋の空気を汚染した。おれはたちまち不機嫌になった。

「今年も立派な豚が手配できましたね」

ワヤンのお追従《ついしょう》に「ああ」と気のない返事をした。

「ミチコの加減はどうですか？」

問われてワヤンに顔を向けた。

老い萎《しぼ》んだ猿を連想させる小男が、卑屈な笑いを浮かべていた。

短パンの脚は短い。極端に外側に湾曲している。左足の小指の外側には、六本目の小さな指が生えている。幼いころ、ジャングルの細い流れで水遊びをしていたとき、グリーンスネークに足を嚙まれて、と聞いたことがある。そうではあるまい。単なる奇形だろう。それほど明確ではないが、ワヤンの身体容貌には所々奇形を思わせる箇所がある。近親婚がタブー視されていないこの島では、ワヤンのような軽度の奇形を見かけることも珍しくない。

数本の深い横皺が刻まれた額は狭い。病気を疑いたくなるほど飛び出た眼球、横にひしゃげた鼻、薄い唇は乱杭歯《らんぐいば》を隠せずに、顎は申し訳程度にしかない。耳は成長したサルノコシカケを思わせる。歪《いびつ》で無駄に大きい。

「ミチコに特に変わった様子はない。今朝はパパヤを一個食べた」

パパヤとはパパイヤのことだ。

「そうですか」

ワヤンが無意味に肯いてそのまま沈黙した。気詰まりな沈黙だった。

「商売のほうはどうなんだ」

耐え切れずにおれのほうから口を開いた。面の皮が厚いのか、脳をフリーズさせることができるのか、待つことに、微塵《みじん》の焦りや苛立ちを感じない相手と睨み合っていても勝てるわけがない。

「お陰さまで食べていくのに困らない程度には稼いでいます」

心にもない謙遜に、おれは相手に分かるよう小さく鼻を鳴らした。

タクシーの運転手とはいえ、自前の車を持っているワヤンの稼ぎは、この辺りの農家の世帯収入の数倍にもなるはずだ。三年前には家も増築していた。増築された建屋は、ミチコを嫁として迎えるために建てられたものだった。

三年前、同じ村に暮らすワヤンから、日本人の女性と結婚したいと相談を受けた時、おれは止《や》めておけと忠告した。ワヤンにはすでに嫁と三人の子供がいた。第二夫人の立場に、日本の女が堪えられるはずがないと当たり前の判断をした。

「その女と女房を会わせたのか」

「ええ、少し前に家に呼びました。嫁は結婚を承諾しています」

一夫多妻が認められているとはいえ、先の嫁が承諾しない限り、次の嫁を迎え入れられないのが島のしきたりだ。とりあえず最低限の障害は取り除いているということをワヤンは言いたいのだろう。

おれはワヤンの嫁が、第二夫人を娶《めと》ることを認めた理由を疑った。通常第二夫人は、近しい間柄で選ばれる。嫁の姉妹であることも珍しくない。

金か？

それに思い至って溜息が出た。

クタ、レギャン、スミニャック、島を代表するそれら歓楽街には、多くのジゴロが屯《たむろ》する。

奴らが主に狙うのが一人旅を気取る日本人の女どもだ。

働く女であれば、二百万や三百万の金は貯えているだろう。

経済格差が百倍もあるこの島のジゴロからすれば、その蓄財は二億、三億の金に匹敵する。朴訥《ぼくとつ》を装って日本の女に近付くジゴロたちの目的は、セックスではなく金だ。

日本人妻を求める男たちの家族の狙いも同じだ。

嫁として取り込めば、本人だけでなく、その親家族も含めて金蔓《かねづる》となる。娘が異国の地で苦労しているとなれば、十万円程度の仕送りを躊躇《ちゅうちょ》する親はおるまい。この島の農家の平均的な収入は日本円にして五万円ほどだ。月収ではなく年収で五万円だ。一世帯の収入がその水準なのだ。

「日本人の女に嫁のことを言ったのか」

おれの問い掛けに、しばらくの間を置いてワヤンが答えた。

「時間をかけて説明しようと思います」

やはりそうかと溜息を漏らした。

島の妻帯者に嫁ぐ日本の女は、多くの場合、自分が二番目か三番目の妻であることを知らされずにやってくる。嫁いでからその事実に驚愕する。妻たちの厳格な序列に絶望する。

嫁いだ後先で妻たちは順位をつけられる。

食卓の椅子の位置も、寝室の場所も、きびしく割り当てられる。

その一方で、持つ者が持たざる者に、金であれ物であれ、分け与えるのは当然であると考える風土が島にはある。たかりなどというものではない。むしろこの島の美徳だとおれは感じることさえある。

しかし日本人妻たちは、家庭内での扱いの低さに拘《かか》わらず、止めどなく金を無心され疲弊《ひへい》してしまう。日本領事館の末席職員をもっとも煩《わずら》わせているのは、この島の暮らしに疲れた女たちの離婚手続きだ。

日本人妻を迎えると聞いた三日後、ワヤンがミチコを伴っておれの家を訪ねて来た。

「同じ村に日本人の方が暮らしていると彼から聞き、ご挨拶に参りました」

折り目正しく挨拶したミチコは、およそワヤンと釣り合いがとれる女ではなかった。

すらりとした細身で手足が長く、なによりしっとりとした美人だった。

生まれは北の国だと言った。

透き通る肌の質感と微かな母音の訛りに、おれは青森、秋田辺りを連想した。

水商売の匂いのする女ではなかった。歳もまだ若い。三十過ぎくらいか。どうしてこの女が猿顔のワヤンにとおれは訝《いぶか》った。

島の言葉でワヤンが得意げに言った。

「どうです、いい女でしょ。日本語教室に通った甲斐がありました」

ワヤンに限らず、ほとんどのタクシー運転手は英語を喋る。

島の言葉と英語に親和性があるわけではない。仕事の合間に、簡単な辞書で英単語を覚え、それを実践で補完するのだ。

しかし日本語となるとそうはいかない。そもそも辞書でさえ簡単には手に入らない。

それもあって、どうしても日本語を覚えたい者は日本語教室に通う。ただしそれは、ある程度経済的に余力のある者に限られる。

そうやって身に着けた日本語で、ワヤンはタクシー運転手だけでなくガイドも務め、金を蓄えた。さらにこの女を射止めたというわけか。

目の前で微笑んでいるミチコが哀れに思えた。

ワヤンの日本語は片言程度だ。

深みのある会話など望むべくもない。

おれか？　ワヤンは日本人であるおれが、この村に住んでいることを出汁《だし》にしたのか。

次の日、前日の、とりとめのない会話の流れで聞き出したホテルの部屋に、おれはミチコを訪ねた。翌週ミチコは、こまごまとした手続きと身辺の整理のために、いったん帰国する手はずになっていた。

「ワヤンには嫁と子供もいる。結婚は考え直したほうがいい」

助言した。

善意からの忠告ではなかった。

人目を避けて世間と距離を置き、ひっそりと暮らすおれの身の回りに、余計な波風を立てて欲しくないという思いがそれを言わせた。

ミチコは驚き、しばらく考え込んでから自嘲を浮かべた。

「この島が一夫多妻を認めているのは知っているわ。そうなの、私は二人目なのね。でもそれでも仕方がないわ」

「簡単に言うな。それがどれだけきついことかおまえには分かっていない。適当に距離を置いてなんて考えているとしたら大間違いだ。村の人間関係は、日本人の感覚では想像できないほど濃密なんだ。ことあるごとに、おまえは自分が二番目の嫁だということを思い知らされる。そのストレスで、精神を病んでしまった日本の女が、この島には掃いて捨てるほどいる。ましてやおまえは言葉も喋れない」

長い沈黙があってミチコが口を開いた。

「私は捨てられた女だから」

「男に捨てられて自棄《やけ》になっているのか」

「そんな微笑ましいものじゃないわよ」

暗い目で顔を背けた。

「私は何もかもに捨てられたの。子供のころからたくさんのものを失って、もうどこにも私の居場所はないの」

　異国の村に嫁ごうという女は、誰しもそれなりの事情を抱えているだろう。しかしミチコが抱える事情は、もっと深くて暗いものだとおれは察した。

「もし……」

　ミチコが化粧台の椅子から立ち上がった。

　そのままソファーに腰掛けたおれに歩み寄った。

　俺の隣に密着して腰を下ろした。

　上目遣いに試すような視線をおれに向けた。

「青木《あおき》さんがもらってくれるんだったら、私はそれでもいいわ」

「馬鹿なことを言うな」

　おれは俯いて、隣に座ったミチコの視線から逃れた。

「私たち、似た者どうしじゃないのかしら。過去を捨てたい者どうし」

「おれは違う」

　おれは過去を捨てたわけではなかった。

　むしろ過去に絡め取られたまま汲々と生きていた。

　あの村の目立たない暮らしは、おれの過去を隠蔽《いんぺい》するためのものだ。

　しかし見当違いとは別に、似た者どうしとミチコに言われた言葉が、おれの胸を刺した。

　そのことをミチコが敏感に察する気配がした。

　ミチコはおれの首に腕を回して唇を重ねてきた。

手なれた、躊躇《ためら》いのないくちづけだった。

捨てられた女のくちづけだ。

薄い服地に包まれたミチコの汗ばんだ身体を、おれは思わず抱き寄せた。

それからミチコの帰国の日まで、毎日のようにおれはミチコのもとに足を運んだ。

異国の、暮らしも風習もまるで違う片田舎のひとり暮らしに倦《う》んでいた。

それをミチコに慰められた。

ミチコが捨てられた過去を持つ女であれば、おれは過去を捨てようとしている男だった。

ミチコの存在はたちまちおれの小さな希望になった。

あの村でなくてもいい、ミチコとならばこの島のどこかで生きていける、おれはそんなことを思い始めていた。

住み慣れた村を出て、冷涼な高原の別荘地に二人の家を構えてもいいとさえ考えた。

しかし日本から戻ったミチコが選んだのは猿顔のワヤンだった。

「どうしてワヤンなんだ。もともと言いだしたのは、そっちじゃないか」

おれはとり乱した。

「青木さんは、いつかどこかに行ってしまいそうで怖いの。そうしたら私はまた捨てられてひとりになるでしょ。ワヤンならあの村から離れることはないわ。私は自分の居場所が欲しいのよ」

それ以上、無様に縋《すが》ることはしなかった。

代わりにミチコの破滅を願った。

おれを袖にしてワヤンを選び、同じ村に住むミチコを呪った。そして一年も経たないうちにミチコは精神に異常を来《きた》した。

「ミチコが黒呪術の餌食《えじき》になりました」

　ある朝おれのもとにワヤンが泣きついてきた。

「毎日、部屋に引きこもって時々訳の分からないことを口にします。日本語かもしれません。一度、見に来てやってもらえませんか」

　ワヤンの元に嫁いでからも、同じ村に暮らすミチコと言葉を交わすくらいのことはあった。最近見かけないなと思い始めた矢先の出来事だった。

　ミチコは母屋の裏の納屋に寝かされていた。久しぶりに見るミチコは別人だった。痩せ衰え、肌も髪もカサカサに乾いていた。それよりなにより瞳に光が宿っていなかった。

「こんな状態でどうするつもりなんだ」

　一坪もない納屋には、今にも切れそうな弱々しい光を放つ裸電球と、黒カビに覆われた寝具しかなかった。そしてミチコは縄で後ろ手に縛られていた。

「暴れることがありますので」

　ミチコの手を緊縛した縄を見咎めたおれに、ワヤンが小声で弁解した。

「どうしていいのか分からずに困っています。家の者も怖がっています。そんな不吉な女はどこかに棄てて来いと母親に言われました」

「まるで犬なみの扱いだな」

　怒りを口にした。

　しかしその時おれは、怒りではない感情に囚われていた。縛られ転がされているミチコに、以前とは違う昂りを覚えた。

この女を飼ってみたい。

それは自分でも予期しなかった唐突な衝動だった。

「おれが引き取ろうか」

内心の昂りを気取《けど》られないよう、さりげなく申し出た。ワヤンが表情を輝かせた。厄介払いができるとその顔は露骨に語っていた。

「村の者には、どう説明したらいいでしょうか」

ワヤンが心配したのはそれだけだった。

「それくらい自分で考えろ。少なくともおれは、同じ日本人がこんなところに放置されていることには耐えられん」

自分の申し出を取り繕った。

ワヤンがどんな言い訳をしたのかは知らないが、ミチコの転居は好意的なこととして村人に受け入れられた。少なくとも、おれに対する非難はなかった。

「あの男の所にいるよりアオキさんが看病したほうがいいでしょう」

ミチコを引き取った後、隣家のマデの母親からそう言われた。村人も、概ねそのように考えているようだった。

そんな経緯があるにもかかわらず、ワヤンは厚顔にも、ミチコを求めておれの家に顔を出す。表向きはミチコの容体を心配してということだが、村人の誰もがそんなことは本気にしていない。

部屋の入り口でもみ手したままのワヤンから目線を切って、おれはミチコを残し、籐の長椅子から立ち上がった。その場から離れた。

待ちかねたようにワヤンがすり足でミチコに歩み寄った。

ゴキブリを思わせる敏捷さが、ますますおれの神経を逆なでした。

ワヤンがミチコの手首を掴んだ。

長椅子から引っ張り落とし、ミチコの細身の身体が捩《ねじ》れるのにもかまわず、部屋の隅の薄暗がりに引き摺った。

二人に背を向けて階段を下りかけたおれの耳に、喉の奥を突かれて嘔吐《えず》くミチコのおくびが届いた。

3

ワヤンがミチコを女として抱くことはない。

ミチコの口腔を汚すことがワヤンの唯一の悦《よろこ》びなのだ。

もともとこの島には、口淫の習慣がなかった。嫁いでから、ミチコはそれをワヤンに教えこんだ。ワヤンはその性技に拘泥《こうでい》した。ただしそれだけで妻の序列を覆せるはずはなかった。むしろそれだけがミチコの存在理由になった。

「ワヤンが私を抱いてくれないの」

ワヤンの元に嫁いで、まだ半月も経たないころだった。おれの家を訪れたミチコは悲愴感を漂わせていた。

「口でするだけなの。いつも最後は飲まされるの。こんなんじゃ妊娠もできないわ」

臆面もなく語るミチコにおれは不快感を覚えた。言葉が通じるおれだけにしか明かせない悩みだと理解はできたが、その悩みに付き合う義理はなかった。

「村のやつらにおまえがどんな目で見られているか知っているのか」

「どういうことなの」

ミチコを部屋に上げることはしなかった。

庭先のテーブルに座って、冷やした日本茶をふるまった。

それはミチコが新妻だからという配慮からではなかった。

ミチコにまつわる村の噂があった。

「おまえのフェラチオを」

あえておれは露骨な表現を使った。

「ワヤンは村の若い連中に吹聴している。アダルトビデオどころかエロ雑誌もないやつらにとって、おまえは格好の下ネタだ。吹聴しているどころじゃない、三日前の夕方、おまえら、トコの店先の縁台でヤシ焼酎を飲んでいただろ」

トコとは簡単な食品まで扱う雑貨店だ。飲食店やコンビニのない村で、唯一若い連中のたまり場になる場所でもあった。遠い目をしてからミチコが肯いた。

「近所の若い子たちに、ワヤンがヤシ焼酎を奢ってあげていた日ね」

通り掛かったおれも、昼間の酒の輪に誘われたが辞退した。酔った連中の話の内容は、聞くに堪えないものだった。

「おまえはまだ言葉が分からないのだろうが、あの時、やつらはおまえのオーラルセックスの話題で盛り上がっていた。おまえはワヤンの竿や玉だけでなく、アナルまで舐《な》めるそうじゃないか」

「……あいつ、そんなことを」

ミチコの顔が屈辱に蒼褪《あおざ》めた。おれは構わず責めの言葉を投げつけた。

「おまえはその横で、愛想笑いを浮かべて酌までしていた。自分が人気者だとでも勘違いしていたのか」

絶句したままミチコの唇が震えた。

「おまえが迂闊《うかつ》なんだ。島には島の流儀がある。村の人間関係は想像を絶するほど濃密だと助言したはずだ。噂は簡単に広がる。村の大人はみんなおまえがやっていることを知っている。男の肛門を舐めて、男のものを口に含んで、精液を飲む女だ。この村では、犬にも劣る女だ。おまえは村中の女から蔑《さげす》まれ、村中の男から好色な目で見られている。それに気付いていないのはおまえだけだ」

言葉にすると、おれの眼にさえ、ミチコが汚らしく映った。ミチコは困惑と羞恥に顔面を赤く膨張させたまま無言で立ち去った。居場所を求めて嫁いだ村で、ミチコは自ら居場所をなくしていた。

もっと苦しめ。

おれは裏切った女の破滅に昏《くら》い悦びを覚えた。


ミチコとワヤンから逃れて階下に下りると、庭先にマデがいた。マデは同じ小学校の制服を着た少年と、サイズの合わない花柄のワンピースを頭からかぶった三歳くらいの少女を伴っていた。少女は裸足だった。三人は車座にしゃがんで額を寄せ合っていた。

「ブヒッ」

悪戯《いたずら》心を起こして豚の鳴き真似をした。弾かれたように三人が飛び上がった。おれの悪戯だと知ってマデが胸を撫で下ろす仕草をした。

「驚いちゃった。豚が囲いから出たのかと思ったよ」

他の二人はまだ怯えた顔をしている。

「アオキさん、豚を見てもいい？」

マデが遠慮がちに訊ねた。

ワヤンの来訪に、マデが声をかけるのをためらっていたのだと知って胸が痛んだ。

マデのような子供でさえ、今、ワヤンとミチコが階上で何をしているのか漠然と察しているのだ。

「ああ。でも苛めるんじゃないぞ。見るだけだ」

つとめて穏やかに答えた。

「ありがとう」

マデが頷いて三人は囲いに駆け寄った。

マデと少年が爪先立ちをして囲いの中を覗き込んだ。

背の足りない少女は二人の横で飛び跳ねた。

それに気付いたマデが、少女の腰に後ろから手を回して担ぎ上げた。

マデの背丈は、少女の視線を十分な高さに持ち上げるほどではなかった。

おれは歩み寄って、マデから少女を受け取り、片手で抱えあげた。少女はミチコよりも軽かったが、ミチコにはない命の重みに充ちていた。

ミチコの頭を股間に押さえつけているワヤンの姿が脳裏に浮かんだ。舌打ちをしてその光景を振り払った。

「ありがとうございます。スワミ」

　少女を抱え上げたおれに少年が礼を言った。スワミとは旦那さまとでもいう意味だ。おれは少年が少女の兄であると察した。

「ありがとう、おじちゃん」

　少女も少年を真似ておれの耳元で囁いた。舌足らずの声だった。

　賢そうな少年とまだ乳児の面影を残す少女と、マデも含め、三人の純真さがワヤンの来訪に塞いでいたおれの気持ちをほぐしてくれた。

「でかい豚だね」

　爪先立ちした少年が、豚を見下ろしたまま嘆息を漏らした。

「でかいだろ」

　自慢げにマデが少年の顔を覗き込んだ。

「うちの村の豚よりずっとでかいや。それに二頭もいるんだね」

「村長と雑貨屋さんの家にも一頭ずついるんだ。それは小さいけどね。この大きいのはアオキさんが村のために手配してくれるんだ」

　少年が上目遣いでおれを見た。その目線に尊敬の色が浮かんでいた。どんな顔をしたものかとおれは戸惑い、小さく咳をしてごまかした。

　少年が豚に目線を戻した。

「こんな大きな豚を全部食べちゃうんだね」

「当たり前じゃないか。お祭りだもん」

「すごいね」

祭礼の饗宴を思い浮かべたのか、少年は興奮を大きな息にして吐き出した。そして、

「これ、全部食べちゃうんだ」

と、囁くように繰り返した。

「アオキさんの豚を捌くのはお父さんの役割なんだ」

マデが胸を張った。

「いっぱい肉が採れるんだろうね」

「もちろんさ。内臓も血もすごいよ」

「豚さんたち、死んじゃうの？」

盛り上がる二人の少年の会話に、少女が疑問を投げかけた。マデと少年は困ったように顔を見合わせて言葉を詰まらせた。

豚を殺すとか、豚が死ぬとか、そのような概念が村人にはない。豚は精霊に供されるのだ。死ぬのかと少女に訊かれ、二人はどう答えていいのか分からなかったのだろう。

二人の戸惑いが少女に伝染した。おれの腕の中で少女は小さく身体を震わせた。とたんにおれの脇腹に温かいものが流れた。

「たいへんだ。おしっこしている」

少女の失禁に気付いたマデが囲いから離れた。

少年も囲いから飛び離れ、慌てておれのシャツを小さな手で拭き始めた。

「ごめんなさい、スワミ、ごめんなさい」

「気にしなくていい。まだ小さい子供なんだ。大きな豚を見て驚いたんだろう」

狼狽する少年の手を制しておれは頬を軽く叩いた。脳天が精霊の世界と繋がっていると考えられ

ているこの島で、子供の頭に触れることは絶対のタブーだ。

少女が身を捩《よじ》らせておれの腕から逃れようとした。

その表情に恥じらいの色を見て、おれはそっと少女を地面に下ろした。

「うちに行こうよ。三人でマンディしようよ。着替えもあるから」

マンディとは沐浴のことだ。

マデの言葉に救われた目をして少年が肯いた。

「お菓子もあるよ」

マデは泣きべそ顔の少女に語りかけた。

少女の手を引いて自分の家に向かって歩き始めた。

少年がそれに従った。

庭を出る時、マデが振り向いておれに頭を下げた。少年もそれに倣い、少女は指を咥えたままおれを見つめていた。

「気にしなくてもいいからな」

おれは笑顔で、もう一度声をかけてやった。

実際に少女の尿は気にするほどの量ではなかった。

すでに乾き始めて、微香が鼻をくすぐる程度だ。

その臭いはタイルの床に尻をついて、ワヤンのものをしゃぶらされるミチコを連想させた。幼女の人格のとき、度々失禁するミチコも、同じ類の臭いを身に纏っていた。

ミチコとワヤンに想いが至り、おれの気持ちはまた暗くなった。

マデたちが立ち去るのを待っていたかのように、階段の踊り場の手すりの小柱の間から、ワヤンが猿顔を突き出した。

　辺りを窺うワヤンに早くしろと手で合図した。

　ワヤンは一旦階上に戻り、すぐにバティックを巻いたミチコを抱えて降りてきた。そしてそのまま浴室に消えた。

　縁側に腰を下ろしたおれの耳に、ワヤンがミチコの身体を洗う水音が聞こえてくる。乾期を迎えたばかりの島は、容赦のない照り付けに白く霞んでいる。この時間には風も止まる。家を取り囲む木々も草も、呼吸を止めたように静まりかえる。

　顔見知りの老人が庭を訪れ、しばらく豚を見て立ち去った。

　去り際に、庭の隅の木陰に停められたワヤンのタクシーを目にして顔を顰《しか》め、やれやれと言わんばかりに首を振った。

　授業が終わっているはずの子供たちの姿が見えないのは、ワヤンの来訪を知った母親たちに足止めされているからかもしれない。黒呪術に囚われたミチコを看病するおれは好意の目で、そのミチコの口淫を求めて通うワヤンは侮蔑の目で見られていた。

　ワヤンがミチコを抱えて浴室から姿を現した。

　濡れたミチコの黒髪が、ミチコの顔を覆って滴を垂らしていた。

「今から仕事か」

「そうです。またミチコをお願いします」

「今夜、八時に出かける予定があるが、大丈夫か」

「もちろんです。その時間にまた来ます」

　おれの求めに応じ、運転手を務めることがミチコを預かる対価だった。

それを申し出たワヤンに無用の気遣いだと断ったが、ワヤンは譲らなかった。

その代わり自分と同じ奉仕をミチコにさせないでくれとワヤンは懇願した。

頭の中にあるのはそれだけなのか。つくづく情けない男だと思った。

縁側をあがりワヤンの手からミチコを受け取った。

井戸水に晒《さら》されて冷えたミチコの身体が心地良く、午後はミチコを抱いて寝ようとおれは思った。午睡は熱帯の島に欠かせない生活習慣だ。

別れの挨拶もなく、ワヤンが逃げるようにおれの家を後にした。

おれはミチコを寝室に運びベッドに寝かせた。

ワヤンのタクシーが遠ざかる音がした。

それに呼応するように、数人の子供たちの控えめな歓声が庭に広がった。

ミチコの身体に巻かれたバティックを取り外そうとした。

きつく縛った結び目が、それがワヤンの意思であるかのように、おれの指に抵抗した。

そのことに苛立ちながら乱暴にミチコから薄衣を剝ぎ取った。

ミチコをベッドに横たえた。おれもシャツを脱ぎ捨てた。抱き寄せて足を絡ませると、冷たい肌の感触が、おれの火照りを慰めてくれる。

ミチコの小さな舌が、おれの乳首を緩慢に転がし始めた。

ミチコのするままに任せておれは微睡《まどろ》みを待った。

子供たちの歓声と二頭の豚の苛立たしそうな悲鳴が、おれを静かな眠りに誘った。

4

約束の時間に一時間近く遅れておれは『海神《かいじん》』に着いた。在留邦人御用達のカラオケバーには八つの個室がある。

「あら、いらっしゃい」

ママの堀《ほり》洋子《ようこ》がおれを迎えた。いつものようにボディーラインを強調するスパンコールのドレスを身に着けている。今夜はエメラルドグリーンだ。面長な顔と相まって、熱帯の密林の蜥蜴《とかげ》を思わせる。とはいえ美人だ。トランスジェンダーであることを除いても、エキゾチックな顔立ちをしている。

扉が半ば開いた奥の個室から無遠慮に騒ぐ声が聞こえた。

「あいつら、来ているのか」

おれは顔を顰めた。あいつらとは日本領事館の連中のことだ。

「うちのお得意さんだからさ、気にしないでよ」

堀が柳腰をしならせておれの腕に自分の腕を絡ませた。

口調は女でもハスキーボイスは偽《いつわ》れない。細い腕はごつごつとして粘っていた。シリコンを注入した偽乳が、おれの二の腕を圧迫した。

「丁度いい機会だ。今度会ったらぶん殴ってやろうと思っていたんだ」

冗談交じりに言うと、たちまち堀の顔色が変わった。

「やめてよね、青木さん。そんなことをしたらこの店が潰されるじゃない。やっとの思いで商売をしている私の身にもなってよ」

「それはおまえの問題だろう。何でおれがあいつらに遠慮しなくちゃならないんだ」

口を尖らせたが、堀の言うことはもっともだった。

この島の日本人社会は侵し難いヒエラルキーのもとに成り立っている。

その最上位にいるのが領事館の奴らだ。次に位置付けられるのが商社やゼネコンの駐在員で、おれもかつてはそこにいた。もう二十年以上も過去の話だ。

だいぶん下ったところに、堀のような自営業者と現地採用で仕事をする日本人が位置付けられる。現地人に嫁入りしたミチコのような女たちや、おれのようなフリーランサーは、日本人社会と距離を置いているので、堀はもっとも気を遣う立場に居ることになる。

「そんなことより、西村《にしむら》さんがずいぶんお待ちかねよ」

堀はおれの腕を引っ張って一番手前のドアを開いた。

効き過ぎたエアコンの冷気が流れ出し、香水と体臭に汚濁《おだく》された空気がおれを包んだ。

ヤシ焼酎で顔を赤くした巨漢の西村が、両側に座らせた少女の肩を抱いたまま、右の手首を返した。

「よう、遅いじゃないか」

「ワヤンの迎えが遅れたんだよ。相変わらずのジャムカレットだ」

ぶっきらぼうに答えて下品なピンクの合成皮革のソファーに腰を沈めた。

ジャムは時間、カレットはゴム、時間はゴムのように伸び縮みするので、一時間程度の遅れはなんでもないと考えるのが南国の時間感覚だ。

堀にビールと寿司をオーダーした。

寿司は近くの日本料理店からデリバリーされる。

その他の食事もすべてデリバリーで、そのぶん、メニューの多彩さには事欠かない。

『海神』は酒と女だけを用意している店だ。カラオケバーとは表向きの看板で、主には売春を生業《なりわい》としている。もちろん違法だ。

「青木さん、女の子はどうします」

堀に訊かれた。

「適当なのを二人ほど寄越してくれ」

女はどうでもいい。

男の機能が失われている上に、土臭いこの店の女はおれの趣味ではない。女の好みをあれこれ言う年齢でもない。おれの言うことに従う女であればそれでいい。どの女が来ても、金さえ払えば従わせることはできる。

「ただしあいつらの席に座った女はだめだ。分かっているな」

部屋を出る堀に念を押した。あいつらとはもちろん領事館のやつらだ。

あいつらは女の身体をなぶり物にする。

あいつらの手で弄《もてあそ》ばれ、あいつらの舌が這った女を横に座らせるほどおれは寛容ではない。

すぐにビールの入ったジョッキが運ばれた。

氷結させたジョッキは白く凍っていた。

おれの飲み方を心得ている堀は、ジョッキの七分目ほどにビールを押さえていた。おれはそれにテーブルのボトルからヤシ焼酎であるアラクを注ぎ足した。

目の高さにジョッキを掲げた。

両側の女の肩に手を置いたまま、手が塞がっている西村があごを突き出して応えた。

一息でジョッキを半分空けて西村に質《ただ》した。

「話というのは何だ」

今夜の誘いがあったとき、電話口で西村は「折り入って話がある」と言った。普段の西村にはない生真面目な声だった。

「本社から帰国命令でも出たか」

「けっ、んなわけねえだろ」

西村が毒づいて右に座った少女の肩を叩いた。その合図に少女が西村の口にグラスを運んだ。左の少女は食い物の担当だ。もう少し酔いがまわれば、酒も食い物も、口移しになるのが西村のいつものやり方だ。

酒乱の西村は日本人社会から顰蹙《ひんしゅく》を買っていた。

後で合流することになっている清水《しみず》も五十歩百歩だ。

やたらと女に酒を飲ませ、食い物を食わせるという性癖が嫌われている。

勧めるのではない。

サディスティックに無理やり口に捩《ね》じ込んで愉《たの》しむのだ。

「清水さんの隣に座らせると女の子を潰されちゃうわ」

堀が陰でいつも嘆いていた。

ただしその嘆きが本物かどうかは疑わしい。

確かにリミッターが外れた清水は、相手の女を潰すまでそれをする。その夜を境に姿を見せなくなった女も何人かいる。ただしそれに見合った勘定を清水は支払う。堀の嘆きが疑わしいと感じるのはそれがあるからだ。

潰れた女は潰れた女で他に使い途があるのだろう。『神々の島』などと気取ってみても、この島もまた、ディープアジアの一角を成す島なのだ。

「おれに帰国命令が下るはずがねぇだろ。五十億だぜ、五十億。ルピアじゃなくて円だ。五十億円だ」

西村が東京の本社から回収を命じられている金額を口にした。

西村とおれは、もともと同じ職場で働いていた。二人とも、この国の政府が音頭を取った巨大開発を受注したスーパーゼネコンの現地駐在員として派遣された。おれは現地法人の常務取締役で、西村は担当取締役という肩書だった。二人の上に東京本社の経営企画部部長が現地法人の社長として着任した。

おれも西村も三十八歳という年齢だった。その年齢で現地法人とはいえ、巨大プロジェクトの常務取締役というのは荷が重いように思えるかもしれないが、すでにその時点で東京本社経営企画部の課長職にあったおれは、エリートコースを驀進《ばくしん》していた。

『ウルワツ総合開発計画』

思い出すだに忌々《いまいま》しい計画だ。

プロジェクトさえ成功すれば、部長は取締役に、課長のおれは部長に昇格するはずだった。部長なりに勝負に出たプロジェクトで、おれはその部長の気概に賭けた。

その時点で部長は五十二歳だった。

日本を代表する大手企業はどこでもそうだろうが、おれの会社にも役職定年という制度があった。暗黙の制度だ。

課長職は五十歳までに、部長職は五十五歳までに、次の段階に上がれなければ定年となる。会社を辞めさせられるわけではない。関連会社や取引先への転籍が命じられるのだ。

部長の新卒同期は三百人近くいたのではないだろうか。

そのほとんどが役職定年制度のふるいにかけられ、残っているのは部長を含めて二十人にも満たなかった。部長の次は役員しかない。五十五歳までに役員への道を拓いたものだけが会社に残れる。苛烈な受験戦争を勝ち抜いて、エリートとして入社した奴らばかりだった。会社に入社が決まった時点で、いや、大学の合格通知を受け取った時点で、誰もが約束された将来を思い描いたはずだ。

しかし約束された将来を手に入れるのは、それほど甘いものではない。

次々に消えていく同期の奴らを尻目に、なんとか生き残った部長にとって『ウルワツ総合開発計画』の成功は役員への道を約束するものだった。

それでやっと定年までの将来が約束されるはずだった。

おれはその崖っぷちの部長の気概に賭けて誘いに乗った。まだ三十八歳だったとはいえ、部長職の数は限られている。早めにその椅子に座っておかないと、椅子が埋まってしまう可能性もある。そうなれば五十歳の課長役職定年に届いてしまう。

西村は違う。

やつはおれの同期だったが、早々と子会社に出向していた身だ。おれは国立の一流大学、西村は私立の有名大学、スタート時点で格差は歴然だった。

西村が出向を命じられた子会社は、主に道路工事だけを請け負う工事会社だった。それでも日本で五指に数えられるスーパーゼネコンの子会社だ。そのあたりのゼネコンなどとは比べ物にならない売上と利益を誇っていた。

その道路会社に工事部長として天下った西村は、たちまち頭角を現した。

自ら現場に顔を出して指揮を執り、施主との繋がりを密にし、担当する部門の業績を飛躍的に伸長させた。

業績を認められ、三十七歳で地方営業所の所長に昇格したが、出世はそこまでだ。そこから上の役職は、本社の役職定年から零れ落ちた人間の居場所になる。

西村が業績を伸ばしたのは、自身の能力によるものではないだろうとおれは考えている。現場があいつの性に合っていたのだ。豪放磊落《ごうほうらいらく》といえば聞こえはいいが、何もかもに大雑把で、何かといえばすぐに酒席となり、女にだらしないだけの西村の性格が、現場の作業員や、施主であるゴッチャン体質の地方公務員や首長に受けただけの話だ。

西村が営業所長から上を目指すのであれば、子会社ではなく、本社の仕事で業績を残す必要がある。それが分かっているから西村は、おれの誘いに乗って『ウルワツ総合開発計画』へ参加した。

おれが西村を誘ったのは、同期のよしみなどという甘っちょろい感情に動かされたからではない。おれはおれなりに、セーフティーネットを張ったのだ。

総合開発計画の音頭を取ったのはこの国の政府だった。事業の主体は大統領の次男が経営する民間法人だ。軍閥出身の大統領は世界的に名の知れた独裁者だった。

日本では何年も前にバブル経済が崩壊し、公共事業の発注も底を打っていた。

そんななかで動き出した巨大開発計画だ。東西に六キロ南北に八キロの開発案件だった。日本では想像もできない規模だ。土地の個人所有が認められていないお国柄と、独裁者の息子の会社が事業の主体だったことがそれを可能にした。

広大な計画地には、病院やインターナショナルスクール、警察や消防署も備えた移住型リゾートが建設されるという計画だった。丸ごとひとつの街を作る計画だ。

赤坂の本社からは湯水のように資金が送金された。

表向きは五十億、表に出せない金はその数倍くらいはつぎ込まれただろう。

すべて裏金だ。

そしてその裏金は主に賄賂に使われた。政府高官だけではない。立ち退きに必要な調整のため、おれたちは地元の有力者たちの横面を札束で張り倒した。

それが高い買い物だとは誰も思わなかった。完工までの予算見積もりは、日本円で軽く一兆円を超えるプロジェクトだった。

しかしその計画が頓挫《とんざ》した。

アジアの通貨危機を契機に巻き起こった民主化運動で、磐石《ばんじゃく》と思われた軍事政権があっけなく倒れてしまった。

大統領をはじめとした軍閥の政府高官たちは、蜘蛛の子を散らすように海外に亡命した。逃げ遅れたやつは拘束された。後には使途のない広大な土地だけが残った。伐採が終わり、粗造成が始まったばかりの土地だった。

新政権は開発事業をあくまで元大統領個人の事業であると主張した。契約書に謳《うた》った違約金の支払いに応じようとはしなかった。せめて表に出せる五十億だけでも回収しろと、本社の連中は現地法人に命じた。

その時点で西村が活きた。おれが用意したセーフティーネットだ。

限界まで縮小するにしても、現地法人を閉鎖することはできない。そんなことをすれば、投資した金が損金になってしまう。当然それを決裁した役員の誰かが責任を負うことになってしまう。だから本社の連中は、回収できるはずのない金の回収を現地法人に命じて案件を店晒しにしたのだ。

法人が残るのであれば、誰かが現地責任者として残る必要がある。

その誰かに西村が選ばれた。

そこまで読んでいたわけではないが、セーフティーネットとして西村に声を掛けたおれのリスクマネージメントが活きたわけだ。

「おれはこの島で飼い殺しよ。全部の責任をおれに押し付けて、上のやつらは頬被りを決め込む腹積もりだ」

西村のいつもの愚痴だった。

「その点、あんたは利口だよ」

矛先がおれに向いた。

これもいつものことだった。

一通りは聞いてやらないと収まりがつかない。

おれにはそうしなくてはならない義理もあった。

「とっとと辞表を叩きつけて、退職金でリタイアを決め込んだんだからな。おれにはとてもそんな度胸はなかった」

「そう言うなよ。あれからおれもいろいろあったんだ」

その言葉に嘘偽りはない。

大きな失敗を抱えて帰国したおれも、たちまち冷飯食いのポジションにおとされた。エリートコースから完全に外れてしまい、役職定年を待たずに関連会社への転籍が決まった。

「お待たせ」

堀が部屋のドアを開けた。

その背後に褐色の肌をした少女がふたり従っていた。

さらにその後ろに清水が姿を現した。

おれの目線で清水の来訪に気付いた堀が、女たちを一歩横に退かせて清水に譲った。

「どうぞ、清水さんもお座りになって。これでみなさんお揃いね」

「よう、入れ入れ」

西村が清水を手招きで部屋に招き入れた。清水は軽く会釈をしただけでおれの向かいのソファーに腰を沈めた。

「清水さんにもすぐに女の子を用意しますからね。飲み物はいつものでいいかしら」

「ああ」と清水が無愛想に肯いた。

日系免税店の総支配人を務める清水は、この店のヘビーユーザーだ。ほぼ毎日のように通いつめている。しかしまともに相手をするのはおれと西村だけで、他の日本人からは敬遠されている。

清水は酒を飲まない。肝臓のあたりにしこりがあると常に怯えている。

実際に清水の顔色を見れば、肝臓に何らかの障害があるのは疑いようがなかった。

そのくせ清水は病院に行こうとはしない。この島の病院が信用できないのであればシンガポールにでも行けばいいのだが、決定的な宣告を受けるのを恐れている。

ターメリックを水に溶いた特注の健康ドリンクを不機嫌に飲みながら、自分が酒を飲めない恨みでも晴らすかのように、女に酒や食い物を強要する。女が吐瀉《としゃ》してもなお、サディスティックに酒を流し込み、食い物を口に捩じ込む。

そんな清水が他の日本人から疎《うと》まれるのは当然だ。

結果として清水の遊び相手は、酒乱の西村と日本を捨ててこの島に隠遁《いんとん》したおれだけということに落ち着いた。

「ちょっと待てよ」

二人の少女をおれの席に座らせて、部屋を出ようとした堀を呼び止めた。

「ふざけてんじゃないぞ」

睨み付けた。

「どうしたんだ」

揉め事の好きな西村が、身を乗り出しておれと堀の顔を見比べた。

清水は無関心な顔で西村の前にある水をペットボトルのまま飲み始めた。

一日に最低五リットルの水を飲むというのも清水の健康法だ。大量の水が毒素を希釈し排出するのだと清水は信じている。

「このオカマ野郎、あいつらの席の女をこっちに廻しやがった。ポマードの臭いがぷんぷんするぜ」

堀の顔が蒼褪めておれの推測を裏付けた。

「どうせあいつらが舐め回したあとだろう。それを押し付けるとはいい度胸じゃないか」

「それは赦《ゆる》せん。おれたちも馬鹿にされたもんだ」

西村が調子に乗って囃《はや》し立てた。

右手の少女が口に運んだグラスをもどかしげに取り上げて一気に飲み干した。

さらにアラクをボトルのままラッパ飲みした。

市販品は二十度から四十度のアラクだが、西村が飲んでいるのは、この島特産の七十度にもなるヤシ酒だ。

その様子に堀の顔が歪んだ。

巨漢で怪力の西村が酔って暴れると誰にも止めようがない。

「ぼくが確認しましょう」

無表情の清水が席を立って少女に歩み寄った。

事の成り行きに身を硬くしている少女の髪を乱暴に鷲摑みにした。

少女は抵抗しなかった。数百倍の収入格差は絶対的な人間格差でもあった。

清水がもう一方の手で肩を押さえ、髪を鷲摑みにした手で少女の首を横に折った。

「ヒッ」と少女が小さな悲鳴に喉を鳴らした。

かまわずに清水は、入念に少女の首筋に鼻を這わせた。

「確かに。青木さんの言うとおりすえた唾液の臭いがします」

もうひとりの少女も清水の検疫を受けた。

「こっちも臭います」

評価が下された。

「ごめんなさい」

堀が両手を合わせて詫びた。

「でも分かって、あちらの席の人たちはどんどん女の子を替えろって聞かないのよ。それで女の子が足りなくなっちゃって」

「だからおれたちの席に使い古しを回したというわけか」

西村が怒声を上げた。

手にしたままのボトルからまたアラクを呷《あお》った。酔いに目が飛び始めていた。

「そうだ。どう始末をつけるつもりだ」

西村の尻馬に乗って凄みながら、おれはすでに後悔し始めていた。

まさかこんなに早く西村に火が点くとは思っていなかった。

ワヤンのせいで西村を一時間待たせていたことを忘れていた。ひとりで一時間も飲んでいたのだから、素地は十分だったのだろう。

女のことはどうでもよかった。

領事館のやつらは気に入らないが、ここまで依怙地《いこじ》になることでもない。

ほんの余興のつもりで難癖をつけたのだ。

知らない男たちに身体を嬲《なぶ》られ、新しい席で物扱いされる少女たちこそいい迷惑だ。

上手く収めろよと堀に目で合図をしたが、おろおろする堀におれのサインは届かない。

「分かった、おまえが無理なら、おれがあいつらの部屋に行って直談判してやろう。おまえらだけの店じゃねぇんだってかち込んでやる」

西村が両腿に手をあてがって立ち上がる気配を見せた。

堀だけでなくおれと清水にも緊張が走った。

いくらなんでも領事館の酒席に乱入するのは拙《まず》い。

相手の虫の居所次第では、酔っていましたでは済まなくなる。

「この女たちはぼくが引き取りましょう」

とっさに清水が二人の少女の手を取って自分の席に戻った。

このあたりの呼吸はさすがに商売人だ。

「ぼくは女の身体に興味がありませんから、あの人たちのお古でも気にしません。ただし詫びがしたいというのであれば、オードブルの盛り合わせを二十人前サービスしてもらいましょうか」

「二十人前」

堀が目を泳がせて絶句した。図に乗った清水が追加の要求をした。

「瓶ビールも、とりあえず五ケースほどもらいたいですね」

おれのソファーから清水のソファーに移動した二人の少女は、清水に指名された気配に安堵の色を浮かべている。この後の、延々と続く清水の責め苦を知らない彼女らに、おれは同情するしかなかった。

「清水さん、勘弁して」

堀が情けない声で哀願した。

「早くしないか」

怒鳴った西村がテーブルを足の裏で蹴った。

ひさしぶりの本格的な嗜虐《しぎゃく》の予感に、舌舐めずりしている。

西村が清水に手を貸すことはない。

清水のいたぶりを眺めながら、別の女に股間を咥えさせる。

女は清水の席の惨状に怖れ慄き必死に口唇と舌を遣う。そしておれは、おれの愉しみを女に強要する。それが益々西村を昂ぶらせる。

清水とおれと西村。

三人のなかで一番まともなのは酒乱で淫乱の西村だ。

少なくとも西村はアブノーマルではない。

「おい、聞こえないのか」

西村の怒声に急き立てられた堀が、肩を落として部屋を出た。

暫くして、ビールのケースとオードブルの盛り合わせがボーイらによって運ばれた。

バビ（豚）、アヤム（鶏）、イカン（魚）、サピ（牛）、ナシ（米）等々、この島の代表的な食材を中華風にアレンジし、飾り切りされた南国のフルーツを盛り合わせた大皿だ。

清水の両脇で、西村の怒声に緊張していた二人の少女の顔が、豪勢なオードブルの盛り合わせに輝いた。おそらく二人にとって、生涯で初めて目にする贅沢な食い物なのだろう。

生贄になる二人の少女を改めて眺めた。

この店で供される女を、しげしげと眺めることはほとんどないが、これからこの二人に強いられる惨状を思うと、眺めずにはいられなかった。

二人とも瘦せぎすで小柄だった。

見た目は十五歳くらいか。

成長途上ではなく成長不良なのだろう。小作りな目鼻とぷっくりとした唇は、インドシナ半島の西部に位置する微笑みの国のカレン族を思わせた。

いくらで売られてきたのだろう。

詮無いことを思ったりした。

親が手にした金は、並べられたオードブルの一皿の値段にも満たないに違いない。

清水が笑みを浮かべ、身振り手振りで、少女らにオードブルを食べるよう促した。二人はおずおずと、皿に手を伸ばし、それを口に含んで幼い顔を綻ばせた。

「遠慮しなくていいんでちゅよ。全部食べまちょうね」

清水が幼児語で語りかけた。

二人は「アイガトー、ゴザーマス」と慣れない日本語で清水に礼を言った。

部屋に戻った堀が、消え入るような声で清水に哀願した。

「これにお願い」

少女たちの足元に吐瀉用の青いポリバケツがふたつ置かれた。

狂宴の始まりだ。

5

昼過ぎにワヤンのタクシーで西村のオフィスを訪れた。日中は出歩かないのがおれの決め事なのだが、昨夜のことが気になっていた。

「折り入って話がある」

昨夜、おれを呼び出した電話で西村はそう言ったのだ。

毎週のように飲みに行こうと誘われるが、折り入って話があると誘われた記憶はなかった。

『海神』で狂態の時間を過ごし、ミチコのもとに戻ってからも、そのことが気にかかり、寝付けない一夜を過ごした。

西村はおれに何を話したかったのか。

考えれば考えるほど悪い方向に思いが転がる。

ひょっとして西村はおれの不正にかかわる何かを摑んだのか。

会社を辞めてからも、不正が明るみに出るという強迫観念から、おれはひと時も逃れることができないでいた。

おれが着服した裏金は一億だ。

それをハンドキャリーでこの島に持ち込んだ。あえて送金ではなく手荷物として持ち込むことを選んだ。

この国の手荷物検査は緩い。

いや、通常の検査を受ければ、むしろ厳しいほうかもしれない。

しかしこの国は賄賂が当たり前に通用する。十万ルピア、日本円で千円にも満たない金額を係官に渡せばフリーパスだ。

同額で入国審査も簡単にパスできる。

特別に入国審査を恐れる理由はないが、長蛇の列に並ぶのが嫌なおれは、列を横目に取り調べ室のドアを開ける。対応した係官に、十万ルピア札を挟んだパスポートを差し出せば、渡航目的を訊かれることもなく、簡単に入国スタンプが押され、別の出口を指で示される。

とにかく何でも賄賂でスムーズにことが運ぶ国なのだ。

聞いた話では、飲酒運転で死亡事故を起こしても、二百万円もあればなんとかなるらしい。おれが開発計画で赴任していた当時の話なので、今でもそうかどうか確かめようもないが、いずれにしても金で決着するということだろう。

サスペンションがくたびれたワヤンのタクシーの後部座席で、おれは昨夜の狂態を思い出していた。

改まった話などできる空気ではなかった。

清水の手前、具体的な内容は無理だとしても、せめて感触だけでも、おれを呼び出した西村の目的を探りたかった。

「折り入って話がある」

西村の口調は遊びの誘いではなかった。

待ち合わせの時刻を清水より一時間早めたのも常にはないことだ。

ワヤンのやつさえ遅れなければ。

ハンドルを抱きかかえるように運転する小柄な男の背中を睨みつけた。

村でタクシーを拾うことはできない。

呼んで呼べないこともないが、すぐに来るとは限らない。むしろすぐに来ないと考えたほうがいい。それどころか来るか来ないかも分からない。

清水の席の前に二十人前並べられたオードブルの一人前も片付けられずに、二人の少女は無防備にソファーにふんぞり返った。笑顔で自らの腹をさすり満腹を示した。

「ビールを飲めばもっと食べられまちゅよ」

相変わらずの幼児語で、清水が二本のビール瓶の栓を抜いて少女に手渡した。

少女たちは勧められるまま瓶を傾けた。

スポーツドリンクを飲むような勢いだった。

「おお、いけるじゃねえか」

肩から回した手で、両脇の少女の露わにした乳房を揉みしだく西村が喝采を送った。

総じて南の島の女性は酒に強い。

少女たちも例外ではなく、きゃっきゃっとはしゃぎながら、たちまち二本のビールを空にした。

しかし清水の足元には五ケースのビール瓶があるのだ。彼女たちのゴールはまだまだ先だった。

調子に乗った清水が、二本減ったケースの残りのビール瓶の栓を全部抜いてテーブルに並べた。

都合十本のビール瓶が並んだ。

「さぁ、どんどん飲んでくだちゃいね」

頰の削げた貌《かお》に、邪《よこしま》な笑みを浮かべて少女らを促した。

少女らもビールに手を伸ばし、清水の特製ドリンクのジョッキに打ち付けて乾杯した。

ビールを流し込みながら、またオードブルに手を伸ばしたりもした。まだ少女らには飽食の宴を歓迎する高揚が見られた。

堀が部屋に新しい少女をひとり伴って現れた。

「今、出勤したの」

その少女をおれの隣に座らせた。

代わり映えのしない、南国の太陽の香りを振りまく少女だった。

「今日が初日なの。青木さんお願いね」

清水の席に座る少女らを横目で見ながら、堀がおれに手を合わせた。

初日から清水に潰されたのでは割が合わないということだろう。おれは鷹揚《おうよう》に肯いて、追加のジョッキを堀にオーダーした。西村もヤシ焼酎を瓶で五本注文した。

清水の席の饗宴は、ひとりが四本目の、もうひとりが三本目のビールを空けるまでだった。もう無理ですといわんばかりに、両手を前に突き出して壁を塗る仕草をした。

「ええっ」

清水がわざとらしい失望の声を上げた。

「せっかくボクたんが、二人のために注文したのに、残しちゃうんでちゅか」

背中からまわした腕で左に座った少女の腕を固めるように抱きよせた。

「もっと飲めまちゅよねぇ」

唇に押し当てたビール瓶を逆さにした。

盛大な泡とともにビールが少女の口から溢れた。

少女の首筋から胸元に流れ落ちた。

薄衣のドレスが濡れて少女の乳房に張り付いた。右の乳首が勃起していた。

清水は瓶を逆さにしたままだ。

苦しんで身を捩る少女が間欠泉さながらにビールを吹き出した。

全身がビールまみれになった。

膝から上の脚の線がドレス越しにくっきりと現れた。根元の叢《くさむら》の黒い翳《かげ》りまで露わになった。

『海神』の少女らは皆下着を着けていない。

西村がその姿に刺激された。右手の少女の髪を鷲摑みにして、顔面を自分の股間に押し当てた。すでに怯えはじめていた少女は、不器用に西村のズボンのファスナーを下ろし、怒張した一物を取り出して口に咥えた。西村がもう一人の少女の舌を吸い出し、執拗《しつよう》に舐めまわしはじめた。少女も必死にそれに応じた。

二人の唾液が糸を引いて流れ落ちて、西村の股間を咥えた少女の黒髪を汚した。

弾かれたように清水の右に座った少女が立ち上がった。

「どこへ行く気だ」

西村の太い声が彼女を牽制した。

「オシッコデス」

怯えに声を震わせながら少女が応えた。

「小便ならここにしろ」

西村が少女の足元の、さっき堀が持ってきた青いポリバケツを顎で示した。蒼褪めた少女の顔に怖れと困惑が複雑に過《よぎ》った。

「早くしろ」

西村がさらに怒鳴った。

「やめてくださいよ。この子はぼくのお相手なのですよ」

清水が西村を制止した。

立ち上がって少女の肩にやさしく手を置いた。

「怖いおじちゃんでちゅね。もう大丈夫でちゅからね」

少女をソファーに座らせた。

一瞬少女の顔に安堵の色が浮かんだが、それもすぐに消えた。

ソファーに座り直す少女の視線の先で、さっきまで責め苦を受けていたもうひとりの少女が顔をバケツに突っ込んで腹を波打たせた。内臓まで吐き出す勢いの嘔吐だった。

おれの席に座った少女が必死におれの股間を刺激していた。ズボン越しに揉んでいる手をおれは押さえた。哀願の眼差しで少女がおれを見上げた。ゆっくりと首を横に振った。少女の瞳に涙が浮かんだ。

「マレー語は分かるのか」

現地の言葉で質《ただ》した。

アダ、アダ、と少女が肯定した。

「平手で殴ってくれ。加減をするな」

少女の瞳が宙をさまよった。

おれの要求を理解できないらしい。

いつものことだ。

コールボタンを押した。

ボーイに堀を呼べと要求した。

表情を殺した堀が部屋に姿を現した。

能面の顔だった。

堀がもっとも美人に見える顔だ。

説明するまでもなかった。堀の鋭いビンタが音を立てておれの頬を打った。

「この下《げ》衆《す》野郎」

堀がヒステリックに叫んで、おれの顔面を連打した。たちまち頬が熱を帯び脳が焼けた。唇が切れた。鼻血が垂れた。

「変態の、マゾ野郎」

堀の殴打は止まない。

そのまま気を失うまで殴り続けて欲しかった。

しかし特定の客と深い関係になるわけにはいかないという堀のママとしての決め事がそれを許さない。金を積んでもダメだと言われた。

「だったら、そういう子を育てて飼うことね」

と言われた。

堀は誤解している。

おれは飼いたいわけではない。

飼われたいのだ。

飼われて折檻《せっかん》をされたいのだ。

堀ならばそうされてもいいと本心を吐露した。

堀には男がいる。『海神』のオーナーだ。小柄で細身のイタリア人の伊達男だ。堀はそいつに飼われている。おれの願いは叶わない。

堀が少女を諭《さと》して役割を委譲した。

少女が恐る恐るおれの頬に平手を飛ばした。何とも頼りない平手打ちだった。

堀の怒声が飛ぶ。

少女が喚きながらおれを打つ。

西村が咆哮《ほうこう》を放つ。

清水が甲高く哄笑する。

堀が能面の顔のまま部屋を後にする。

プレハブの現地事務所で西村はスポーツ新聞を広げていた。どぎつい活字が躍る日本のスポーツ新聞だ。自分が一流会社の所属だというのを誇示したいのだろうか、会社の名前が入った作業着姿だ。すでに年度ごとの支給も止まっているのだろう。よれよれに着古した作業着だった。哀れさしか感じない。

新聞はわざわざ日本から取り寄せているものではない。到着便の座席ポケットに読み捨てられていた新聞だ。清掃会社が回収し、アイロンでプレスし、契約先に配達してくれる。

新聞社を指定することはできない。どの新聞が配達されるかは、その日の収穫による。西村が広げていたのは中日スポーツだった。さしずめ名古屋発便の座席ポケットに放置されたものなのだろう。

おれもその清掃会社と契約している。ただし西村のようにスポーツ新聞を得るためではない。おれは専ら文庫本を買い取っていた。記された定価の一割の額で買い取る。それでも島の屋台の、現地でバッソと呼ばれる肉団子汁なら、十杯は購《あがな》える金額になる。硬いだけの肉団子汁は、二杯も食べれば満腹になる。

「おっ、珍しいな」

西村が目を丸くする。確かに久しぶりの事務所だった。おれがこの島に逃げ込んで以来の訪問だから三年ぶりということになる。

「ちょっと用事があって近くを通りかかったからな。たまには古巣に顔を出すのも悪くはないだろう」

ぎこちない言い草だった。自分でも顔を顰めた。昨夜は何の話だったんだと切り出すことが憚《はばか》られた。

「ちょうど良かった。おれも連絡しようと思っていたところなんだ」

席を立った西村の表情がいつになく真顔だった。西村に悟られないよう、薄く口を開けたまま深く息を吸い込んだ。

「そういえば昨日、話があるって言っていたよな」

我慢できずに水を向けた。掌に汗が滲んだ。身体は冷え切っていた。エアコンの性能限界まで下げられた室温に背骨が軋《きし》んだ。

「ああ、折り入って相談したいことがあったんだ。重要な話だ」

西村の口調が改まる。

「だったら忘れるなよ」

詰《なじ》ると西村が鼻白んだ顔をした。昨夜の狂態でも思い出したのか。

図に乗った清水が、ひとりずつ、ふたりの少女を粘着質に潰し、それに触発された西村は、何度も女の口や膣で果てた。おれを打ち続けた少女は半ば狂った。

汗と吐瀉物と精液の臭いと、少女たちの哀願の悲鳴に充たされた夜だった。散々少女に打たれたおれは、最後に渾身の平手を見舞って相手を昏倒《こんとう》させた。おれを満足させられなかった相手に対する腹立ち紛れの一撃だった。

「あれはおまえが悪いんだ」

西村が居直った。

「清水が来る一時間前に約束をしていたのに、遅れたのはおまえのほうだ」

確かにそれは否定しない。ただしそれほど重要な話があったのなら、あの場所を指定したり、清水に声をかけたりすることもなかっただろう。

「込み入った話なんでな。ここじゃ拙いな」

何も言わずにいると、取り繕うように西村が呟いた。現地採用の二人の事務員に目をやった。彼女たちは日本語に堪能だ。

長身で、どこか憂いを漂わせている女をシノブと、小柄でコケティッシュな明るい娘をヒナタと西村は呼んでいた。もちろん本名ではない。西村の下で働くようになってから、西村が日本名を彼女らに与えた。会うのは三年ぶりだが、西村との会話に時折登場するので名前だけは覚えている。

——お久しぶりです。よくお出で下さいました。心からお待ちしていました。

おれの目線を捉えて、シノブが島の言葉で挨拶し、島の流儀で胸の前に手を合わせた。軽く膝を折って嫋《たお》やかに頭を下げる。

——私たち、いつも懐かしんでいるんですよ。時々は遊びに来てください。

砕けた調子で言ったのはヒナタだった。二人の言葉は世辞だ。それもこの島の慣わしで、来客にはそのように挨拶するのだ。おそらく二人とも、三年前に事務所を訪れたおれのことなど覚えていないだろう。

「おい、おまえら。日本語以外禁止だって言ってるだろ」

西村が忌々しげに短く吠えた。

「スミマセン」

「ゴメンナサイ」

ふたりが声をそろえてしおらしく日本語で詫びた。

「出来が悪い事務員二人しかいない出張所で、苦労するぜ」

西村が鼻を鳴らして嘯《うそぶ》いた。

出来が悪い？

シノブとヒナタは、かつてこの島を支配していた王家の血筋だ。二人は首都の名門大学を卒業している。シノブは米国、ヒナタはカナダと英国に留学経験を持つ。おれからすれば、西村のほうがよほど出来が悪い。

西村は英語こそ片言で喋れるが、この国の言葉となると挨拶ひとつ満足にできない。そんなスキルの男に、新政府と交渉して五十億円の回収をしろなどと、赤坂のやつらも何を考えているのか疑いたくなる。赤坂とは、おれが前に籍を置いた会社の本社の別名だ。所在地に因《ちな》んでおれたちはそう呼んでいた。

「ちょっと寄っただけだ。そうゆっくりはしていられない」

急かすと「応接室で話をしようか」と西村が奥の部屋に足を向けた。鉄扉を開けた。

「こりゃひでえな。まるでサウナだ」

西村が唸った。

「おい、応接室のエアコンをつけてくれ。それからビールだ」

シノブが冷蔵庫に向かった。

「エアコンは壊れています」

ヒナタが遠慮がちに答えた。

「なんだよ、知っていたんならすぐに直しておけよ」

「直らないと言われました。新しいのを買うしかないです」

「おまえらすぐそれだもんな。日本人がどれだけ金持ちだと思っているんだ」

「あまり時間がないんだ」

居たたまれない気持ちで催促した。

「話があるんだったら早くしてくれないか」

目まぐるしく頭が働いた。

着服した金の一部を西村に差し出す算段が浮かんでは消えた。一千万円でどうだろう。それ以上を要求されたらどう対応するか。

「焦るなよ」

西村が意味ありげに含み笑いして、シノブから受け取った缶ビールをおれに差し出した。指先が痛くなるほどビールの缶は冷やされていた。

「前祝だ」

プルトップを開けた西村が、目の高さにビールを上げた。それを無視して、おれは相手を睨みつけた。

「時間がないと言ったはずだ」

おれのきつい語調に西村は両方の眉毛を上げ、目を見開いておどけた顔をした。

「分かったよ」

肯いてシノブとヒナタに背中を向けたまま指示を出した。

「おまえら、今から休憩時間だ。応接室に入ってドアを閉めろ」

ふたりが黙って高温の応接室に消えた。

「念のためだ」

西村が応接室の鍵を取り出した。

応接室と称しているが元々その部屋は、測量機器などの保管庫だった。開発計画の頓挫で、州都のオフィスビルにあった事務所は、家賃のかからない現場事務所に移転された。高価な測量機器も引き上げられ、その空き部屋を応接室と称して利用していた。倉庫だからまともな窓もない。開錠も施錠も外からしかできない。いくら暑さに慣れた島の人間とはいえ、室内は耐え難い高温になるだろう。

躊躇いもなく応接室を施錠して、西村が自分のデスクに戻った。おれは西村のデスクの前に手近な椅子を移動して乱暴に腰を下ろした。

「単刀直入に言う。金脈を掘り当てた。新しいビジネスだ」

西村の言葉に背中の強張りが解けた。

少なくとも不正の件ではなさそうだ。気取られないように安堵の溜息をついた。プルトップを開け、渇ききった喉にビールを流し込んで西村の言葉を待った。

「ペニー島のことは知っているよな」

無言で首を縦に振った。ペニー島はこの島の南沖合に位置する比較的大きな無人島だ。マリンスポーツの施設があっても良さそうな立地なのだが、潮の流れが速い上に島全体が急峻な崖に囲まれていて、釣り客くらいしか足を向けない島だった。

「あの島に巨大開発の計画が持ち上がっている」

「巨大開発？」

よくある与太話だと瞬時に判断した。

この島ほど次から次に開発話が湧き出る土地は、世界中探しても珍しいのではないか。年間数百万人を超える外国人観光客と、開発に関わる厳格な法規制の相反が、その土壌を育んでいた。開発話は雨後の筍のように湧き出るが、どれも実を結ばず、やがてうやむやになるのがこの島の常だ。

「ペニー島をどうやって開発するというんだ。おれだって素人《しろうと》じゃない。あの島が開発案件になるかどうかくらい判断できる」

「おれも素人じゃない」

西村が胸を張ったのを見て思わず鼻を鳴らした。おれから言わせれば、現場のやつらはみんな素人だ。赤坂の中枢にこそ専門家がいることをやつらは知らない。

「インフラもアクセスも整備されていないような無人島を、誰がどうやって開発するというんだ」

「だから巨大開発になるんじゃないか。すべての整備を一からやるんだ」

「振り向いてみろよ」

　相手の阿呆さ加減に不愉快になった。西村の肩越しに目線をやった。

　事務所は頓挫した開発地のゲート横に建てられている。半島の中腹に位置する事務所から、標高差百二十七メートルの海岸線まで、伐採後の地面がむき出しになったまま放置された開発地は、わずかな年月の間に広大な雑草地に変わり果てていた。熱帯雨林に囲まれたその奇景は、まさに『夏草や――』の景観だ。

「ここでの失敗を忘れたのか。ここでさえ駄目だったんだぞ。インフラはなかったがアクセスは抜群だった。州都からも空港からも半時間かからない距離だ。ペニー島はどうだ。港まで一時間、そこから高速艇でさらに一時間」

　おれの反論を楽しそうに西村が聞いているのに気付いて言葉を切った。もう終わりかよと言わんばかりに、西村が残念そうな表情を浮かべた。

「開発目的のターゲットはどこに置くんだ？」

　気を取り直して西村に質した。一息おいて耳を疑う答えが返ってきた。

「カジノが核になる。マカオに肩を並べるアジア最大級のカジノコンプレックスが開発計画のコアだ」

「……まさか」

　おれは絶句した。実現不可能な要素がいくつも浮かび過ぎた。そしてそれが逆に妙な現実味につながった。

「宗教の問題はどうなる」

島民のほとんどはヒンドゥ教徒だが、国の機軸となる宗教はイスラム教だ。イスラム教にはいくつかの宗派がある。その中でも、特にきびしく賭博を禁止する宗派を国教とする国なのだ。

「公営宝くじでさえ強烈な反対運動にあった国なんだぞ」

前回の開発計画のフィージビリティースタディーでも、カジノ建設は俎上に上った。しかしそれは現地のアドバイザーにより失笑とともに一蹴された。

彼らが事例としてあげたのが公営宝くじだった。暫定期間を設けて始められた公営宝くじは、敬《けい》虔《けん》なイスラム教徒の大規模な反対デモによって、期間を更新されることなく廃止された。宝くじでさえ賭博と彼らは考えたのだ。

「国はイスラム教でもこの島はヒンドゥ教徒の島だ」

肩をすくませて西村が冗談めかした台詞を吐いた。

「そんなことが理由になるはずがないだろ。国法で賭博は厳に禁じられているんだ」

「法律にも例外はある。おまえビアンチョは知っているよな」

「ああ、首都の郊外にあるレジャーランドだろ」

「ビアンチョにカジノを建設する計画があった。首都の都市計画の財源確保を目的に、期間を限定してカジノが検討されていたことを知っているか」

知らなかった。おれの表情に西村が満足そうな笑みを浮かべて言葉を続けた。

「ま、四十年以上も前の、ほんのごく一時期の話だからな。おまえが知らないのは無理もない。だいたいが前回の開発計画でも、カジノはコアな案件じゃなかった。そりゃそうだ。移住型のリゾートに、カジノはむしろマイナス面のほうが多いだろう。だからおれたちもアイデアフラッシュのひとつとしては出したが、それほど真剣には研究しなかった」

さっきとは異質な喉の渇きを覚えて手にしたビール缶を傾けた。

いつの間にか缶ビールは空になっていた。そんなおれを愉快そうに眺めながら、西村が席を立った。冷蔵庫から新しい缶ビールを取り出してトスした。西村の手が冷やしたヤシ焼酎の瓶に伸びかけたが「まだこれは早いな」と呟いて、缶ビールをもう一本取り出した。

西村がデスクに尻を半分乗せて椅子に腰掛けたおれを見下ろした。西村の汗の臭いが鼻を突く距離だ。作業着にしみ込んだ汗のすえた臭いに顔を顰めた。

「おまえがいう公営宝くじの反対運動のさなか、代替案としてビアンチョのカジノの再開が密かに検討された。時の政府は、イスラム教関係者の反対は、コーランに係わるムスリムの問題だという理論でその案を推し進めた」

「どういう意味だ？」

「ムスリム、つまりイスラム教徒だな。帰依者とも訳される。そのムスリムを賭博に引き込むことはコーランの教えに反するが、非ムスリムの外国人を相手にカジノを営むのは教義に反するものではない。簡単に言えばそんなような意味のこじつけだ」

「ムスリムが賭博を開帳するのは教義に反しないのか」

「さあな。それほどおれもコーランに詳《くわ》しいわけじゃないし、所詮こじつけだから無理もあるだろう」

「それで？」

「いかんせんタイミングが悪かった。議事堂の外では公営宝くじの反対運動が真っ盛りだった。ろくな議論もされずにお釈迦になったようだ。しかしこの事例は、外国人観光客を相手にカジノを建設する可能性を示唆《しさ》するものだとは思わないか」

「否定はしない。だがそれでも問題は残る。他の国を見ても外国人観光客に限るという制限付きでオープンしたカジノが、結局は地元の人間を巻き込んでしまい、社会問題になったという事例は少なからずあるはずだ」

「仮に開場まで漕ぎ着けても、後々社会問題になって閉鎖に追い込まれるリスクがあるということか」

「そうだ。そのリスクは常につきまとうと考えたほうがいい。もちろんそのリスクには開発途中の頓挫も含まれる」

脳裏におれたちの計画を頓挫させた民主化運動が浮かんでいた。近代国家としての体裁が未成熟な分、改革後のこの国の将来を確定的に論じることは難しい。おれたちが頼りにしていた改革前の政権は、軍閥を背景とした政権だった。その時点では磐石の政権に思えた。それがわずか数ヵ月の期間であっけなく倒れてしまった。

「開発途中の頓挫か……」

おれの言葉を反復した西村の顔が苦々しげに歪んだ。立ち上がって窓に歩み寄り、しばらく沈黙した。汗の臭いから解放された。

「高い授業料を払ったな」

西村がおれに背中を向けたまま嘆息した。しかしその背中に落胆の気配はなかった。

「その授業料を取り戻す絶好の機会だとは思わないか」

振り向いた西村の目に、何かしらの覚悟が浮かんでいた。

「開場後にカジノが潰れようがどうなろうが、おれたちには関係ないだろ。施設を造るのがおれたちの仕事だ。その施設の将来にまでおれたちが責任を持つ必要はない」

　まさしくゼネコンの論理を西村は吐いた。その発想でリゾートホテルだの、テーマパークだの、ゴルフ場だの、いくつもの廃墟をおれたちは日本中に造った。そして廃墟と廃墟の予備軍で日本が飽和状態になった時、こんな南の島にまで手を延ばしたのだ。

「問題は開発費用や工事代金を未収にしないことだ。そうだよな。前回と同じ轍《てつ》を踏まなければいい」

　言うは易《やす》しだ。長期にわたる開発案件の最後の果実を収穫できるのは、さらにその何年か先なのだ。未収にしないことだというのは、口で言うほど容易なことではない。ましてやこの国で、国法が禁じる開発を特例的に行おうというのである。あまりにもリスクが大きすぎる。

「今、無理だと思っただろう」

　西村がおれの胸の辺りを指差した。

「無理も何も、まだ計画の一端しか聞いていない段階でどうにも判断はできないさ」

「なるほど。では質問を受け付けようか」

　芝居がかった口調だった。西村は再度冷蔵庫を開いて、今度は迷わずヤシ焼酎の瓶を手に取った。栓を開けてラッパ飲みし、自分のデスクに腰を下ろし、サンダルを脱ぎ捨てた足をデスクに乗せた。汚い足裏がまともにおれの目に入った。

「少し整理させてくれ。まず計画の概要は、ペニー島にカジノコンプレックスを核とした総合リゾート開発を行うということだな。一番の問題になる賭博の禁止にかかわる法令は、過去の事例からも特例措置として認められる可能性がある。そのことを置いてもまだ問題はいくつもある。事業主体と資金手当をどうするんだ」

「事業主体は政府に決まっているだろう。カジノ特区を造ろうという計画なんだ。公共性がなければ議会の承認が得られるわけがない」

「表向きはそうだろ。しかしそれでは開発は絵に描いた餅だ。陰で事業を支えるもっとしっかりした主体が必要だ」

この国に絶対的な数を有する与党はない。毀誉褒貶《きよほうへん》と無節操な連立が、改革以後のこの国の政治の実情だ。そのあたりは、他の民主化されたアジアの国と変わらない。そんな政府が事業主体として適当ではないことは西村にも分かっているはずだ。法案の整備に政府の関与は必要だろうが、それは表向きの話に過ぎない。

「もちろん本当の事業主は別にいる。さらにその人物は、この国の政界にも、少なからず影響力を持っている」

「その事業主が資金手当もするということか」

「そうだ。しかもおれたちはそいつに貸しがある」

「貸しがある？」

潤沢な資金を有し、政界に影響力を持ち、しかもおれたちに借りがある。西村の言葉にひとりの人物が浮かんだ。しかしあまりの現実性のなさに、その人物の輪郭はすぐに薄れた。

「資金量は？」

「さあ、詳しくは分からないが米ドルで百億くらいは持っているだろう」

「百億ドルだと」

小さく叫んで、薄れかけた人物の輪郭が、おれの頭の中で明確な像を結んだ。それだけの資金力を持ち、この国の政府に影響力を残している人物は、世界にただひとりしかいない。

「おい、まさか」

「今はまだ言うべき段階じゃない」

人物の名前を口にしようとしたおれを西村が制した。

「それはおまえにも分かるだろ。これが明るみに出れば大スキャンダルになる。取り扱いを間違えると、今の政府は転覆する」

「どのタイミングであれ、公になればスキャンダルになることには変わりないだろ。いつまで隠しておくつもりだ」

「永久に公にされることはないかもしれないな。ただし事業が成功すれば、別の理由をつけて政府はその人物の名誉回復を認めることになる。いくら金を持っていても、他国の土にはなりたくないんだろ。おれには理解できないがね」

「それは裏の合意だろ。だがその合意をどうやっておれたちが確認できるんだ。そんな曖昧模糊とした話に乗って、結局は投下資金の回収ができなければ今度こそおまえは終わりだぞ。いや、それ以前に赤坂がその話に乗るはずがない」

不良債権の処理や銀行を経由した公的資金の注入により、会社は一時の危機的な状態から脱していた。ここでまた博打まがいの開発話に乗ってくるとはとても思えなかった。

「デポジットがあってもか」

「あるのか」

「日本円で二本だ」

デスクから足をおろして身を乗り出した西村が、人差し指と中指を立てた。開発の規模と会社を納得させる金額として考えれば、その指が意味しているのは、最低でも二千億円でなければならない。それだけの手付金があれば会社も動く。

おれは少し考え込んでから「どうしてその話をおれにするんだ」と、素朴な質問を投げかけた。

「おれは会社を退いてこの島の片田舎で隠遁生活を送っている人間だ。いまさら赤坂がおれを受け入れるはずもないだろ。おまえに対して個人的な助言はできるかもしれないが、それだけのために、こんな極秘案件を打ち明けるのは理屈に合わない。おまえの目論見を聞かせろ」

「おいおい、何を卑下しているんだ、おれたちは戦友じゃないか」

宥《なだ》めるように西村が親密な笑顔を見せた。それはおれの疑念を少しも薄めるものではなかった。

黙って見つめるおれに西村は肩を竦ませた。

「おれはこの仕事を最後の仕事にしたいんだ」

似つかわしくないしみじみとした口調で言った。

「だから貰えるものは遠慮なく、かまどの下の灰まで浚《さら》うつもりだ。私利私欲が一番、それとおれをこんなところで飼い殺しにして、口を拭った赤坂のやつらに対する恨みも晴らさせてもらう」

「それでおれの役割は？」

「向こう側に入り込んでくれないか」

「向こう側？」

「おれにこの案件を持ち込んだ相手だ。その段取りはおれがする。実際に事業が動き出せば、おれひとりで事業の全体を把握できるはずがない。そんな立場でおこぼれを期待しても高が知れている。おまえには向こう側の人間として事業を把握してもらいたい」

「つまりスパイしろということか」

「どうとでも言ってくれ。ただし半端な相手じゃない」

得心した。表の事業主である政府と、裏で資金を供出する人物と、それだけではまだ役者が不足している。この両者の間に入ってコーディネイトしている人物、あるいは組織がなければ、この話はここまでまとまらなかったはずだ。西村はその仲介者におれを張り付かせる算段なのだ。

「仲介者は印僑か？」

印僑とは、インド系移民を中心とした経済集団だ。華僑が動きそうな話ではあるが、裏で資金を提供する男と華僑はあまり良好な関係ではなかった。

「察しがいいな」

満足げに西村が肯定した。

「ただしちょっとヤバイ筋かもしれない」

それについては特別驚きもしなかった。まとまった金が裏で動けば、人の命など羽毛よりも軽くなるのが未成熟な国家の常識だ。また危ない筋だからこそ、最初の話を西村などに持ちかけてきたのだ。まともな仲介者であれば、赤坂の正面玄関から入ったはずだ。

「どうだ、受けてくれるか。もっともここまで打ち明けたうえで断られたらおれの立場がないがな」

「口封じでもするか？」

冗談めかして言ったつもりだったが西村は答えなかった。もちろん本気でおれの口を封じようとは思っていないだろう。沈黙は精一杯の西村のブラフに違いない。

「ペニー島に目を付けたのは慧眼だったな」

回答待ちを先送りしておれは計画を再評価した。

「この島の州政府はヌサ・パサックの失敗に懲りている」

「ヌサ・パサックの失敗？」

「七〇年代初頭の外国人観光客がどのくらいだか分かるか」

おれの問いかけに西村は小首を傾げた。

「四十万人くらいか」

「桁が違う。二万人そこそこだ」

「……まさか」

西村が驚くのも無理はない。今では日本人観光客だけに限っても、年間に二十数万人が訪れる島なのだ。おれ自身データとしては理解しているが、年間二万人という数字は、あまりにも実感が湧かない数字だった。

「七〇年代の初頭だ。政府がこの島の観光資源に目をつけて誘致活動を行った結果、海外からの観光客は十年足らずで十五万人に膨れ上がった。それでもまあ、今のこの島の隆盛からは想像もできないほど少ない数だ。ただし当時の政府は、急激な観光客の増加にある種の危惧を抱いた。このままでは島の観光資源である景観や文化が汚染されるという危惧だ。治安の悪化も懸念された。その結果、観光客を隔離する政策が打ち出され、当時何もなかったヌサ・パサックが開発された」

「その話ならおぼろげに聴いた記憶がある。今ではほとんどお題目になっているが、以前は現地の人間が立ち入ることをかなり厳格に制限していたらしいな」

「ああ。だがいくら現地人の立ち入りを制限しても、観光客が外に出ることは制限できなかった。それがひとつ目の誤算だ。そしてふたつ目の誤算は観光客がさらに急増したことだ。九〇年には五十万人、二〇〇〇年には百四十万人にまで膨れ上がった。そして今では五百万人を軽く超えている」

「とんでもない数字だな。二万人から五百万人かよ」

目を丸くして西村がヤシ焼酎を呷った。

まだ大丈夫だなとやつの酔い加減を測った。ただしこの後で『海神』に付き合わされることは覚悟しなくてはならないだろう。

もとからこの時間に西村を訪問する時点で、そのことは半ば織り込み済みだった。不正さえ発覚していなければ、酒を付き合うことくらい何の負担でもない。ミチコには粥を作って置いてきた。平らな皿に盛ってあるので、手首を拘束されたままでも食べることはできるだろう。一階は雨戸を閉めて施錠した。寝室の窓は開けたままにしてあるが、天井から吊るした蚊帳がミチコの安眠を保証してくれる。

おれは話を続けた。

「ヌサ・パサックの涵養《かんよう》能力はたちまち限界点を迎えた。町や村に観光客が溢れ出し、それを目当てにホテルやレストランや土産物屋が林立した。少なくとも空港がある南部地域は復元不可能なほど荒廃した」

「それがヌサ・パサックの失敗か」

「そうだ。おれたちの計画でも最初に問題になったのがそれだ。一万世帯の移住を受け入れる計画がオーバーフローした時、周辺に何が起こるのか、そのことが重大な懸念事項として政府関係者から指摘された」

「重大な懸念事項だと」

呆れ声を上げて西村が背中の雑草地を親指で指した。

「とんだ取り越し苦労だったな」

　口を歪めてせせら笑った。

「実際に深刻な懸念だった。改革後の新政府が、この計画の中止を決めた理由のひとつもその懸念だった」

「何だよ、そりゃ。おまえらはそんなことで尻尾を巻いたのかよ」

　西村は新政府との交渉の席に着ける立場ではなかった。取ってつけたような理由に聞こえるかもしれないが、単なるエクスキューズでないものをおれは交渉の経緯で感じた。

　その交渉の席で、おれが頭に浮かべたのはホテルの高さ制限だ。この島の最初の観光ホテルは、日本の戦争賠償金で建築された十二階建てのホテルだった。当時高層の建物はなく、その威容に驚いた島の州政府は、ホテルであれ商業施設であれ、ヤシの木よりも高い建物の建設を禁止する法案を直ちに成立させた。それから半世紀以上が経過し、観光客が五百万人に膨れ上がった今も、その規制は厳格に遵守されている。

「そのタイミングであのテロ事件だ」

「ディスコの爆破か」

「ああ。あれが決定的だった」

　そのテロは、主にオーストラリア人を標的にしたイスラム過激派の爆破テロだった。この国の最南端の島嶼群《とうしょぐん》で起こった独立運動の鎮圧に、オーストラリア政府が派兵したことに対する報復テロだ。

　狙われたディスコはオージー御用達のオープンエアーディスコだった。

テログループは、最初の一発目をディスコの店内で爆発させた。逃げ惑う客を狙って店の前に駐車していた車に仕掛けられた二発目が炸裂した。二百二名の犠牲者は、そのほとんどが外国人観光客、とりわけオーストラリア人だった。その事件は、この島の住民とこの国の政府に絶望的な衝撃を与えた。

「テロそのものの目的は別にして、平和の象徴のようなこの島であれだけのテロが行われたことは、無定見に観光客を受け入れた前政権の失政だという議論が沸き起こった。あおりをくって、おれたちの開発計画はとどめを刺され、おれはこの先この島で何年頑張っても巨大開発は不可能だと確信した。おまえには悪いが赤坂にもそのレポートを送った」

「そうだったのか」と、西村は感慨深そうに肯いた。

「だがペニー島は違う。あの島にカジノを組み合わせるのはマイナスにマイナスを掛け合わせる発想だ。マイナス×マイナスはプラスになる」

　いつの間にかおれの言葉は熱を帯びていた。最初は歯牙にもかけなかった話が、いつしかディベロッパーとしての本能に引火している。

「マイナス×マイナスはプラス？」

　西村が首を傾げる。

「そうじゃないか。どうしてペニー島には人が住んでいないんだ。あれだけの面積がある島だぞ。暮らそうと思えば十分に暮らせるだろう」

「火山島で水の確保が難しいからだろ。あの島で農業はできないって聞いたぜ」

「漁業ならできる。それに暮らしに必要な水くらいは、雨水で十分に確保できる。もっと大きな理由があるんだ」

「呪われてでもいるのかよ」

「ある意味そう言っても過言ではない。あの島は不浄の土地だ」

「不浄の土地？」

「そうだ。この島の宗教は、一応ヒンドゥ教の体裁をとってはいるが、その根っこにはこの島固有の原始宗教がある。最高峰のアグン山を聖域として崇め、海を不浄の場として忌む教えだ。海は象徴とするには茫漠としているので、代わりにあの島が不浄の象徴とされた」

はっきりと興奮を感じ始めていた。この開発は成るかもしれない。おれたちが以前に越えられなかったハードルを、この計画は越えることができるかもしれない。

「不浄の地に不浄の賭博場を開帳し、しかも不浄の異教徒が金を落とす。誰も文句を言わないスキームじゃないか」

「不浄の固まりかよ。ずいぶんな言われようだな」

「何よりあの島に住もうという住民はいない。あの島がどう開発されようが、州政府が懸念する現地人への悪影響は考えられない。ヌサ・パサックの轍を踏むことはない」

西村は苦笑したが目は笑っていなかった。おれの興奮が西村に伝染していた。西村は焼酎を飲み干すと新たな瓶を求めて冷蔵庫に向かった。

「問題はアクセスだな。空港からの時間距離が長すぎる。ペニー島にはもちろん、こちら側にも大型の高速艇のポートを作る必要がある。だが南部の海岸線はほとんど開発されているから――」

「何を悠長なことを言っているんだよ」

西村が嘲るような笑い顔で割り込んだ。

「そんな悠長なことは考えていないぜ。高速艇のポートを作るとすれば島の南海岸だ。しかしそこは十重二十重に開発されている。立ち退き交渉だけでも、どれだけの手間が掛かるか分かるだろ」

「しかし今の輸送手段では、とてもじゃないが、採算に必要な客数をデリバリーするのは不可能だ」

「今の輸送手段じゃな、そりゃ無理だわ」

「だったらどうするんだ」

「空港を造るのさ。この島で二つ目の国際空港を作ればいいだろ」

「国際空港？　本気で言っているのか」

「おれが言っているわけじゃない。やつらがそう言っているんだ。おまえさんの話を聞いておれもひとつの確信を得た。今の空港ができたのは五十年も前だ。まだ観光客が二万人にも満たないころだな。その後改修や増設もしただろうが、キャパを超えているのは、早朝から深夜にいたるひっきりなしの発着便数からも明らかだ。だからといって周囲にこれ以上拡張するスペースもない。だったら二つ目を作ろうという話が出るのが自然じゃないか」

「本当にそこまで含めた開発計画なのか」

「巨大開発だって言ったはずだ」

西村が片目をつぶって飲みかけのヤシ焼酎の瓶を差し出した。おれは迷わずにそれを受け取った。一気に呷り、喉を焼く刺激にむせ返った。

「続きは堀の店で話をするか」

おれにヤシ焼酎の瓶を持たせたまま、西村が自分の分の瓶を冷蔵庫から取り出した。

「おれはまだ返事をしていないぜ」

「分かっている。あとは条件次第なんだろ。稼ぎはおれとおまえで折半。それで文句はないんじゃないか。おれだって自分の器量くらいはわきまえているつもりだ。この計画はおれひとりで捌けるような規模の案件じゃない。頭が切れる相棒が必要だ。それがおまえよ。おまえの力量を認めているからこそこの話を持ちかけた。分け前は折半でどうだ。それで文句はないだろ」

一息にまくし立てて西村はまたヤシ焼酎を口にした。目に酔いが浮かび始めていた。瓶を摑んだ右手の甲で口を拭って繰り返した。

「折半だぜ。悪い話じゃないだろう」

おれが言いたかったのは分け前のことではなかった。しかしこれ以上細かなことを言っても仕方がないと諦めた。それにおれ自身、降って湧いたような開発計画に、まだ頭を整理しきれずにいた。

間違いなく言えるのは、もしこの話をうまく手中に収めることができれば、今の窒息しそうな暮らしから逃れることができるかも知れないということだ。

この島の片田舎で隠遁を装う今の暮らしから抜け出せる。その願ってもないチャンスがおれの鼻先にぶら下がっている。

「分かった。ただし一つだけ条件がある。脇を固めろ。堀や清水にこの話をするな。だいたいこんな話をするために、堀の店におれを呼び出すこと自体、脇が甘すぎる」

「昨日のことか？　そりゃ違うな。おまえは一時間も遅刻して清水がいつもより早く来た。おれに責任はない」

ガキのような西村の反論にしばらく考え込むふりをした。

「やっぱり無理だ。おまえと組んでこのビジネスを成就させるのはきびしいようだ」

あえて突き放した。どちらが主導権をとるか、ここで妥協したのでは先が思いやられる。

「冗談だろ？」

西村の顔から酔いが引いた。何も言わずに西村から目を逸らし小さく溜息をついてみせた。しかし内心、おれは西村の居直りを恐れていた。

二人の間に流れる時間の息苦しさにおれは耐えた。西村の言うとおり、やつの器量でこの話から満足できる金を手中にすることはできないだろう。せいぜい家一軒分だ。おれと組めば、死ぬまで薔薇色に暮らせる金を手にできる可能性があることはやつにも分かっているはずだ。そう自分に言い聞かせておれは耐えた。

「すまない」

先に折れたのは西村だった。

椅子から立ってデスクに両手を突き大仰に頭を下げた。

「このとおりだ」

「おれが迂闊だった」

そっと安堵の息を吐いておれは椅子を立った。

西村の肩に手を置いてやさしく声をかけてやった。

「分かればいいんだ。ただし約束してくれ。これからはおれの判断に従ってくれ。おまえの取り分は、おまえが望んでいる以上におれが確保してやる。悪いようにはしない」

それはどちらがボスなのか西村に理解させる台詞だった。西村が肯き、おれはやつの背中を叩いた。

「きょうはここまでだ。前祝に堀の店に行こう。ただし話の続きはなしだ。酔ってする話じゃない」

祭りの予感がした。久しぶりに酔い潰れたい衝動に駆られていた。

外に待たせていたワヤンの運転で十分ほど走ってから、シノブとヒナタを応接室に閉じ込めたままだったことを思い出した。

事務所のエアコンも切ってきた。エアコンさえない応接室は、この炎天下で、室温が五十度六十度を超えているに違いない。そしてシノブとヒナタには、水分を補給する手立てさえない。

窓のない部屋で、ドアも元々は倉庫のドアだ。たとえ西村でも蹴破れるようなドアではない。部屋の造りに不似合いな、州都の事務所から運んだ革張りのソファーで、ぐったりとしているシノブとヒナタの姿が浮かんだ。

気品を漂わせるシノブと無垢で明るいヒナタ。

シノブとヒナタ。

引き返すには気持ちが高揚しすぎていた。

6

満月に少しばかり足りない月が西の空にかかっていた。東の空は白み始めている。

――アオキさん。

ミチコが待つ家に到着し、車から離れるおれをワヤンが呼び止めた。振り返るとワヤンの不安気な猿顔が運転席の開放した窓にあった。

――ミチコは駄目です。

ミチコを預かる時、男としておれが役に立たないとワヤンには伝えてあった。しかしその夜おれは、堀の店で土臭い南国の少女を抱いた。西村に持ちかけられた巨大開発案件の昂ぶりに男として振舞った。

　ワヤンのタクシーで西村を自宅に送り届ける道中で、西村はあからさまにそのことを話題にした。ワヤンは完璧ではないが日本語を理解する。おれは迂闊にも、男の機能を失っていたことを酔った勢いで西村に打ち明けてしまっていた。

「水臭いやつだな」

　酔って加減が分からなくなっている西村は、おれの肩を痛いほど叩いた。

「何でおれに相談しなかったんだ」

「相談することか」

　照れ隠しに不機嫌さを装った。機能を失っていたことを白状したことよりも、西村と同じ部屋で三人の女を相手にしたことをおれは後悔した。

「それがいきなり三輪車かよ」

　案の定、西村の話はそこに及んだ。

「やっぱり男は仕事だよな。ファイティングポーズを崩しちゃいけないよなぁ」

　その会話が、観光客相手のタクシー運転手として、片言の日本語を解するワヤンを不安にしたのだ。

――お願いします。ミチコは駄目です。

　ワヤンが繰り返した。

　心配するなと言いかけて止めた。無性に腹立たしく思えた。廃人同様のミチコをおれに押し付けて、なお性具として扱っている男だ。そんな男に何を言う権利があるというのだ。

――だったらミチコを連れて帰れ。今すぐにだ。

吐き捨てるように言ってワヤンを睨み付けた。しばらくの間ワヤンはうな垂れていたが、そのまま静かに車を発進させた。

早暁の路上を遠ざかる赤いテールランプを見送り、苦い気持ちを抱えたまま雨戸の鍵を開けた。踊り場の窓から差し込む月明りを頼りに二階への階段を上がった。着ているものをすべて脱ぎ捨ててベッドに転がり込んだ。そのまま目を閉じようとしたが、酔いが意識を鋭敏にしていた。気持ちの昂りも続いていた。

「オンナノ……ニオイガ、スルゾ」

不意にくぐもった野太い声が床から湧きあがった。

ミチコの声だった。

老人の人格だ。

天井から一本の紐で吊るされた蚊帳に覆われてミチコの姿は見えない。耳をすませて次の言葉を待ったがミチコは何も言わなかった。

おれの想いは自然とこうなる少し前のミチコに向けられた。

「どうしてもワヤンの家庭に馴染めないの。言葉が通じないことがこんなに辛いと思わなかった。私だってある程度はこっちの言葉を理解できるけど、あいつらわざと早口でまくし立てるのよ。ぜんぜん聞きとれやしない。ワヤンは仕事が忙しくてほとんど構ってくれないし、やることやったら嫁の寝室に戻ってしまうし、寝る時はいつもひとりよ。私の部屋にはエアコンだってないし、嫁の寝室に戻った後に、あの男が嫁とどうしているかと思うと、毎晩眠れやしないの」

すべてはミチコ自身が招いたことだ。口淫などという馬鹿げた真似をせず、家族や周りの者に従っていれば良かったのだ。そうすればそれなりに受け入れてもらえたはずだ。あくまでそれなりにだが。

愚痴を言うミチコに、だったらワヤンと別れて日本に帰れと言ってやった。睡眠不足のせいもあるのだろうが、ミチコの目つきは明らかに普通ではなかった。このまま島に残っていれば、いずれ精神が破綻することが目に見えていた。

しかしミチコは頑なに首を横に振った。

そして間もなくミチコの心は折れてしまった。黒呪術の餌食になったとワヤンから相談を受けた時には、すでに手遅れの状態だった。

この島にはバリアンと呼ばれる呪術師がいる。どの村にも村のはずれには必ずバリアンがいて、その存在は村の暮らしに溶け込んでいる。バリアンの主な役割は黒呪術で人を呪うことだ。この島の連中は、驚くほど気軽に隣人や身内に呪いをかける。

島では喧嘩や諍い事が禁忌とされる。人前で怒ることも怒られることも、そのような感情を露わにすることさえタブー視される。

村といっても日本の農村とは景色が違う。田園地帯に家屋が点在するという景色ではない。村人は一ヵ所に固まり軒を接して暮らしている。村全体が一つの家族のようにさえ思えるその暮らしぶりは、想像を絶する濃密な人間関係を醸成する。喧嘩や諍い事は、たちまち村全体の空気を剣呑にする。だから怒りがタブーとなるのだろう。

その抑圧の捌け口となるのが黒呪術だ。禁忌により封じ込まれた怒りの感情を、呪いに代えることで、村人たちは精神の安定を保っている。精神が崩壊したミチコを見て、ワヤンが黒呪術の餌食になったと判断したのも無理はなかった。

もちろんおれは黒呪術など信じない。外国人専用の病院にミチコを伴った。医師の診断は『幼児期の心的外傷と過度の抑圧に起因する解離性同一性障害』だった。幼児期の心的外傷には性的虐待が含まれる可能性が高いといわれた。自分のことを「捨てられた女」だと言ったミチコの生い立ちを思った。

──私は専門家ではありません。また私の知る限りこの島に専門家はいません。可能であればシンガポールの然るべき病院に行かれることをお勧めします。いえ、シンガポールよりも日本がいいでしょう。どんな病気よりも、この病に求められるのはコミュニケーションです。言葉の壁は治療の妨げになります。

ミチコを診断したフランス人の医師の助言だった。医師は流暢《りゅうちょう》な英語を話した。

──多重人格ではないのか。

──乱暴に言えばそうとも言えますが、厳密には違います。ただ患者は、自分が作った別の人格という殻に逃げ込んでいる可能性は十分にあります。

いずれにしても自分は専門家ではないのでと繰り返す医師の言葉に、それ以上の追及をおれは諦めた。医師は自傷行為の可能性も指摘した。付き添い婦を雇ったほうが良いかもしれないと言われたので、村の住民に声をかけた。しかし黒呪術を怖れ、ミチコの世話を引き受ける者はいなかった。しかたなくおれは自身の判断で、おれが居ない時や寝る時に、ミチコをベッドの足に縛り付けることにした。

「クサクテ、タマラン。ブタノ、ニオイマデ、スル」

また床から声がした。明瞭な声だった。

ベッドから足を下ろし、腰掛けた格好のままで蚊帳を剝ぎ取った。暗がりの中にミチコの白目が浮き出た。ミチコは膝を腹に折り曲げ、仰臥したままいっぱいに見開いた白目を向けていた。純白の目だ。

黒呪術のことが脳裏をよぎった。否定はしているが、もしやと思わせるものがこの島の闇にはある。日本ではとうの昔に消滅した純粋な闇。野太い声はその闇から湧き出る声のようにも思えた。

「今夜は久しぶりに女を抱いた」

悪ぶった口調で老人の人格を露わにしたミチコに言ってみた。

ミチコは無表情におれの言葉を跳ね返した。しばらく見つめ、ミチコの表情に変化が現れないことにおれは焦れた。たとえそれが別の人格の怒りであっても、ミチコの顔に表情が浮かぶことをおれは期待した。

「女を三人、並べて抱いた」

腰を折って顔を近づけてさらにつけ加えた。それでもミチコは表情を変えない。

諦めて肩の力を抜き姿勢を戻そうとした。

その時だった。

何の前触れもなくベッドの足に縛り付けていたはずのミチコの両手が伸びて、おれの首を摑んだ。ミチコはおれの首にぶら下がって上半身を浮かせた。予想だにしない力を腕に漲らせた。ミチコの親指を除くそれぞれ四本の指の爪が、おれの首の側面に打ち込まれた。二本の親指が喉仏を正確に捉えて潰した。

いっぱいに見開かれた白目がみるみる血の色に染まる。歯茎まで露わにした口は、明らかにおれの喉笛を狙っていた。

「オゥ、オゥ、オゥ、オゥ、オゥ、オゥ、オゥ」

唸り声をあげてミチコが髪を振り乱した。乱暴に吐き出す息が鼻腔を襲った。強烈な獣臭だった。ミチコがさらに唸り、おれの喉を摑んだまま、上半身を激しく振った。

「シネ、シネ、シネ、シネ、シネ」

　老人の野太い声が言った。

　ミチコの腕を摑んで引き離そうとした。体重を預けたまま喉に喰い込んだ十本の指は、なおも強烈におれの喉を絞め上げた。

　息がつまり、意識に闇の破片が散らばった。

　ミチコの腹に右膝を落とした。

　加減はできなかった。

　全ての体重を右膝に乗せた。

「グェ」

　ミチコが口から胃液を吐き出した。

　腕が力を失った。

　激しく咳き込みながら立ち上がりすばやくミチコから距離を置いた。

　肩で息をしながらミチコに目をやった。

　腹を抱えたミチコは嘔吐に喉を詰まらせていた。

　胃液のすえた臭いがした。

　息が整うまで時間を置いた。

　ミチコに近寄り片膝をついて様子を窺った。

　ミチコの腹に膝を入れた時の感覚をなぞり、骨には影響がないだろうと判断した。もし右膝がまともにあばらに落ちていたら、ミチコの肋骨は容易に粉砕されていたに違いない。

「大丈夫か」

構えを解かず声をかけた。

「アウ、アウ」

消え入るような声でミチコが答えた。救いを求める声だった。いつもの幼女の人格に戻っていた。それでもおれは先ほど覚えた恐怖を拭い切れずにいた。ふだんは歩くことさえ頼りなげに見えるミチコだ。そのミチコがはっきりとおれに危害を加えようとしたのだ。


老人の人格が剣呑なのは以前からだった。しかし暴言を吐くことはあっても、暴力を働くことは希《まれ》だった。暴力どころではない。さっきミチコは、おれを殺そうとしたのだ。さすがにそこまでされたことはない。しかも老人はおれに対する殺意を露わにしていた。おれはそれに錯乱し、手加減することもできなかった。


ベッドのサイドテーブルに置いた携帯に手を延ばしてワヤンを呼び出した。携帯のキーを操作する指が震えるのが忌々しかった。ワヤンはすぐに応答し、おれは車を家に回すよう一方的に伝えて通話を切った。

「沐浴するか?」

自分の吐瀉物で、頬や首筋を汚したミチコに声をかけてみた。こくりとミチコの首が動いた。注意深くミチコを抱き上げた。いつものように肩に担ぐことはしなかった。ミチコが喉笛に食い付く幻想がおれを躊躇させた。新郎が新婦を抱きかかえるようにして、ミチコの口許から目線を切らずに階下へと運んだ。


ミチコも同乗すると知ってワヤンは顔を曇らせた。余計な説明をする気にはなれなかった。ワヤンにさっきのことを聞かせるのが忌々しく思えた。どうせ黒呪術と絡ませて、その噂は瞬く間に村中に広がるに違いない。アオキがミチコにちょっかいを出して、喉笛を食い千切られそうになった。そんな尾ひれをつけてだ。おれは黒呪術など信じない。さっきのミチコの行動も医学で説明できるはずだ。ただおれにその知識がないだけだ。

「堀のところに戻ってくれ」

日本語でワヤンに告げ、それから念のために堀の携帯を鳴らして向かっているからと伝えた。堀が理由を訊いたが、とにかく待っていろとおれは電話を切った。

堀の店に着くころには、島の空が鮮やかな朝焼けに染まっていた。堀は照明を明るくした店で、閉店後の後片付けをしていた。戻ってきたおれが日本人の女連れであることに怪訝な顔をした。しかし詮索をすることもなく、おれとミチコをいちばん手前の部屋に案内した。

「頼みたいことがある」

部屋に入るのを待ちかねておれは切り出した。

「手錠と口枷を用意してくれ」

そんなものを注文できる相手は堀以外に思いつかなかった。さっきの騒動でそれが必要だと判断した。

紐だけでは完全にミチコを拘束することはできない。おれはミチコが自分の意思で紐を解くことはないと勝手に思い込んでいた。口枷はおれへの加害に対する懸念もあったが、激したミチコが舌を噛み切ることの予防措置も必要だと考えた。あのフランス人医師も自傷行為には注意しろと言っていた。そう自分に言い聞かせた。ミチコを恐れているとは認めたくなかった。

堀がおれの要求に生唾を飲み込んで、おれとミチコを交互に見比べた。

「手錠は手首を痛めないやつにしてくれ。口枷は」

言いかけて戸惑った。具体的にどのような形状のものがあるのかさえ浮かばなかった。

「とりあえず、手に入るものを見てみたい。それから決める」

「今、必要なの？」

「今すぐだ」

「分かったわ。ビールでも飲んでて。すぐに手配するわ」

ミチコとふたりきりで部屋に残されて、たちまち居心地の悪さに襲われた。つい二時間ほど前まで、この部屋で女を抱いていたことを思い出した。おれと西村とそれぞれに三人ずつの女と、八人の性交の残臭が部屋に漂っていた。それに気が付いて、ミチコの様子をうかがった。また暴れださないかと身構えた。

堀がビールのジョッキを両手に持って部屋に現れた。

「ごめんなさい。こんな時間でしょ。知り合いに連絡したんだけど……、なるべく急ぐとは言ってくれたけど」

「待つから急がせろ」

ビールをテーブルに置いた堀は、もじもじと落ち着かない素振りでその場を立ち去ろうとしない。徹夜の仕事でくたびれた整形顔が、手錠と口枷に対する好奇心で膨れ上がっていた。

「……あのさ」

堀が会話を繋ごうとした。

無視を決め込むつもりだったが、続いて出た堀の台詞に息を呑んだ。

「そうそう、青木さんと西村さん、何だか大きい仕事するんですって。聞いたわよ。上手くいったらこの店ごと女を借り切ってやるって、西村さん、ずいぶんな鼻息だったわ」

おれは気色ばんだ。

「やつがそう言ったのか」

「ええ昨日っていうか、まださっきよね。お会計した後で」

会計の後でおれはトイレに立った。その時か。

「いつもの与太話だろ」

誤魔化して堀を部屋から追い払った。携帯を取り出して西村を呼び出した。十数回の呼び出し音のあとに西村が応答した。

「何だよ、朝っぱらから」

「堀の店にいる。すぐに来い」

「ちょっと待てよ。さっき終わったばっかりじゃないか」

「大事な話だ。おまえのアパートからだったら十分もかからないだろ。二十分待ってやる。それまでに来なければおれは計画から降りる」

それだけ言って、相手の返事を待たずに携帯を切った。ジョッキのビールを一気に半分ほど飲み、冷静になろうと努めた。しかし西村に対する怒りは収まりそうにもなかった。自分のジョッキを空にして、ミチコの前に置かれたジョッキのビールも喉に流し込んだ。

目の奥にしこりができたように痛んだ。

ソファーの背に首を預け目蓋を閉じて目頭を押さえた。おれの手にミチコの手が添えられるのを感じた。西村に対する憤りがミチコへの恐怖を忘れさせていた。

脱力した手をソファーに垂らし、ミチコの指に介抱をまかせた。

疲れているのだと思った。昨日からのことだけではない。この島に来てからきょうまで、少なくともこの何年間かは、行く末の不安に気持ちが休まることはなかった。そこに微かな光明が射して、張り詰めてきた緊張の糸が切れかけているのだ。

ミチコは病気だ。黒呪術などではけっしてない。気持ちが弱っているから、あらぬことを考えてしまうのだ。

ミチコの指が柔らかく眉毛のうえを揉む。その動きに気持ちを集中させて脱力した。いつの間にかうたた寝していた。ドアが開く気配で目覚めた。

「西村さんがみえたわ」

堀が支えるドアから入ってきた西村の目線がおれの隣で止まった。ミチコのことを思い出して、西村の目線の先に目をやった。ミチコはおれの右腕を枕にして軽やかな寝息を立てていた。

「この女のことは気にするな」

西村に告げてソファーに沈めこんでいた上体を起こした。堀が酒の注文を聞いたが不要だと部屋から追い出した。

「脇を固めろと言ったよな」

呼び出しの意味をうすうす察していた様子の西村は、巨軀を縮め、ばつが悪そうに視線を床に落とした。

「ひとつ言い忘れたことがある」

それだけ言って少し間を置いた。

「おれは今の生活に満足している。この島の片田舎で暮らしていくのであれば、たまにおまえや清水と散財しても、金を食いつぶすことはない」

いまだに通貨危機の後遺症から立ち直れていないこの国の銀行金利は、年率で一三％もの高率だった。おれが不正に利得した金が産む金利は、その銀行で働く役員クラスと比べても数倍の額になる。

「今回の話に乗る理由はふたつだ。ひとつはおまえと同じ、赤坂のやつらの鼻を明かしてやりたいという気持ちだ。だがそれはたいした理由じゃない。とっくにそんな娑婆気は抜けている。大事なのはもうひとつの理由だ。おまえという戦友を置き去りにしてさっさと帰国したことを、おれはずっと申し訳なく思っていた」

西村がはっとした顔をした。その反応を冷静に分析しながら話を続けた。

「しかし帰国したおれを待っていたのは、想像もできないような冷遇だった。ほとぼりが冷めるまでという理由で関連会社に出向を命じられた。そこから十年近く放置された。課長待遇のままな」

いったん言葉を区切って喉を潤した。ジョッキを傾けながら、西村の様子を観察した。おれの話に聞き入っている。それはそうだろう。西村をこの島に置き去りにしてから後の二十年間を、西村に話したことはない。何度か訊かれたが、迂闊に話して、ぼろが出るのをおれは恐れた。

話を続けた。

「とっくに諦めていたころに本社に呼び戻されて、部長職に昇格の辞令をもらったよ。喜んだのも束の間だった、配属先が福島だっていうじゃないか。除染作業現場の所長だ」

「どうしてそんな現場に？」

「行政の手前、元請所属の立場が必要だったんだろう。なにしろ作業員が五千人を超す現場だからな」

「ご、五千人！　おまえそんなでかい現場を任されたのかよ」

「でかいだけだ。内容は酷いもんだった」

作業員の殆どは、協力会社が全国から掻き集めた素人だった。

協力会社と言えば聞こえはいいが、要は下請けだ。

除染作業の現場では、三次下請けまでが認められている。下請けを使う場合には、反社チェックが求められる。反社会的勢力と関わりがないかチェックするのだ。しかしそんな決め事は名ばかりで、そもそも作業員自体、どこの馬の骨かも分からない連中を下請け会社が掻き集めて寄越しているのだ。

前科者、刺青者も多数混じっていた。覚醒剤のフラッシュバックに悩む者もいたようだ。もちろん所長であるおれが、そんな連中と直に接触することはない。現場を監督している施工管理者会議での話が、担当課長から部長へ報告され、部長がおれに報告するのだ。

下請け会社の作業員や社員らと関わらないのは、おれだけではない。施工管理者以外の人間は、あいつらから二歩も三歩も距離を置いていた。そもそも下請け会社そのものが、普通に考えれば、スーパーゼネコンに位置付けられるおれの会社と、まともに取引できるような会社ではないのだ。

「しかし、作業員が五千人を超えるとなると、現場の施工管理者だって五十人から必要になるだろう。よくそれだけの員数を揃えられたな」

「真っ先に声を掛けたのは、うちの会社を定年退職したロートル連中だ。次に大手ゼネコンで管理者の経験がある同じくロートルだ。終いには、中堅ゼネコンで経験があるロートルまで声を掛けたな」

バブル経済崩壊後のゼネコンの経営不振は深刻だった。新規採用を控える時期が何年も続いた。したがってそのぶん、自社で抱える施工管理者の絶対数が不足していた。貴重ともいえる自前の施工管理者を、除染作業のような仕事に回せるわけがない。

「それじゃ現場の施工管理者は六十五歳以上の再就職ばかりということか。そりゃひでえな」

呆れた声で西村が言う。しかし現場の施工管理者だけではないのだ。現地事務所として会社が買い上げた三階建てのビルで働くスーパーゼネコンの正社員らも、誰も彼もが会社組織から振り落とされた、明日の希望などない半端者なのだ。もちろんそのことは、現場のトップとして五千人以上の作業員と、二百人近い社員の頂点に立つおれにも言える。

「そんな立場になって初めて西村、おまえのことを思い出したよ。おまえひとりを島に残して帰国した自分を殴りたくなったくらいだ。すまん、この通りだ」

椅子に座ったまま膝に手を置いて深々と頭を下げた。

「おいおい、止めてくれよ。おれはおれでのんびり暮らしてきたんだ。むしろおまえのほうがあれやこれやと大変だったんじゃないか」

「西村……」

顔をあげて奴の目を見た。潤んでいた。西村の単純さが哀れだった。おれの境遇に同情しているのだろうか。どれだけ単純なやつなんだろう。

「おれはそんな待遇に耐え切れなくなって、会社を辞める決意をした」

ここまでは本当、これから先は嘘の話だ。

「ところが嫁さんに大反対された。どうしても辞めるなら離婚だと言われたよ」

「そりゃ嫁さんにとっちゃ、スーパーゼネコンに勤める亭主は、なによりのブランドだからな。うちだってそうだ。この島と日本で、二十年間からの別居生活だ。会えるのはせいぜい年に二回くらい、盆暮れだけよ。最近ではそれもなくなった。それでも別れようとか、この島で一緒に住もうという話にはなりゃしねえ。要はおれの勤め先のブランドがあって、月並み以上の収入があれば、文句はねえのよ」

「ま、西村と違って、おれたちには子供がいなかった。それがあれば考え直したかもしれんが、ある日おれは遂に我慢できなくなって、会社に辞表を出したのよ」

「どうやって嫁さんを説得したんだ？」

「ローンの終わっている自宅を嫁さん名義にすることと、退職金を半分差し出すことが条件だった」

「ずいぶん強欲な嫁だな」

「それでもいいと思うくらい、おれは会社が嫌だったんだ」

「なるほど」

「丸裸になったおれは日本も捨てることにした。退職金の半分があれば、日本じゃ無理だが、この島であれば暮らすには困らんからな」

「金は銀行に預けてあるのか？」

「ああ、まあな」

曖昧に言葉を濁した。おれは一億円近い金を持ってこの島に逃げてきたのだ。そんなものを銀行に預けたら、高額資産保有者として税務署にマークされる。その一億に退職金は含まれない。西村の手前、嫁と折半したと言ったが、全額を脅し取られた。

除染現場での不正行為を嫁に打ち明けたのが間違いだった。下請け会社に潜りたいという何社かから、おれは裏金を受け取っていたのだ。その総額は一億円を超えていた。

それに退職金を加え、自宅を売却した金もあれば、アジアの国に行けば生涯遊んで暮らせると、おれは嫁を説得したのだ。

「嫌よ。あなたは、いつ犯罪者として捕まるか分からないのでしょ。そんな人と、一緒に暮らせるわけがないでしょ」

取りつく島もなかった。

「いや、そうじゃない。会社もこの件は明るみに出さないと思うんだ。除染作業は全国が注目している仕事だ。そこでスーパーゼネコンの社員が不正を働いたなんて報道されてみろ、大騒ぎになるだろう。だから会社は立て替えるか、適当な仕事をやるさ。それで業者に口止めをする。おれの悪事が表に出ることはない」

それはおれの希望的な観測でもあった。実際会社がどう動くか、予断を許す状況ではなかった。

「だったらこうしましょ」

嫁から提案があった。

「あなたの退職金の全額と、自宅を私にちょうだい。あなたは不正に手に入れたお金を抱えて、どこにでも逃げればいいでしょ」

「何を勝手なことを……」

「もちろん離婚してもらうわよ。その条件を呑んでもらえないのであれば、私は警察なり週刊誌なりに、あなたのことを暴露するわ」

嫁の目は本気だった。血走っていた。結局のところおれは嫁の申し出を受け入れるしかなかったのだ。

「おれのことよりおまえのことだ」

話を切り替えた。西村に金の話には触れてほしくなかった。

「おれはもう人生を降りた人間だ。しかしおまえは違う。二十年間も島流しだ。一花咲かせてやりたい。今までの苦労の対価の何倍もの報酬を持たせて、日本の家族のもとに帰してやりたい。それがおれのいちばんの望みだ」

西村の瞳孔が開いた。分かりやすい奴だ。

「いいか、よく覚えておけ。もし今の段階でこの話が赤坂の耳に入ったら、おまえは間違いなくこの現場を外される」

「まさか、おれに持ちかけられた話なんだぞ」

驚きの表情を浮かべて西村が顔を上げた。

「おまえに持ちかけられた話じゃない。会社の看板に持ちかけられた話だ。おまえは現場畑だから赤坂の連中が何を考えるか分からないのだろうが、あいつらは失敗を経験だとは思わない。おまえもおれも、一度失敗している以上、本社から見れば落伍者なんだ。やつらは他の人間を送り込んで、おまえは手ぶらで日本に帰るはめになる。どこぞのちんけな舗装工事の、現場責任者を割り当てられるのが関の山だ」

ハッタリだった。もし本社がペニー島の開発を評価すれば、西村を功労者として認める可能性は十分にある。長年の居留経験もその評価に加え、現地責任者に任ずるかもしれない。そうなればおれの出番はなくなってしまう。

おれ以外に頼る相手がいないのだと、この単細胞に刷り込む必要があった。それで時間を稼ぎ、この開発におけるおれのポジションを確保するのだ。

「だからそうなる前に、おまえの立場を確保するんだ。そのためには絶対にこの話を外部に漏らすな。特にこの店では気をつけろ。同業者がいないからと油断をするな。商社の駐在員がいるだろ。あいつらだってこの話を耳にすれば涎を垂らす。領事館のやつらもそうだ。どこでどんな利権と繫がっているか分からない」

口調を変えてとどめを刺した。

「おれは赤坂のやつらの鼻を明かして、おまえに錦を飾らせたいんだ」

西村が口を固く結んで肯き、おれも作り笑顔で肯き返した。

「それじゃ、飲み直すか」

酒を飲む元気はなかったが、西村の気持ちを盛り上げる必要があると判断した。テーブルの上の呼び出しボタンを押した。

「ただしほどほどにだぞ」

「分かっている。もしおまえが禁酒しろというのならおれは酒を止めてもいい」

西村が調子に乗って出来もしない約束を口にした。どこまで単細胞なのかと呆れた。

「お話は終わったの？」

堀がドアを半開きにして顔を突き出した。

「ああ、深刻な話は終わりだ。寝酒に軽く飲んで帰りたい」

「はい、はい。すぐに用意しますね」

そう言って堀は、空になったテーブルの上のジョッキを片付けながら「朝からどんなお話かしら」と、探りを入れてきた。反応しようとした西村をおれは目で制した。

「この女はミチコっていうんだ。この島の生活に馴染めずに精神を病んでいる。会社の顔で、シンガポール辺りのいい病院を紹介してくれないかと西村に相談していたんだ」

「あら、ごめんなさい。私ったら……」

堀が指の先を揃えて口許を押さえた。

「すぐにお酒の用意をしますね」

「それと何か腹に入れるものをくれ」

「ブブルだったら店の前の屋台に買いに行かせるけど」

ブブルとは水気の少ない粥のことだ。

長粒米独特の臭みが鼻につくが、慣れればそれが癖にもなる。

「ああ、それでいい」

「じゃ、ちょっと待ってね」

堀が姿を消してしばらくの沈黙をはさんで西村が切り出した。

「知り合いなのか」

遠慮がちに訊いて眠りこんでいるミチコに目をやった。

「まあ、そんなところだ」

あいまいに答えた。

「おまえと違って現地の村で生活しているんだ。いろいろなしがらみもできるさ」

「てっきりおまえの女だと思った」

西村の目が疑っていた。

「おれはそれほどまめな男じゃない。おまえが期待するような物語は何もない」

強引にミチコの話題を打ち切った。それでも何か問いたげな西村を持て余しかけたところに、酒とブブルを従業員に持たせた堀が戻った。

「頼まれたものが届いたけど」

テーブルの用意をする従業員を横目で見ながら堀がおれの耳元で囁いた。

「どうする。ここに持ってくる？」

「いや。おれが見に行こう」

　席を立った。また暴れるかもしれないミチコを残していくのは少し不安に思えたが、西村がいれば大丈夫だろうと思い直した。かりにミチコが暴れたとしても、巨漢の西村であれば他愛もなく抑えられる。早々とグラスを傾けている西村にミチコのことを頼んで部屋を出た。小ぶりのトランクを両手に持ったラテン顔の男が、おれに会釈をした。

「ラモに頼んだの。ピックアップついでに持って来てくれたのよ」

　そう言って堀がラモに腕を絡ませた。ラモが堀の目を見つめて頬笑みを返した。男同士の粘りつくような視線の絡み合いに寒気がした。

　ラモは堀の同棲相手で、前に一度だけ面識があった。いくつかのレストランを経営するイタリア人実業家だと紹介された。堀が店長を務める『海神』もラモの所有物だ。実業家とはいえ、愛人の堀にこんな危ない店をやらせているくらいだから、怪しい筋とも繋がっているのだろう。そうでなければこんな物騒なものがすぐに手配できるはずはない。

「先に口枷から見る？」

　堀はおれを受付裏の小部屋に案内した。小さな事務机と、仮眠用と思われる簡易ベッドが置かれた侘しい小部屋だった。

　ラモの手からトランクを受け取った堀が、簡易ベッドの上でそれを開いた。ぎっしりと収められた怪しげな器具が、どうにもミチコに結びつかなくておれは幾分たじろいだ。そんなおれに堀が見透かしたような表情を見せた。

「プレーじゃないのよね」

プレーという語感に顔を顰めておれは首を横に振った。

「何となくそんな気がしていたわ。自殺防止かしら」

「ああ。まぁそれもある」

「だったらボールギャグは絶対だめね」

堀が中央にボールが付けられた口枷をつまみ上げておれに示した。

「嘔吐とかした時に吐瀉物が気管に逆流することがあるの。このタイプは危険よ」

その器具を脇にどけて堀は別の器具をつまみ上げた。その器具にはボールの代わりに短い棒が付けられていた。

「バイトギャグよ。この棒の部分を咬ませるわけ。でも舌を噛むのを防止するためには、かなり深めに咬ませなくちゃいけないから、長時間の使用には向かないわ」

おれの返事も待たずにその器具も横にどけられた。そして次の器具を取り出した。

「これはリングギャグ。ほら、さっきのボールの部分がリングになっているでしょ。これだったら吐瀉物を逆流させる危険性はかなり軽減されるわ。リングの本来の目的はこの輪っかから男のものを入れて咥えさせるの。スカトロにも使えるわ。尿を無理やり飲ませたりとか、もちろんそれ以上のものも——」

「もういい」

粘着質な堀の説明を遮った。

「細かい説明はいらないからどれを買えばいいのか教えてくれ」

自殺を懸念しているおれの気持ちを察してくれたことはありがたいが、推奨しない器具の説明は不要だ。もしおれがプレーを目的としていたら、こいつは嬉々として、立て板に水の解説をするのだろう。

「そう」

堀は気分を害したというよりも、調子に乗って喋りすぎた自分を咎めるようにトランクを閉めた。

「結論から言うとね、青木さんの心配は杞憂《きゆう》よ。舌を噛んで自殺するというのはお芝居や物語の中だけの話なの。一般的に考えられているのは、噛み切った舌が喉に詰まって窒息死するということね。でもそれはあり得ないわ。そんなに上手く喉に詰まってくれるかどうか分からないし、仮に首尾よく詰まったとしても喉が勝手に押し出してしまうわ」

「ちぎれた舌より残った舌が喉を塞ぐんじゃないのか」

「そういう説もあるわよね。でも長さが足りないわよ」

堀が酷薄な笑みを浮かべた。

「その他に考えられるのは失血死ね。でもその可能性もかなり低い。舌の血管は細くて舌は筋肉の塊なの。失血死するよりも収縮して血が止まるのが普通よね」

「その話は信じていいんだな」

「ええ、保証するわ。青木さん考えてもみてよ、新聞やテレビのニュースで、一度でも『舌を噛んで自殺』なんて報道されたことがあるかしら。ないでしょ。迷信なのよ。ついでに手錠だけど」

堀が閉じたトランクをラモに手渡した。

「こっちのトランクに手錠があるけど、一応見てみる」

「一応ということは手錠も的外れなのか」

「そうね。私はお奨めしない。あの子か細いじゃない。ずっと手錠をするのはずいぶんと負担になるわよ」

「だったらどうすればいいんだ」

「それこそシンガポールのお医者さんに相談したほうがいいわよ。まあ、普通に考えればそのまま入院させるということになると思うけど」

「すぐには入院させられない事情があるんだ」

ミチコを手元に置いておきたいという気持ちに思わず声が尖った。堀はしばらく考え込んでから
「フェイクファーのブレスを出して。ホワイトでいいわ」と日本語でラモに言った。ラモが表情のない顔のまま肯いた。

ラモが簡易ベッドに載せたトランクを開いて取り出した手錠には、手首に当たる部分に毛皮状のものが巻かれていた。

「芯はラバーよ。初心者向けね。ちょっとかわいく作ってあるでしょ。それに次の日に痕が残らないのでご安心下さいというやつ。でも手首の鬱血とかには気をつけてよ。寝ている時には同じ方向から圧迫されたりするから」

「それでいい。とりあえずそれを貰おう。それから念のため、さっきのリングの口枷ももらっておこう」

舌を噛んでは自殺できないという堀の話を鵜呑みにすることができなかった。仮に自殺目的ではなくとも、ひきつけを起こして舌を噛んでしまうことがあるかもしれない。念のため持っていても良いだろうと判断した。

ラモが告げる値段に色を付けて金を渡し、受け取ったものをスラックスの左右のポケットに捩じ込んだ。患っているミチコを病院に預けずに、自分の部屋で飼うことを望んでいる暗い感情を、二

人にさらけ出してしまったようで居心地の悪さを覚え、そそくさと部屋を出ようとした。

「アオキさん」

ずっと黙っていたラモがおれを呼び止めた。不自然さのない日本語だった。

「もっといいものがあります」

振り向いたおれに、ラモが酷薄な笑顔を向けた。だが翡翠を思わせる目はビー玉のようで、一切の感情を宿していなかった。

「檻はどうでしょうか。ジュラルミン製で格子はラバーで保護してあります」

「檻？」

「ええ。大小取り揃えられますよ。もちろんオーダーメイドも可能です。人間を飼うにはそれが一番です。少々お高くなりますがね」

「こいつは何を言っているんだ」

ラモの試すような視線を避けて、怒りの矛先を堀に向けた。しかし堀はラモと同じ目をしておれの狼狽を観察していた。

「青木さん、いいのよ。みんなどっかおかしいのよ。あの子にとって、病院に入ることが青木さんと一緒に居ることよりも幸せだとは限らないし、青木さんがあの子を飼いたいのであれば、そうすればいいのよ」

それはおれが初めて見る堀の顔だった。おどおどして、周りに気を使っているニューハーフではない人物が、目の前にいた。

「話にならん」

捨て台詞を残して小部屋を出た。しかし檻でミチコを飼うという提案に、頭の芯が反応していた。その思いを振り切って、早く家に戻ろうと自分に言い聞かせた。これ以上ここに残って西村と飲む気が失せていた。

「ミチコ、帰るぞ」

勢いよくドアを開けて凍りついた。

パンツを足首まで下げた西村が、勃起した陰茎をおしぼりで拭いていた。床に尻を突いた表情のないミチコの口の端からは、西村が射精したばかりの精液が伝い落ちていた。

「違うんだ。この女が勝手におれのものをつまみ出して……最初は冗談だと思ったんだ。それがつい……」

西村が慌てて股間のものをしまった。おれの脳裏に火花が散った。

そのフラッシュの中で、手錠で拘束し、檻に閉じ込めたミチコの姿が浮かんだ。

7

香料の香りが立ち込めるレストランの店内は異様に暗かった。

案内を乞うと奥からサリーを身に纏った小柄な少女が現れた。硬質な空気を纏った美少女だった。少女は、この島の者ではない彫りの深さと大きな瞳をしていた。

少女の案内で移動した奥の間でおれと西村を迎えたのは、ターバン姿の男だった。男は少女と同じように彫りの深い顔と大きな瞳をしていた。

「今回の件をコーディネイトしてくださるオラン・マハールさんだ」

西村が日本語で男を紹介した。「マハールさんは日本語も堪能でいらっしゃる」と付け加えた。

男は椅子に腰かけたまま、握手の手さえ差し伸べず、テーブルを挟んだ椅子に座るよう、手と目で勧めた。

尊大ぶった男におれは島の言葉で言ってやった。

——ご本名ではありませんね。

オラン・マハールという名前は、いかにもインド系の名前のように聞こえるが、それはこの島の言葉だった。直訳すれば『高価な男』という意味になる。ふざけていやがると、おれは男のもったいぶった態度に舌打ちをした。

——そうです。とりあえずの呼び名です。今の段階でお互いの名前を知ることなど、さほどの意味はないでしょう。

悪びれることなく、落ち着き払った微笑を浮かべたマハールが島の言葉で返した。そして流暢な日本語で続けた。

「私たちが興味を持っているのは、あなたが私たちの計画に有益な人物かどうかということだけです」

「なるほど」

いきなり相手にペースを取られ始めている。

「暑い中を来たので喉が渇きました。何か飲み物をいただけますか」

おれは会話の角度を変えた。マハールが特に指示を出すことはなく、予め用意されていたと思われるチャイがテーブルに運ばれた。運んできたのはさっきの少女だった。

この胡散臭い空間に、マハールと二人だけでいる美少女のことを思った。それは性的なこと以上に、なまめかしい印象をおれに与えた。なめらかに一礼して少女が奥に消えた。

「熱いです」

　おれたちに注意を促してマハールがチャイに口をつけた。西村が息を吹きかけながらチャイを啜《すす》る傍らで、カップには手を出さずに話を切り出した。

「最初におうかがいしたいことがあります。どうして西村の会社を選んだのでしょう。あなた方の人脈があれば、世界中のどのゼネコンでも選べたはずです。あの会社が、あなた方とそれほど深い取引が今までにあったとは思えません」

「確かに。私たちとあの会社は、取引の実績がありません。しかし金主は違います。彼は大きなプロジェクトをあなた方と企図しました。しかしそれは思わぬ事情の変化で頓挫しました。そのことに彼は心を痛めています」

「私は西村とは違います」

　前屈みになってチャイを啜っていた西村が、顔をあげておれを見た。

　その能天気さに呆れた。まだ挨拶の段階だとでも思っているのか。席に着いた瞬間から交渉は始まっているのだ。

「ご満足いただけませんか？」

「その方の個人邸宅を作る程度の話ならそれで満足しましょう。しかし今回のお話は情で動くような規模の話ではありません」

　マハールが口を結んだ。

　考え込んでいるのか駆け引きなのか、判断させるような気配は見せなかった。

「では正直に申し上げましょう。あなたの元の会社を選んだ理由は、あの会社がアマチュアだからです。しかもかなりのお人好しです。それは前回の開発の失敗と後始末の手際の悪さから明らかです。そう言えば納得していただけますか」

「今の段階では」

「他にご質問は？」

「デポジットとして二十億ドルが提供されると聞いていますが」

「間違いありません」

「とてもこのような場所で明かされる金額だとは思えません」

「信じる信じないはあなたの勝手です。しかし通常であれば、あなたがこの計画を知るのは新聞記者よりも遅かったでしょう。私たちがあなたをパートナーの候補として選んだ、だからあなたにその情報を与えた、と理解してください」

「私が選ばれた理由を聞かせていただけますか」

「それはあなたご自身でお考えください」

「理由も分からずにパートナーシップを組むことはできません」

「では、言葉を変えましょう。あなたが選ばれた理由については、あなたご自身でシナリオを書いてください。その出来具合で、私たちはあなたがパートナーとして相応しい人物かどうかを判断します」

「もし私が相応しい人物でないと判断された場合、私はどうなるのでしょうか」

「それもご自身でお考えください」

「ヒントはそれだけですか」

　マハールがもう一口チャイを啜り、西村に目を向けた。

　――あなたの汚れた金について、ここでお話ししてもよろしいのでしょうか。

島の言葉で言った。たちまち、おれの背中に悪寒が走った。それを表情に出すまいとしたが、マハールの満足そうな微笑が無駄な努力だと告げていた。

——私たちはあらゆるビジネスに触手を伸ばしています。先ほどのあなたのご質問ですが、どうして私たちがあなたの元の会社をパートナーとして選んだかということについて、大切な答えがひとつ抜けていました。それはアオキさん、多額の金を隠蔽しているあなたの存在を私たちが知ったからです。

おれの存在を知った。生唾と一緒にその言葉を飲み込んだ。

「もちろん」とマハールが日本語で付け加えた。

「あなたの過去の仕事の実績も調べさせてもらいました。あなたは有能な企画マンでいらした。その能力が衰えていないことを私たちは期待しています」

「それ以上の説明は結構です。質問を変えましょう」

「どうぞ」

「あなた方はこの事業の成功確率をどの程度と考えているのでしょうか」

「あまり意味のある質問とは思えませんが」

マハールの眉間が微かに翳った。

「成功確率とは、あの島に国際空港を備えたカジノコンプレックスが完成する可能性、という意味でしょうか」

「参考までにお考えをおうかがいしたいのです」

「意味のない質問にはお答えしようがありません」

「私が元の会社にこの計画を持ち込むとき、とうぜんの話の流れとして、私は完成の可能性について言及を求められます」

「では、一〇〇％とお答えします」

「あなた方のビジネスが成功する確率は？」

「失敗の可能性は〇％だと考えています」

「ということは最初の二十億ドルは間違いなく拠出されるということですね」

「かつてのアジアの虎も歳をとりました。残念なことですが、大金を抱えて安寧な老後を送るより、それを手土産に、故郷に戻ることを選びました」

アジアの虎――

かの独裁者の通り名だ。

おれはカップに口をつけてチャイを含んだ。濃厚な牛の乳の臭いが喉から鼻に抜けた。それは純粋な家畜の臭いだった。その臭いに、庭の囲いの豚の運命が脈絡もなく思い出された。祭礼は四日後だった。その朝に豚は供物として屠られる。

「他にご質問は？」

マハールが繰り返した。

「いいえ。今のところはこれで十分です。お会いできたことを光栄に思います」

おれが立ち上がるとマハールも席を立った。百九十センチほどもあろうか、思いのほか長身のマハールは、テーブル越しに細長い腕を差し出して、おれに握手を求めた。

「私もお会いできたことを喜びに思います。あなたとはよいビジネスをしたいと願います。次にお会いする時は是非、あなたのシナリオをお聞かせ下さい。ただし時間はそれほどありません」

「できるだけ早く、遅くとも十日以内に返答します。一度くらいは現地を見ておきたいですから」

マハールを見上げる格好でおれは答えた。

「計画のラフスケッチをお渡しします」

マハールが人差し指を立てると、その背後の薄闇からバインダーとブリーフケースを手にした少女が現れた。バインダーの中身をマハールが確認し肯くと、少女がブリーフケースに収めておれに差し出した。

西村が差し出した握手の手を一顧だにせずマハールが着席した。

――ご連絡をお待ちしています。

握手を無視された手を、宙に浮かせて戸惑う西村を促して店を後にした。

「おい。あんなのでよかったのか。ずいぶんあっさりした話し合いだったな」

「ああ、きょうのところはあんなものだろう」

「まあ、顔合わせだからな」

納得顔の西村におれは呆れた。首根っこを摑みたい衝動を押さえて近くのオープンカフェに連れ込んだ。

席に着くなり西村はビールを注文した。それを一気に飲み干して二杯目を注文した。おれはミネラルウォーターを飲みながら、さきほどまでの会話を頭の中でもう一度整理した。

「これからどうすればいいんだ」

「ひとりで堀の店にでも行ってくれ。夜になれば清水も来るだろう」

「ちょっと待てよ。そういう意味じゃなくて仕事の話だよ」

少しは仕事という意識があるのかと皮肉な気持ちで西村を見た。それほどこいつが持ち込んできたのは間の抜けた話だった。

マハールの組織は、おれを何らかの駒として扱うつもりで接近してきたのだ。西村はおれを誘い込むための窓口にすぎなかった。

やつらはおれの不正の事実と隠匿している金の存在を把握している。そのうえで、何らかの役割を押しつけようとしている。

何をやれという指示はなかった。それは自身で考えろとおれは突き放された。いずれにしてもきょうの会見は、いきなり脅迫されたのと変わりない。

「船をチャーターできるか。あしたペニー島に渡りたい」

「お安い御用だ。足の速いクルーザーを用意してやるよ。分太郎《ぶんたろう》寿司の親父が持っているやつがいいだろ。二、三度釣りに招待されたが、あれは速いぞ」

「おまえ、馬鹿か」

怒るというより悲しくなった。こんなやつを相棒にしてこれからマハールの組織と向き合うのかと思うと先が思い遣られた。しかしここまできて降りることはできまい。場合によっては、それはおれの破滅に直結する。マハールの組織は、たやすくおれの口を封じることができるのだ。税関か警察に電話を一本入れればいい。おれは持ち込み制限をはるかに超える金をこの国に持ち込んでいる。そのことをリークするだけで、おれは完封されてしまう。

「おまえがクルーザーを動かせるのか。おれたち二人がペニー島に渡ったことがクルーの口から分太郎の親父の耳に入ったらどうするんだ」

「あっ」と、西村は首を竦ませてきまり悪そうな顔をした。

「少し考えさせてくれ」

腕組みをしてテーブルに目を落とした。

クルーザー一隻を手配するのでさえこのありさまだ。組織を持たない不自由さを思った。組織だけではない。相談できる相棒がおれには必要だ。もちろん西村などでは話にならない。しかし三年の期間、あの村で隠遁生活に身を置いてきたおれに頼れる人脈などなかった。

ふいに堀の顔が浮かんだ。そして今朝のことが思い出された。ミチコを檻で飼えという突拍子もないラモの提案に、堀は眉ひとつ動かさなかった。堀と一緒に暮らすラモは組織を持っているに違いない。

「やっぱり堀の店に行こう。あいつの協力が必要だ。とりあえずあしたはあの店の女を三人ほど連れて行く。クルーザーも堀に用意させる」

「堀や女たちの耳に入るのは拙くないのか？」

女を島に連れて行くと聞いた西村は、半ば頬を緩ませながらも不安を口にした。

「女はカモフラージュだ。それと堀を仲間に引き込む」

「ちょっと待てよ。堀から計画が漏れたらどうするんだ」

「その心配はない」

もう一度、堀とラモの姿を思い浮かべた。ミチコを檻で飼えとラモが言ったとき、二人とも底の知れない暗い目をしていた。この計画を進めるためには裏社会に通じた仲間が必要だ。どれほど堀とラモにその力があるのか分からないが、少なくとも女を檻で飼うことを平気で口にできるのは、やつらがまともな世界の住人ではないことの証だろう。

「どうしてそんなことが言えるんだ。それに堀の店でこの話をするなと言ったのはおまえじゃないか」

食い下がる西村におれは違う話をした。

「この話を持ちかけられた時、おれを引っ張り出すのがやつらの条件だっただろう」

案の定、西村の顔色に微妙な変化が表れた。

「やつらの側について交渉を進めるというおれの立場も、おまえが考えたことじゃない。やつらに言われたことをおまえはさも自分の考えのように語っただけだ。ビアンチョの暫定カジノの件も、外国人観光客をターゲットにした検討も、ぜんぶやつらに吹き込まれたことじゃないのか」

「……どうしてそれが」

「やつらの標的はおれだった。おまえはやつらに踊らされていただけなんだ。だが安心しろ。おれは簡単に踊らされたりはしない」

あっけに取られている西村を無視して腕時計を確認した。

「ペニー島の地図を手に入れてくる。二時間後に堀の店で落ち合おう。おまえは先に行っておけ。ただし酒は飲むな。分かったな」

西村の返事を待たずにおれはカフェを出た。

マハールの組織はおれの不正を知って近付いてきた。それをタテにおれをどのように利用しようとしているのか。降りたほうがいいと内心で警告する声があった。しかしマハールははっきりと「虎も老いた」と言ったのだ。それを明かした以上、降りたからといって、ただで済むとは思えなかった。

8

窓を開け放したまま自室のベッドに横たわり、同じ考えを何度も反芻《はんすう》した。

おれたちはあまりにも非力すぎる。とりあえず堀の協力を得ることはできたが、それは蟷螂《とうろう》の斧でさえないように思えた。いつの間にか月は窓枠から離れ、空一面に瞬く星明かりだけが、部屋を青く照らしていた。

「ひどい人ね」

マハールの話の一部始終を聞かせ終わった後の堀の第一声だった。

「これで私も俎板の上に載ったというわけなの」

しかしその口調は抗議するというものではなく、突然自分が置かれた状況を愉しんでいるように聞こえた。見込んだとおり堀はただのニューハーフではなかった。

「ずいぶん物騒なことを言うじゃないか。だが、この計画をばらしたらただでは済まないからな」

堀の傍らでちびちび水を飲んでいた西村が、芝居がかった脅しを口にした。

「あら、怖いのね」

堀がおどけて見せた。その口ぶりには西村を馬鹿にする調子が含まれていた。

「でも、これで全部じゃないわね。このお話にはまだパズルの欠片が残っているのじゃないかしら」

堀が悪戯っぽく小首を傾げておれを窺った。ただひとつだけ、おれの隠し金についてマハールから指摘された件には触れていなかった。

「ああ。でもそれは今は言えない」

マハールがおれにしたように、おれも西村に目をやって堀に答えた。西村の前では言えないという意味を視線に込めた。堀はにっこりと笑い了解した。

「おい、おい。何かきょうの昼間から話が見えないような気がするなぁ」

そろそろ西村にも説明が必要だとおれは判断し、堀に酒を用意するよう告げた。念のため部屋を出る堀に、今夜清水が来ても、同じ部屋には通さないよう付け加えた。堀は手馴れたウィンクでそれに応えた。部屋はおれたちがいつも使う入り口付近の部屋ではなく、奥まった場所にある狭い個室だった。

　間もなく堀が運んできた酒を嬉しそうに飲み始めた西村に、おれはきょうのマハールとの会話を解説した。

「あいつらは印僑のビジネスマンじゃない。マフィアだ」

　おれがそう切り出すと西村は鼻から酒を吹き出して激しく咳き込んだ。

　マフィアだというのはおれの当て推量だった。印僑や華僑の世界で、ビジネスマンとマフィアにどれだけの違いがあるのか疑問だが、少なくともまっとうなビジネスをする組織なら、おれの不正をネタに絵図は描かないだろう。

　西村が吹き出した酒と鼻水を堀がおしぼりで拭いた。

「デポジットを出すという施主も、やつらに嵌められていると考えた方がいい。だが逆の見方をすれば、最初の二十億ドルは確保できるという保証だと考えてもいい」

「それをやつらは横取りするつもりなのか？」

「そうじゃない。だったらおれたちに声をかけたりしない。やつらの狙いはもっと大きいはずだ。その二十億ドルで赤坂を釣り出すつもりだ。むしろそれが本命だろう。もちろんいくら日本を代表するスーパーゼネコンだとはいえ、赤坂に無尽蔵に金があるわけじゃない。だがこれだけの開発計画となれば、赤坂を核にして、金融機関や商社や他のゼネコンや、とんでもない規模の企業が、協力会社として名乗りを上げるはずだ。その企業全部がやつらの標的だ」

「詐欺だってことか」

「違うな。国際空港を備えたカジノコンプレックスが完成すれば詐欺ではないし、仮に完成しなくても完成させるつもりがあるのであれば詐欺とは言えないだろ」

「そんなの詭弁《きべん》じゃないか」

「詭弁かどうか、それはどうでもいい議論だ。この話のポイントはやつらが二十億ドルの拠出に確かな手ごたえを感じていること、それを餌に赤坂を釣り出そうとしていること、そして釣り出した暁にはおれたちを手先に使って、赤坂とその周辺から流れてくる金を操作しようとしているということだ」

「政府との根回しはどうするんだ。おまえの話にはそれが抜けているじゃないか。カジノ特区の法案が通らなかったら計画倒れだ。仮に二十億ドルのデポジットがあっても法案が通る手応えがなければ赤坂は動かない」

「通るさ。その確証もないのにやつらが動くかよ。相当の金が裏工作の資金として関係筋に流れているんだろ。おれたちの段階まで話が進んだということは、裏ではもっと計画が進行しているに違いない」

グラスを持つ手に力を入れて西村が酒を呷った。

「降りた方がいいんじゃないか。まともな話じゃなさそうだし、そんな危ない橋を渡って大丈夫かよ」

「無理よ」

堀が西村のグラスに酒を注ぎ足して愉快そうに微笑んだ。

「この話を聞いてしまった以上、降りるのは無理。もし私たちが降りてもその人たちは別のパートナーを探すでしょ。そうなったら計画の裏を知っている私たちはどうなるの。じゃまよね。死人に口なしと彼らが考えるかもしれないわ」

西村の動揺はますます激しくなった。ちょっと拙いなとその様子を見て思った。パニックになって、突拍子もない方向に走られたのではこっちが危うくなる。

あえて軽い調子で言った。

「堀、脅かしすぎだ。それほど深刻に考えることではないだろう。それにやつらは計画を進めると言っているんだ。開発計画が進む段階で、関係者の懐が潤うのは当たり前のことじゃないか。そうだろ、西村。おまえだって、今まで過去の開発現場で結構美味しい思いをしてきたはずだ」

おれの言葉にすがるように西村が肯いた。

「今回の話も今までと一緒さ。ただ規模が比較にならないくらいでかいだけだ」

「そうね。でもその分、実入りもかなりのものだわ」

おれの意を察した堀が話の方向を合わせてくれた。今までと一緒という言い回しに西村の表情が少し緩んだ。

「そうだよな。役得はどの現場にもあるよな」

つくづく単純なやつだ。

「そうさ。結局あいつらの狙いもそこだ。自分が昔やっといて、あいつらが同じことをやるのに目くじらをたてることもないだろ」

「そう考えれば特別のことでもないか」

血の気が戻り始めた西村を見て堀が苦笑した。

「もういいだろう。そろそろ女を呼ぶか。あいつらは開発費の上前をはねる。おれたちはそのおこぼれをちょうだいする。しかしおこぼれといっても半端な額じゃない」

おれの提案に西村が馬鹿丸出しに破顔した。

堀が「前祝ね」と、愛嬌を振りまきながら部屋を出た。やがてなだれ込んできた女たちに、西村はいつもの調子をとり戻した。

あれで良かったのだろうか。暗い天井を見つめたまま先ほどまでの西村の痴態を思い起こした。はじめは脅して口を噤ませるつもりだった。しかしパニックになりそうな西村を見て考え直した。その判断の適否が気になった。もし西村が危なくなるようであれば、口封じに殺すことまで考えなくてはならないのだろうかと、自分にできるはずがないことを想像してみたりもした。

マハールの組織の狙いは、赤坂にこの事業を受託させることだ。その繋ぎ役としておれに目をつけた。西村では力不足なのだろう。しかしどうしておれなのか。それが分からない。ひとつ確かなことは、やつらはおれの不正を知っている。だからおれはやつらを裏切って赤坂に寝返ることができない。それが西村との違いだと言えなくはないが、それだけなのかという疑念が拭い切れない。

暗闇の向こうで、小さく豚が鼻を鳴らした。夜風に豚の臭いが混じっていた。温かみを含んだその臭いに、人を幸せにする豚の天稟の才を思った。

おれもいよいよこの村の住人になったかと考えてみた。しかしその思いはすぐに打ち消された。しょせんここは終の棲家にする場所ではない。もしこの島を抜け出すことができれば、何年か後に、この村を故郷のように懐かしみ、また訪れることがあるかもしれないが、今はただ閉塞し、紛れて身を隠す場所でしかない。

既に賽は投げられている。

自分に言い聞かせた。床からミチコが呻く声がした。一瞬老人の人格かと思い緊張したが、それはもっと深いところから聞こえる声だった。また同じ呻き声がした。

「デア……ヌフ……」

日本語でもない、現地の言葉でもない、意味不明の言葉だった。

「ヌフ……トベ」

繰り返す呻き声におれは寝返りを打ってベッドの端から顔を出した。ミチコに襲い掛かられた記憶が甦り慎重に蚊帳をめくった。蚊帳の中でミチコは横向きに身体を丸めて眠っていた。口にはリングギャグが咬まされている。

「寝言か」

ミチコの片手は胸の前に固められ、もう一方の手は半分伸びた格好でベッドの足に向けられていた。その手首とベッドの足を繋ぐフェイクファーで保護した手錠が、窓からの星明かりを受けて白く輝いていた。蚊帳を戻そうとした時、眠っていると思ったミチコの首がゆっくりと動いた。ミチコは白眼を剝いていた。

「デア、ヌフ、トベ」

唇で喋った言葉ではない。それはリングギャグの奥の喉から、ミチコ以外の存在がおれに語りかけてくる言葉に聞こえた。

ミチコがゆっくりと首を回してもとの姿勢に戻った。すぐに安らかな寝息を立て始めた。

堀が手配したクルーザーはラモのものだった。

「秘密は漏れないだろうな」

出船の準備をするラモを顎で指して堀に確かめた。堀は神妙な顔をおれに向けた。

「彼は大丈夫よ。私とはただならぬ関係だし。それより相談なんだけど、ラモも仲間に入れてもらえないかしら。きっと役に立つと思うわ」

堀の申し出におれは呆れた。もう少し道理の分かるやつだと思ったが自分のめがね違いに落胆させられた。いくら同棲している関係だとはいえ、あまりにも安易な提案に思えた。

「あなたが私を誘った魂胆は分かっているわ。裏の世界に通じた仲間が欲しかったんでしょ。だったら私より彼のほうがはるかに上よ。店の女の子を手配しているのもラモの組織だし、表向きは実業家だけど裏ではもっといろいろやっているわ」

「それは分かっている。おまえを誘ったのもあの男の存在があるからだ。おれはおまえを窓口にして必要な時だけあの男のルートを使うつもりだ。もちろんそれなりの報酬は払えると思う。だがむやみに仲間を増やすつもりはない」

「例えば都合の悪い誰かを処分する時はどうするの。必要な時だけ使われるみたいな立場じゃそこまではやってくれないわよ。ラモを仲間にしたら消してくれるわ」

堀に言われ、もう一度ラモに目をやった。いかにもバカンスを楽しむイタリア人だった。出船の準備をしながらたえず西村と女たちに声をかけ、他愛もない笑いを誘っていた。その細身で小柄な体躯からは、いかなる凶暴さも感じられない。しかし見かけだけで判断してはいけないことを、つい最近、ただの売春カラオケボックスのママだと軽んじていた堀から学んだばかりだ。

「その話は本当か。あいつの組織はそこまでやる組織なのか」

「私だってこんなことに巻き込まれたんだから、少しは意見を言う権利はあるでしょ」

おれの問いに直接回答せずに堀がしなをつくった。だが、殺しまでやる組織なのかという問いを否定はしなかった。

「出航の準備ができました」

ラモが船尾で手を挙げた。

堀が嬉しそうに手を振り返して小走りにクルーザーに駆け寄った。堀の手をやさしく取ってラモが船上に招き入れた。

クルーザーのデッキでは、バミューダショーツにアロハシャツの西村が、三人のビキニ姿の女を相手にはしゃいでいた。舫《もや》いを解くラモの肩に手をやって船に乗り込もうとした時、おれの耳に風に紛れた声が届いた。

「デア……ヌフ……」

ミチコ？

もう一度。今度は耳元ではっきりと聞こえた。

「デア、ヌフ、トベ」

振り返り周囲を見回した。

そこにミチコが居るはずはない。少し離れた場所にタクシーを止めて、その運転席で煙草をふかすワヤンの姿が見えた。滴るような青空と、重量感のある緑のマングローブの林がその背景にあった。動いているのは、運転席の窓からワヤンが吐きだす煙草の煙だけだった。

ミチコは手錠でベッドに繋いである。一階の雨戸の鍵も掛けてきた。疲れているのだと自分を納得させて船に乗り込んだ。

「それではキャプテン、きょうの目的地を教えてもらえますか」

ラモに問われて、パンツの尻ポケットからペニー島の地図を取り出して示した。

「小さな入り江が二つある。こことここだ」

「そうですね。上陸地点は他になさそうです」

細かく等高線が刻まれた地図を確認しながらラモが肯いた。

「行ってみてから変更するかもしれないが、とりあえずこの入り江に船を着けてくれ」

「アイサー。でもキャプテン、この辺りはGTのポイントですから釣り船がいるかもしれません。むしろ反対側の入り江のほうがいいのではないですか」

それで堀がラモに計画を喋ったことをおれは知った。

「それもガイドブックで調べてきた」

GT。ジャイアント・トレバリー。ペニー島の西部は巨大ロウニンアジの第一級ポイントだとガイドブックに記されていた。長年この島に住んではいるが、アウトドアに興味がないおれにそんなことは無縁だった。

「むしろ釣り船がいたほうがいいだろ。何もないところに船を回すほうが怪しまれる。そのためのカモフラージュだ」

おれの目線を追ってラモが女たちに目を向けた。

「ニシムラさんもカモフラージュですね」

ラモの軽口におれは苦笑した。

「まあ、それくらいの役には立つだろう」

「それでは出航します」

敬礼の真似をしてラモは操舵席に移った。

港を出たクルーザーは、たちまちトップスピードに達した。波頭を越すごとに大きく船体が浮かび上がり続いて船底が海面に衝突した。その衝撃と波しぶきに女たちが嬌声を上げた。南国の強烈な陽射しが、降り注いだ波しぶきをたちまち蒸発させ、船上に潮の匂いが立ち込めた。そしてそれを風が吹き飛ばす。

船上のわずかな日陰を求めて身を隠した。日中は寝室に引きこもり、足元に侍らせたミチコに語りかける毎日が日常になった身には、耐え難い環境だった。

西村から話を持ちかけられる以前の自分を懐かしく思った。

まだ一週間も経たないのに、それがずいぶん遠い日のように感じられた。

濃い色のサングラスで眼を保護し、船のゆれに身を任せながら、いつしかおれはまどろんだ。浅い眠りの夢の中にミチコが現れた。出会ったばかりのころのミチコだった。

「やっぱり私はワヤンの妻になるわ」

ミチコの言葉に夢の中のおれが激怒した。

「そんな勝手は許さん」

おれはミチコを殴りつけた。

それでも出て行こうとするミチコを背後から捕らえた。

ミチコが手足をばたつかせて暴れた。

殴りつけて部屋の奥の暗がりに連れ込んだ。そこには黒い檻があった。

「おまえはここで暮らすんだ」

まだ暴れるミチコを檻の中に蹴り込んだ。

「二度とおれのもとを去ろうなんて考えるな」

手にした南京錠をミチコに突きつけた。

「おまえはおれが飼ってやる」

口調を和らげた。諭すように伝えた。

「その代わりおれはおまえを捨てたりはしない」

ミチコを檻の奥に突き飛ばした。

南京錠を下ろすおれに、檻の中に突っ伏したミチコが猫のような暗い目を向けた。切れた唇の端から血が流れていた。

「どうして、はじめからこうしてくれなかったのよ」

恨めしげにミチコが言った。

眠りから醒めると船は波間に漂っていた。

「釣り船は出ていないみたいね」

おれに語りかける堀の後ろで、ラモがゴムボートを船尾のエントリーデッキから海面に下ろしていた。西村と女たちが傍らで待ち遠しそうに見つめていた。それらの光景が寝起きの目にぼんやりと映った。

「西村さんが船外機を扱えるらしいから、先に女の子たちと渡しましょう。それから船に戻ってもらって、青木さんとバーベキューセットを運んでもらうということでいいでしょ。私とラモは船に残るわ」

サングラスを外して目を擦った。大きな目やにが剝がれ落ちた。

西村と女たちがボートに乗り移る。

「アオキさん、ちょっとよろしいですか」

西村たちをボートに乗せたラモがおれのもとに歩み寄った。

「ホリに聞きました。アオキさんは私を仲間にすることに戸惑いがあるようですね」

目の前にしゃがみこんだラモの右手に、小さな銀色のかたまりが握られていた。銃だ。おれの眠気が吹き飛んだ。

「ニシムラさん、苦労しているみたいです」

ラモが首を回してボートの四人を見た。

「あのボートのスターターはちょっとコツがいるんです。まあ何度かやればエンジンが掛かるでしょうが」

ラモがおれの耳元に口を近づけた。自分の頬に軽く拳銃を押し当てながら囁いた。

「これはゲームです。どの女でもいいですから水着の色を言ってください。頭を撃ち抜きます。この距離だったら外すことはありません。それで私を仲間として認めてもらえませんでしょうか」

「……馬鹿な」

「黄色の水着の子にしてちょうだいよ。他の子よりは稼ぎが悪いわ」

傍らで腕組みをして立っていた堀が口を挟んだ。

片膝をついたラモが、ボートに向けて上半身を捻った。拳銃を持った右手に左手を添えた。ボートの四人はぐずるスターターに集中していて、誰もラモの様子に気付く気配はなかった。銃口が標的を捉えた。

「止めろ。もう分かった」

口早に言った。

ボートのエンジンが咆哮を上げた。

四人の歓声が沸いた。

コバルトブルーの海面に、白い泡立ちを残して遠ざかるボートを見送りながら、ラモが拳銃をパンツのベルトに挟み込んだ。

「悪い冗談だ」

胸がむかついて吐き気がした。おさまるまでに時間がかかった。

「冗談ではないわ。ラモはほんとうに撃てる人よ。騒げば他の子も始末するわ。これくらいのことが平気でできないと、今度の仕事は重たいわ」

堀がおれにミネラルウォーターのボトルを差し出した。受け取って渇いた喉を湿らせた。

「この国で売春が重罪なのは知っているでしょ。それを『海神』ではあれだけ公然とやっているのよ。女の子の調達だって苦労するわ。この島の女の子はだめ。みんな信心深くて、しかも村社会でしょ、うちで働いていたら、たちまち噂になってしまうわ。だからぜんぶもっと南の島や他の国から調達しているの」

「ホリは頑張っているよ」

やさしく慰めるようにラモが堀の腰を抱いた。

「ありがとう」

男どうし、唇を触れ合わせた。

二人が離れて堀が言葉を続けた。

「私たちは、青木さんには言えないようなこともいっぱいしているわ。だから私たちの助言はちゃんと聞いて欲しいの」

了解するしかなかった。

マハールといい目の前で睦まじく絡み合う二人といい、おれは何を相手にしようとしているのだろうか。身の程知らずという言葉が浮かび、全身に冷たい汗が流れた。

島に女たちを下ろした西村が、おれを迎えにクルーザーに戻ってくる。満面の笑みを浮かべ、おれたちに大きく手を振る。堀とラモが、何ごともなかったかのようにそれに応えて手を振り返す。

いずれあの男は死ぬことになるだろうなと、おれは漠然と思った。そしてその災厄が、自分の背中にも貼り付いていると気付いて、込み上がった胃液に喉が焼けた。

9

クルージングの翌日、ラモに呼び出された。堀も同席した店はイタリアンレストランだった。島には珍しくジャケット着用のドレスコードがある高級レストランだ。

「この店もラモのものか」

「他にレストランが二店舗、ディスコをひとつ、バーは四店舗経営しています」

「あら『海神』は数に入らないの」

少し不満げに言う堀にラモが微笑を浮かべた。

「あの店は裏のビジネスだからね。それも数に入れると『海神』のような売春を目的とした店が、あと三つあります」

「ずいぶん手広くやっているんだな」

ラモがおれに革張りのソファーを勧め、堀と並んで向かいに座った。

「計画の概要は堀から聞きました。たいへん興味深い内容です。ぜひ仲間に加えていただきたくお願いします」

「昨日も言ったけど、ラモの組織と人脈は、必ず青木さんの役に立つと思うの。是非前向きに考えてもらえないかしら」

「組織の全容と人脈を知らないおれに、それを判断しろというのか。しかも拳銃で脅かされてだ。素直に分かりましたとは言えないな。もう少しお互いを知り合う時間が欲しかった。だが今回は時間がない」

　船の上ではやつらのペースに巻き込まれてしまった。しかし言うべきことは言っておこうと覚悟を決めてこの場にやってきていた。

「もし気に障ったのであれば、昨日のことはお詫びします。また私の組織についてお知りになりたいとのことですが、表のビジネスのことならともかくダークサイドについては、まだ面識の浅いアオキさんに開陳できるものではありません」

「そうか、ラモもおれを信用できないわけだ」

「それは子供の言い分です。お互いが完璧な信頼関係で結ばれることは、この先もずっとないでしょう。それともアオキさんは今までやってきたビジネスは、すべて信頼関係に基づいて行われてきたとでもおっしゃるのでしょうか」

「ああ、少なくとも誰だか分からないような相手とビジネスをした経験はないね」

「それは分かっていると錯覚できるものがあったということですね」

「ちょっと待ってよ、二人とも」

　堀が割って入った。

「これじゃ、交渉にならないわ。接点を探すべきじゃないかしら。お互いの役割分担を明確にするというのはどう？」

　堀の言うとおりだった。また先ほどラモに言われたことも内心では納得していた。

　前の計画にしてもそうだ。軍閥を背景とした独裁政権だったから、おれたちは全幅の信頼を置いた。その結果が計画の破綻と巨額の欠損だった。確かに相手のことを知るなど、意味のないことなのかもしれない。

「分かった。だったらそちらの役割分担を聞こうか」

「私たちの役割は、アオキさんの身辺警護です。それから昨日のクルーザーのように、必要なものを調達することもできます。これからのビジネスの展開の中で、いろいろと助言を差し上げることも可能でしょう。もちろん助言までです。私たちがアオキさんに命令したり、指図したりすることはありません」

「分かりやすい役割分担だな。しかしそれで、おまえたちにどんなメリットがあるというのだ。まさかボランティアでおれの身を守ってくれるわけではないだろ」

「最終的にはボランティアで終わってしまうかもしれません。それは私たちの才覚の問題です。何も得るものがなければ、自分たちに才覚がなかったのだと諦めます。現時点では計画の末端でいいので、手が届く場所にポジションが確保できれば十分です」

　クルーザーの手配さえできないわが身を思った。

「身辺警護だが、具体的にはどのように守ってくれるつもりなんだ。ボディーガードでもつけてくれるのか？」

「その点について提案があるんだけど」

　身を乗り出したのは堀だった。

「青木さん、今は村の一軒家に住んでいるのよね。とりあえず今回の話が落ち着くまではそこを出てもらいたいの」

「出てどうするんだ」

おれの問いにラモが答えた。

「私の屋敷の一室をご提供します。専属のメイドもご用意しますので、不自由はおかけしません。セキュリティーは完璧です」

「居《い》候《そうろう》しろというのか。それはあまり気がすすまないな。おれは今の気ままな生活に満足している」

気ままな生活というのは詭弁だった。おれの頭にはミチコとのことが浮かんでいた。ふたりの間に誰も介在させたくなかった。今の暮らしを捨てる気にはなれなかった。

「屋敷といっても豪邸よ。個人のプライバシーは守られるわ。使用人を除けば住んでいるのはラモと私だけだし、気を遣わせるようなことはしないわ」

「お連れの方も歓迎します。誰にもお二人のことを邪魔させません」

ラモのひと言がおれの琴線に触れた。思い出していたのはワヤンの存在だ。あの村に居を構える限り、ワヤンは卑屈な顔をしてミチコの元に通うだろう。そしてミチコを汚辱する。表向きは嫁の具合を心配してということだから無下には断れない。

こうなる前にも、あの村から出ることは考えた。しかしミチコを抱えて居住できる場所は限られている。それに島内のことなので、一週間もしないうちにワヤンはその場所を嗅ぎつけるに違いない。自分の嫁だと警察にでも駆け込まれたら、ずいぶんとややこしいことになるのは目に見えている。その一方でラモの屋敷にミチコを連れて居を移せば、ワヤンの来訪を拒絶することが可能になる。たとえ警察に駆け込まれても、ラモであればそれをあしらうことが可能だろう。おれはミチコを独占できる。

「ひとつだけ質問してもよろしいでしょうか」

転居についておれが意思表示もしていないのに、ラモが話題を変えた。

「例の組織が押さえているアオキさんの弱みとは何でしょうか」

単刀直入な質問だった。堀に話した時も「パズルの欠片が残っている」と指摘されたが、やはりラモもそれに気付いたようだ。ただしそれが、やつらに握られているおれの弱みだと、ピンポイントで断じるところが鋭利だった。

「答える必要があるのか」

「いえ、無理強いはいつの場合もしません。ただし推測するのはお許し下さい」

ラモが少し考え込んでから話を始めた。

「アオキさんは女道楽をしないと堀から聞きました」

「バクチもクスリもやらないわね」

堀が補足した。ラモが肯いて続けた。

「また現在の生活の範囲で、やつらに絡め取られるようなことがあるとも思えません。ひとつひとつ可能性を排除していくと、やつらは、アオキさんの過去に何かを見つけたということになります」

追い詰められるという感覚はなかった。むしろラモの話を興味深く聞いた。これが裏社会で生きる人間の嗅覚というものなのだろうかと感心した。

「やつらの得意分野のひとつに情報収集があります。やつらは今回の話を立ち上げるにあたって、何人もの人間やいくつもの組織を研究したはずです。その過程でやつらの情報網にアオキさんの存在が浮上した。いくらやつらの情報網が発達しているとはいえ、この島の片田舎で暮らすアオキさんがそれに掛かることはないでしょう。ということはアオキさんが前の会社に勤めていたあたりに、やつらが有効と考える情報があったと考えるのが自然です」

「ながながとした解説はいいから核心を言ってもらおうか」

「ずばり不正です。あなたはかなりまとまった額のお金を会社から、あるいは立場を利用して不正に得た。しかし会社、あるいは被害者は、表立ってあなたを訴追できない理由がある。ただいつ訴えられるか分からないあなたは、この島に逃げ込むことを選択した。むしろ当事者である自分が日本を離れることで、会社、あるいは被害者、もしかしてその両方が、あなたの不正を有耶無耶にすると考えた」

「ご名答だ」

　すんなり認めたことに堀が驚きの表情を浮かべた。ラモは平然としていた。ラモの話は推測であり、とぼけることもできただろうが、この場を取り繕ってどうなるものでもないだろうという気持ちになっていた。

「すでにおれの不正額くらいは調べているんだろうな。それでどうする、おれを脅かして仲間に入れるつもりか」

「まさか。そんな無駄なことはしません。私はビジネスのお話がしたいのです」

「ビジネス？」

「あなたが隠匿している現金をロンダリングいたします」

「ロンダリング……そんなことができるのか？」

「それほど難しいことではありません。先ずはB of Aにあなたの口座を開設します」

　B of Aとはバンカメ、即ち『バンク・オブ・アメリカ』のことだ。

「バンカメになにか伝手はあるのか？」

「B of Aの前身は、アマデオ・ジアニーニがサンフランシスコに設立した『バンク・オブ・イタリー』です。当初のメインとなる顧客は労働者階級、サンフランシスコの北海岸に住むイタリア系移民でした。今では当時と比べようもないくらいのメガバンクになりましたが、我々と完全に手が切れたわけではありません」

「口座を開設してどうする？」

「その口座に私の会社から、あなたが隠匿している金の半額を、顧問契約料として振り込みます」

「半額？」

「残りの半額はコミッションです。ビジネスですからね」

「ずいぶんあくどいビジネスだな」

　苦笑した。しかしおれはラモの提案に気持ちを動かされていた。かりに半額に減っても、今のおれにとって、それは悪くない取引だ。不正の事実が消えることはないが、目減りしたとはいえほぼ一億円の現金なのだ。気軽に持ち歩ける金額ではない。しかも今の状態でこの島の警察におれの金がバレでもしたら、おれはその日のうちに逮捕されるに違いない。やつらに正義などない。不正に通関した容疑でおれを勾留する。目的は金だ。警察関係者がハゲタカのように群がって、分捕り合戦を演じるに違いない。

　おれがマハールに脅かされたのも、隠匿している金があるからだ。その金が正当なものになるのであれば、もう脅されるネタもなくなる。それが今後の交渉にとって、どれだけ重要なことかは考えるまでもない。

「半分は多過ぎる。三割だ」

ダメもとで言ってみた。この島に来る前まで、一介のサラリーマンに過ぎなかったおれに、マネーロンダリングの手数料の相場など分かるはずがない。

「いいでしょう」

ラモが即答した。

「しかし条件があります」

「どんな条件だ？」

「さきほどお話ししたことです。我が家への転居も同意いただけることが条件です」

「時期はいつごろを考えればいい」

「きょうにでも」

「ずいぶん急な話だな。それほど差し迫って、おれは身辺警護が必要だということか」

「今の段階では差し迫ったことではないと思います。でもこれからは分かりません」

「こんな話はその事態になってから考えるより、その事態になる前に手を打っておいたほうがいいのよ」

堀が付け加えたが、最後のやりとりは余分だった。おれはすでに転居する気になっていた。身辺警護のことよりも、自分の金が束縛から解放されることが魅力的だった。そしてワヤンから離れ、ミチコを自分だけのものにできるということが、何よりおれの心を捉えていた。

「ひとつだけ用意してもらいたいものがある」

「何なりとご用命ください。ゲストには快適に過ごしていただきたいというのが私のポリシーです」

交渉の合意にラモが満足そうな笑みを浮かべた。

10

沐浴をし、サファリと呼ばれる祭礼服に着替え、庭先で半分まで欠けた月を眺めながらおれは迎えを待った。

満月の夜、里帰りした精霊となった祖先が天上界に戻る夜だ。これ以上留まると、天上界への道が暗くなる。そしておれも、今夜を最後にこの村を去る。ただしおれが向かう先はラモの屋敷で、それが天上界だとは思っていない。

月明かりの庭に白い影が現れた。マデだった。サファリをまとったマデの顔は、おれを祭礼の広場に案内する役割が自分に与えられたことに誇らしげだった。

——似合っているよ、アオキさん。

祭礼服姿のおれに、マデが親指を突き立てて片目を閉じた。マデの後ろには豚を見に来た少年とその妹が、それぞれ男女の祭礼服を着用し従っていた。

——やあ、君たちも来たのか。

二人が両手を胸の前に合わせ、目を閉じて、膝を折って頭を下げた。神妙で、ぎこちない少女の仕草におれの頬が緩んだ。

さっと風が吹いた。豚の臭いは消えていて、代わりに清涼な花の香りを風が運んだ。この島の祭礼には欠かせないチュンパカの香りだ。草花ではなく木に咲くこの白い花の香りをこの島の神々は愛する。清涼でありながらどこか艶めかしい、いかにもこの島の神々が好みそうな香りだった。

　手を繋いだ二人の少年がおれを先導した。おれは少女を抱きかかえて二人の後に続いた。今夜だけはペニー島のことを忘れよう。おれはそう決めていた。これがおれにとってこの村で過ごす最後の夜になる。

　今日にでも、というラモの申し出を断ったのは、この祭礼に参加するためだった。おれが居なくなると、村人たちは豚のない寂しい祭礼を迎えることになるのかと、そのことが心残りだった。

　広場に近づくにつれて、静かなガムランの反復する調べが聞こえてきた。大きな円を作って地べたに座った村人たちがおれの姿を認め、一斉に頭を下げた。この島に留まるカモフラージュとして、島に魅入られ、島の住人になろうとする男を三年間演じてきたおれは、はじめて本気で村の住人になりたいと願った。

　村長が屈託のない笑顔で隣の席をおれに勧めた。おれは習慣に従った謝辞を口にし、村長の隣に胡坐をかいた。最初に村長が、続いておれが食い物に口をつけないと宴は始まらない。村長は皆に特段の挨拶をすることもなく、目の前の竹の籠に盛られた豚の細切れ肉を右手ですくって口に運んだ。ゆっくりと味わってから、ヤシ酒で流し込んだ。おれもそれに倣い、宴が厳かに始まった。

――おまえの寄進に村を代表して感謝する。

毎年の台詞を村長が口にした。

――いえ、私こそお招きいただきありがとうございます。

軽く頭を下げて、考えていたことを村長に伝えた。

――もし、私が村の住民ではなくなっても、豚の寄進は許されるのでしょうか。

村長にだけは、今夜を限りに村を出ることを、昼間伝えてあった。

村長の目が前を向いたまま曇った。

——国に帰るのか。

——長い間お世話になりました。

——決まりがあるわけではないが、わしは寄進を受けとうはない。

予測された答えだった。おれは食い下がった。

——しかし私はこの村を故郷のように思っています。他所に出た男が、故郷の村に寄進をすることは許されないのでしょうか。

——他所に出た男も、祭礼の夜には帰ってくる。おまえは帰るまい。そのおまえに寄進された豚を食っても、寂しさが募るだけだ。

村長の言い分に胸が詰まった。どうして西村や清水や堀やラモや、他の多くの余所者たちが、この島に巣くっているのか不思議に思えた。宴の席に座っていると、彼らのことが別世界のことのように遠く感じられた。

五百万人に膨れ上がった観光客とヌサ・パサックの失敗が胸に浮かんだ。この島の観光資源に目を付けて、それを事業として推進したのは、民主化運動で失脚した独裁者だった。慧眼《けいがん》だったかもしれないが、その果実は、中央政府とそれにかかわる個人と、島の外から来た者たちにしか潤いをもたらさなかった。独裁者の一族が最後に手がけた巨大開発に携わり、おれの人生は破綻した。そして今、同じ独裁者の帰郷願望に蠢《うごめ》く利権争いに身を投じようとしている。つくづく嫌気のさす人生だと思った。

——そうか、国に帰るのか。

おれの下座で胡坐をかいた老人が、村長とおれの会話を聞き背を丸めたまま呟いた。老人はこの村の呪術を請け負うバリアンだった。

——ええ。私はこの村に相応しい人間ではありませんでした。

——どうしてそう思う。

——村はここで生まれた者のものです。私にも私が生まれた村があります。

生まれ育った東京の小さな借家が目に浮かんだ。村というには語弊があったが、幼いころに育った下町の路地の思い出に、村という言葉が不思議と馴染んだ。今では大小のビルが立ち並び、往時の面影は偲ぶべくもないだろうが。

——村の境に割れ門があるじゃろ。

——はい。

——この島の村の境にはどこも割れ門がある。あれの意味を知っているか。

——村の境界を示すものではないのですか。

——割れ門は天に向って開けている。どんなものでも、村は分け隔てなく迎え入れるという意思を表している。

老人が空を見上げた。つられて顔を上げた。天空に輝く星は、老人の言葉の証のように果てしなく高い空にあって、しかも手が届きそうにも思えた。おれの生まれ故郷では絶対に見ることが叶わない星空だった。

——しかしひとたび、村に害を為すものが踏み入れようとすると、割れ門は瞬時に閉じてそのものを潰し殺す。

ひと言ひと言を、老人は噛み砕くように話す。

——おまえの怯えがわしに伝わる。何をそんなに怯えているのだ。この村の割れ門はおまえを受け入れた。もしおまえに害を為すものが、この村に足を踏み入れようとすれば、割れ門はそのものを潰し殺す。

静かに語る老人の言葉がおれの心に温かく沁みた。

もしそれが本当であれば、どれだけ喜ばしいことか。しかしおれには、自分が割れ門に受け入れられた人間だとは到底思えなかった。

——ミチコは連れて行くのか。

ミチコもまた受け入れられない人間だった。

——はい。ミチコは、病気ですから。

——まだそんなことを言っているのか。ミチコは呪われているのだ。それを認めない限り、ミチコの心が闇を出ることはない。

何度も老人にそのことを忠告されていた。しかしそれについては今も納得することができないでいた。そう考えると、先ほどの割れ門の話も伝説に過ぎないと感じられた。その伝説にすがりたい気持ちになった自分に苦笑した。祭礼の空気が、束の間おれを深い信仰の世界に引きずり込んでいたのだ、と思った。

——前にも言ったと思うが、三つ先の村に、わしよりもずっと強い霊力を持つバリアンが居る。もしミチコのことを案じるのであれば、そのバリアンを訪ねろ。

熱を帯びた老人の助言に、おれは曖昧に肯くしかなかった。今度のビジネスを仕上げることができれば、ミチコをシンガポールに連れて行こうと思った。

——ミチコに呪いをかけたのは、わしらバリアンではない。あれを激しく憎悪する誰かだ。バリアンが、あれほど無定見な呪いをかけることはない。バリアンの呪いでないのであれば、わしの力でその呪いを解くことはできん。

おれの思いに構わず老人は話を続けた。仕方なくおれも老人に話を合わせた。

――ではワヤンの嫁が怪しいということになります。いちばんミチコを憎悪している人物ではないでしょうか。

――そうとは限らんだろう。ミチコは禁忌を破った。禁忌を破ったミチコを嫌悪するものは、他にもたくさんおる。激しい嫌悪は、やがて憎悪に育つ。

老人が指摘しているのはミチコの口淫のことだ。ワヤンがそれを友人に吹聴して廻ったことで、ミチコは村の住民から疎外された。

ワヤンの軽蔑すべき行いはそれだけではなかった。おれがミチコを引き取った後、おれが性的不能者であるという噂が村中に流布された。家を出たミチコを満足させているのは自分であると、あの男は陰で触れ回った。

しかし善良な村人は、ワヤンの卑小さを容易に見破った。当然の結果として、ワヤンは村人から侮蔑された。この祭礼の席にもワヤンの姿はない。それどころか、今この時に、ワヤンはおれの寝室でミチコの髪を掴んで股間を押しつけている。今夜が最後になることをワヤンはまだ知らない。

普段、おれは自分が留守の時にワヤンが家に上がることを許していない。そこまで好き勝手にはさせていない。今夜は特別に許可した。ワヤンは口元を歪めて喜んだ。猿顔を弛緩《しかん》させた。村中から嫌われ、祭礼の夜に居場所がないワヤンにとっては、願ってもない話だったに違いない。これからも同じような機会が与えられるのではないかと、期待に胸を膨らませているかもしれない。期待すればいい。今の時間を、ミチコを、ぞんぶんに愉しめばいい。

今夜が最後だからと、特別な思いでそれをワヤンに許したのではない。梯子《はしご》を外して突き落とすためだ。このまま続くと侮っていた今までの日々と、今夜新たに生まれた希望を、すべて粉砕して突き落としてやる。

――ミチコに変わりはないか。

バリアンの老人がミチコを気遣った。

――そういえば、最近おかしなことを口にしました。

――おかしなこと？

――ええ。デア……。

と、おれは自分の記憶を辿った。

――確か、デア、ヌフ、トベ、だったと思います。

――デア、ヌフ、トベ？

ミチコの言葉をなぞっただけのおれの言葉でなく、老人はミチコが発音したように正確に声を発した。

――はい。私たちの国の言葉でそれに見合う言葉はありません。私が知る限りこの島の言葉でもなさそうですし。

――島の言葉だ。

老人が強い語調で言った。

――昔の、まだこの島が国として統治される前の古い言葉だ。わしらが子供のころ、わしらの祖父が使っておった言葉だ。今ではよほどの老人しか知らぬ言葉だ。この村でその言葉を解するのは、わしくらいだろう。

――どうして、そんな言葉をミチコが……それはどういう意味なのでしょうか。

背中を丸めて胡坐をかいた老人が、ゆっくり首を回しておれの顔を仰ぎ見た。ミチコが見せた仕草に似ていた。おれは胸騒ぎを抑えて老人の言葉を待った。

——島に行くな。ミチコはそう言うておる。

——島に？

全身の毛が逆立った。

——今ならまだ間に合う。わしのいうバリアンのもとを訪れろ。

詰め寄る老人の声が遠くに聞こえた。ミチコの呻き声が頭の中に響き渡った。

デア・ヌフ・トベ。

島に行くな。

遠く波間に浮かぶ不浄の島が、祭礼の篝火《かがりび》の炎の揺らめきに浮かび上がった。

11

ラモの屋敷は幹線道路から少し入った海岸沿いにあった。

ワヤンが運転するタクシーは朝靄の熱帯雨林を進んだ。やがて『ここから先は私有地』と書かれた威圧的な看板の先にゲートが現れた。ゲートは二人のガードマンに守られていた。そのうちの一人に来意を告げた。相手がトランシーバーで確認しゲートが開かれた。さらに森を抜け五分ほど車を走らせてようやくラモの屋敷に到着した。

「ようこそ、我が家に」

「厄介になる」

車を降りて出迎えたラモとハグした。クルーザーでの出来事をまだ引きずっていたが、これからパートナーとしてやっていく相手だ。どこまで信用できるかは別にして、今の段階では友好的に振舞うのが自然だろう。

「それにしても豪邸だな」

はじめて訪れた二階建てのラモの屋敷を見上げて素直に感嘆の声を上げた。落ちついた佇まいの洋館だった。

よく手入れされた芝生の前庭は、小学校の校庭ほどもあろうかという広さで、その向こうには、濃紺のインド洋が広がっていた。その水平線を借景として、長方形のプールが設えてあった。

「あの小屋は使用人たちの住み込み部屋なのか」

庭の隅に建てられた一軒家を指して訊いてみた。小屋といっても日本であれば一般の住宅の二、三軒ぶんの規模だ。

「そうです。五人のメイドと二人のドライバー、それからコックを雇っています」

こともなげにラモは答えた。この島に住む外国人富裕層としては、驚くほどの人数ではない。

「警備も厳重なようだな」

「ガードマンは九人体制の三交代制で二十四時間のセキュリティーを保証します。全員が軍隊経験者です」

その数は普通ではなかった。メイドよりもガードマンの人数が多いというのが、ラモのビジネスの性格を表していた。おそらく彼らの役割は警備だけではないのだろう。

「この広い敷地をガードマンだけではカバーできませんので、敷地全体は、十分に高い鉄柵で囲まれています」

ラモが付け加えた。

「その鉄柵にはもちろん電流を流しているんだろうな」

皮肉のつもりだったが、当然だと言わんばかりにラモは頷いた。

「ええ。過《あやま》って触ることがないように注意してください。紛れ込んだ子供たちが怪我をしないよう、電柵の外側には電気を流していない有刺鉄線を絡めた柵がありますが、内側にはそのような配慮はありません。触るとただでは済みません。ついでにもうひとつ注意していただきたいことがあります。夜間は、鉄柵内の雑木林が赤外線センサーで監視されています。ですからその辺りの散歩などは、どうか控えてください。体温を感知して警報が発報します」

「海からの侵入はどうする。見たところ何の防御もないようだが」

「いちばん難しい侵入経路です。磯場です。波も決してやさしくはない。さらに複雑な離岸流が常にある地形です」

前夜、祭礼の席で老人から聞かされた割れ門の伝説を思い出した。

ラモの邸宅を取り巻く警備システムは、どう控えめに見ても、何百年以上も村を守り続けてきた割れ門よりも堅牢に思えた。神とか祟りとか、畏怖心を持つ者に対して割れ門は有効かもしれないが、持たない者に対しては、何ら効力を示さない。

「ずいぶんと厳重な警備体制なんだな。それだけ危ない仕事をしているということか」

口調にさらに皮肉が混じった。それは電流を流した鉄柵に守られる自分に対する皮肉だった。割れ門で守られた村を離れ、これからおれは、その鉄柵の中の住人になるのだ。

「私はまっとうな実業家です。身の危険を案じる必要はありません。ただ当家のお客様にはそれが必要な方も時々いらっしゃいます。アオキさんのようにね」

感傷を皮肉で返されて憮然とするおれにかまわず、ラモが指を立て、離れたところに待機していた青年を呼んだ。見るからに鍛え上げられた精悍さを漂わせる青年だった。

「アンドリです。あなたの運転手をさせます。ボディーガードも兼ねていると考えていただいて結構です。軍の特殊部隊出身ですので役に立ちます。ＡＢＣの三つにチーム分けされるＡチームのリーダーでもあります」

ラモの紹介が終わると、アンドリはおれの斜め背後に位置を移した。身辺警護は、この時点から始まったようだ。

「西村にもボディーガードは付くのか」

「あの人には必要ないでしょう。あなたの元の会社を交渉のテーブルに着かせるためには不可欠な人物です。あの人の身に何かあれば、会社も慎重にならざるを得ません。今のところは何の危険もないと考えます」

「ということは、おれには危険があると考えているんだな」

そのことは理解していたが、ラモの見解を聞いておきたかった。

「彼らにとって、アオキさんは会社をテーブルに着かせるための道具です。もっとよい道具が見つかれば、不要になった道具は、口封じのために処分されるかもしれません。今のところ人間として扱われている西村さんとは立場が違います」

言いにくいことを平気で言う。しかしラモの説明は正しくおれの立場を言い当てていた。おれの理解もラモと一緒だった。マハールの組織がおれをもっとも役に立つ道具だと認めなくなれば、おれを『処分』することに躊躇はないかもしれない。そのことを頭で理解することはできるが、実感は湧いてこなかった。しかしこうもあからさまに言われるのも愉快ではなかった。

「おまえたちにとっても、おれは道具なんだろうな」

「そうです。でも彼らとは大きな違いがあります。私たちには、アオキさん以外に道具を見つけることはできません。ですから私たちはアオキさんを守ります。それだけではありません。もし彼等が新しい道具を見つけそうになった時は、それをこちらで排除することも考えます」

「なるほど、頼もしい仲間だ」

やけくそ気味におれは乾いた笑い声をあげた。ラモも顔をほころばせた。おれ以上に乾いた笑いだった。

「それではお部屋にご案内しましょう」

ラモに促されたおれはワヤンのタクシーに歩み寄って、後部座席のミチコの手を取った。

「さあ、降りよう。きょうからここがおれたちの新しい住居だ」

片足をタクシーの外に下ろしたミチコの二の腕を摑んで、運転席のワヤンが引き止めた。

——アオキさん、どういうことですか。

ワヤンにはまだ転居のことを伝えていなかった。ワヤンだけではない。村長とバリアンの老人を除いては、村の誰にも打ち明けていなかった。

村から借りた土地に建てたおれの家は、村に寄進したいと村長に申し出た。もし誰か村の外に出た人間が、外での不都合で村に戻ってきた時は、あの家に迎え入れて欲しいというのがおれの希望だった。村長はそれを承諾し、おまえもそのひとりだということを忘れるな、と言ってくれた。

家具や電化製品や衣服は、マデの家族に譲り渡して欲しいと付け加えた。

——ワヤン、長い間世話になったな。

それは秘めた快感をともなう台詞だった。この男の顔が困惑に歪むのを見たくて、それまで決別を言わずにおいたのだ。

――私はもうミチコとは会えないのですか。

期待どおりワヤンが悲痛な声を上げた。

情けなく、そして醜い顔だった。造作だけでなく、心の卑しさが滲み出る醜さだ。おれのワヤンに対する酷薄な感情は、ますます増幅された。

――会う？　おまえは厄介払いしたミチコを性欲の捌け口にしていただけじゃないか。それを自慢げに吹聴して回ったよな。おれがインポだという噂もおまえが流した。おまえほど無責任なゲス野郎をおれは他に知らない。

おれはミチコの手を強く引いてワヤンから引き離した。代わりにまとまった金を入れた封筒を押しつけた。

――おまえが大好きな金だ。どうしても誰かに口でやって貰いたくなったら、その金で、それをしてくれる女を探せ。

――アオキさん。

ワヤンが車を降りておれの前に立ちはだかった。金が入った封筒はしっかりと手に握り締めていた。

「何かトラブルでも？」

ラモが割って入った。

「この男が今になって女を渡すことを拒んでいるんだ」

「なるほど。途上国ではよくあるトラブルです。彼らは現金を手中にしてしまうと、事前の約束を忘れることがあります。もっともらえないかと欲を出します」

ワヤンが握り締めた封筒にラモが手を伸ばした。ワヤンがそれを拒む態度を見せた。ラモが射るような視線をワヤンに向けた。もう一度ラモが手を伸ばし、封筒を取り上げて中身に目をやった。

「アオキさんは正当な対価を用意されています。勘違いしているのはこの男のようです。ここから出て行ってもらいましょう」

ラモの指先の合図にアンドリがおれの背後から進み出た。ワヤンの鳩尾に拳が滑らかにめり込んだ。呻いてワヤンが前に崩れ落ちた。崩れ落ちるワヤンをアンドリが片手で受け止めた。タクシーの後部座席のドアを開けて放り込んだ。

——ゲートまでお送りしろ。

ラモがアンドリに指示した。アンドリが運転席に座り、ラモが後部座席に現金が入った封筒を投げ入れた。

「往々にして暴力というのは、もっとも簡単な紛争の解決方法です。だからこの世界から戦争がなくなることはありません」

ラモはいかにも悲しげに言ってから「さあ、お部屋にどうぞ」と、歩き始めた。おれはミチコの手をとってラモに続いた。

おれたちのために用意されたのは、二階の突き当りの部屋だった。その部屋に至る、イタリアンタイル張りの廊下を先導するラモは饒舌だった。

「二階が私の居住区になります。その他に事務所兼用の書斎とリビングとキッチンとメインダイニングがあります。食事はお部屋に運ばせてもよろしいですし、ダイニングで召し上がっていただいても結構です。食事の時間は特に決まっておりません。お好きな時に部屋付きのメイドにお申し出ください。近隣の一流店からのデリバリーも含めて対応させていただきますので、たいていの料理はご要望に応じることが可能です」

村での食事はマデの母親の世話になっていた。

彼女は毎日欠かすことのない早朝の祈りを捧げた後で、大量の食事を作る。

この島の普段の日に、家族が集まって食卓を囲むという風習はない。台所に作り置きされた料理を、めいめいがめいめいの腹具合で勝手に食べる。そしてそれは家族に限られない。近所の子供たちも、そのメンバーに含まれる。時には大人でさえ、台所に足を踏み入れる。持つものが持たざるものに分け与えるのを当然と考えるこの島の慣わしが、そんなところにも表れていた。

毎日のことなので、おれはいくばくかの謝礼をマデの母親に申し出たが、微笑で固辞された。仕方なく、食材を買い求め渡したりした。こちらが恐縮するほど大袈裟な感謝の言葉で、マデの母親はそれを受け取るのだった。

「二階には六つの客室があります」

村を懐かしんでいたおれにかまわずラモの説明が続く。

「部屋にはそれぞれにバスルームがついています。すべての部屋のバルコニーから、インド洋に沈む夕陽をお楽しみになることができます。ベッドメイクもルームクリーニングも、お好きな時間に命じていただければ結構です」

まるでホテルマンの口調だなと思った。慇懃なのだ。少なくとも友人を迎え入れる口調ではなかった。しかしそれを口にするのは止めた。この男に皮肉は通じない。

ミチコを守るために。

タクシーの後部座席に放り込まれたワヤンの姿を見て、おれは覚悟を新たにしていた。ミチコはミチコの望みどおり、きょうこそすべての過去と決別して、自分の居場所を見つけることになる。

これからは、その居場所の主であるおれがミチコを守るのだ。

「さっきの男、ワヤンという名だが、警察に訴え出るかもしれん。いちおうこの女とは夫婦の仲なんでな」

無用な懸念だとは思ったが一応確かめてみた。首を竦めたラモが言った。

「この島の警察のトップとは大変懇意にしています。私の経営する店の上客でもあります。もっとも代金を頂いたことはありませんがね」

下唇を突き出して哀しげな顔をした。

真顔に戻って、ドアノブに手を掛けた。

「お部屋です」

ラモが分厚い木製のドアを開けた。

両開きになった背の高いドアが、割れ門の形になるようにデザインされていて苦笑した。ドアの向こうにはエントランスの小部屋があり、その先にオフホワイトで統一された瀟洒《しょうしゃ》なリビングが広がっていた。

「右奥のドアが寝室で、左奥のドアがバスルームです。寝室のクローゼットにはお二人の着替えを用意させておきました。当面、不自由はないだろうと思いますが、必要なものは遠慮なくメイドに申し付けてください。後でこの部屋を担当するメイドをご挨拶に寄越します。それから」

ラモが軽く握った拳を唇に当てて、説明に漏れはないかと考えている素振りをした。

「――そうです。大事なものを忘れていました」

と、麻のジャケットの胸ポケットから封筒を取り出した。

「中身をご確認下さい」

封筒には一枚の書類が収められていた。それはB of Aの残高証明だった。一万ドルが記されていた。

「口座は既に開設してあります。キャッシュのご用意はされておられるでしょうか」

「ああ、今日の午後にでも取りに行こう。さっきのボディーガードと車を貸してくれ」

金はホテルに預けてある。英国資本の会員制ホテルだ。そのホテルで月極め契約している貴重品ロッカーがおれの金の隠し場所だ。

「おれが注文したものは？」

残高証明を封筒に戻し、二つ折りにしてパンツのポケットにしまいこんでラモに確認した。

「ああ、あれですね」

人差し指を立てたラモの顔が会心の笑みを見せた。

「ちょっと値が張りましたが、特上クラスを用意させました。もちろんこれは私からお二人へのプレゼントです」

今までの事務的な口調とはあきらかに違う、ときめきを感じさせる声だった。

「さあご覧ください」

ラモが寝室のドアを開けておれを急かした。

「どうです。素晴らしいでしょ」

寝室の隅に檻が設えられていた。

全体がビニールの質感の黒で仕上げられている檻だ。その重量感とは裏腹に、鉄格子は細く、その細さに気品すら覚える。

檻の高さは百二十センチほどか。跪くことはできるが立ち上がることはできない。檻内の移動は四つん這いになるしかない。幅が二メートル、奥行きは五メートルほどだろうか、ミチコは奥の暗がりを好むに違いない。そこで身を丸めて眠り、おれの呼び掛けに応えて、その暗がりから這い出るのだ。

おれは急速に高まる感情を押し殺して生唾を飲んだ。

「悪くない」

何かを感じたのか、おれの手を離れたミチコが檻に歩み寄った。

床に尻をついて鉄格子に頬摺りをした。

「気に入ってもらえたようですね」

「おれも気に入った」

異彩を放つその黒い塊に目を奪われたまま、思わず素直な感想をラモに伝えていた。

12

その夜、おれは檻に入れたミチコを眺めて過ごした。寝室の窓から差し込む月明かりだけの薄闇の中、床に足を投げ出し、ベッドにもたれてミチコを凝視し続けた。たとえようのない充足感と、同じくらいの不安感に囚われていた。不安の理由を訝ったが、幸福の絶頂ゆえの不安だと解釈した。

ラモが用意したミチコのネグリジェも、部屋の壁紙に合わせて——あるいは檻の黒に合わせたのか——オフホワイトだった。そのネグリジェに身を包んだミチコの手首には、ネグリジェよりも光沢のある純白のフェイクファーの手錠があった。もう必要ないそれだが、おれはミチコの拘束を、それで確かなものにしたかった。

ミチコは短い睡眠と覚醒を繰り返した。今まで蚊帳に包まれている時も、こうして睡眠と覚醒を繰り返していたのかと思いを巡らせた。

たまにミチコは少し長めに覚醒した。上体を起こし、ラバーの床に敷いたマットレスに尻座りして、おれを凝視した。何かを語りかけようと言葉を探したが、適当な言葉が見つかる前に、ミチコは身体を横たえた。おれが言葉を探している間中、ミチコの漆黒の瞳はおれに何かを語りかけていた。

ラモの屋敷に移り住んで、ミチコを檻で飼う以外に、もうひとつ大きな変化があった。部屋付きのメイドとしてラモに紹介されたアユの存在だ。

移り住んだ当日の夕刻、ラモに伴われて部屋を訪れたアユは、ナース服を着用していた。ボリュウムのある艶やかな髪を堅くまとめ、強い眼差しをしたアユの年齢を、おれは五十前後と推測した。この島の女性は、強い日差しのせいもあるのだろう、三十を過ぎたあたりから、急激に肌が老化する。アユの肌にも深い年月が刻まれていたが、それだけではなく、穏やかな、果たして女性にその言葉が適切かどうかは分からないが、ある種の風格のようなものを漂わせている女性だった。

——医療の心得があります。

おれに対しては日本語で語りかけるラモが、英語で彼女を紹介した。

——専門は精神医学です。

アユがラモの紹介を補足した。ブリティッシュ訛りの硬質な英語だった。

ミチコの病状に配慮したラモの人選だと理解した。おれを驚かせたのは、それに続くアユの言葉だった。

――バリアンとしての修練も積んでいます。

女性のバリアンをおれは知らない。むしろおれの貧弱な知識のなかで、バリアンは男性が専業とする仕事だと思い込んでいた。おれの驚きを察したのか、アユが微笑を浮かべた。

――今は女性バリアンの存在は珍しいでしょうが、もともとは男性より女性が司る仕事でした。アオキさんのお国にも、ヒミコと呼ばれる有名なバリアンがおられました。また現代においても、オキナワのユタやノロ、オソレザンのイタコは主に女性が務めているはずです。

赤道を挟んで、日本から遠く離れた島で、ユタだのノロだの、あるいはイタコなどと言われても、馴染まない気がしたが、それよりも精神医学を修め、しかもバリアンの心得があるというアユを、部屋付きのメイドに指名したラモの真意をおれは測りかねた。それ以前に、ラモの組織にアユのような人物がなぜ必要なのか、それが大きな疑問に思えた。それをラモに日本語で問い質した。英語にしなかったのは、不躾《ぶしつけ》な話になるかもしれないと、アユに遠慮したためだった。

「私が主に扱う商品のひとつに、アジアの僻地《へきち》の女があります」

ラモが説明を始めた。

「仕事が仕事だけに、彼女たちの多くは精神を病みます。度が過ぎると商品になりませんので、それをコントロールするのがアユの役割です」

――正常に維持することだけが、私の役割ではありません。

どこまで理解してか、日本語の会話にアユが割り込んだ。

――時には意図的に、女たちの精神を破壊することも求められます。幸いこの組織では、違法とされている薬物も簡単に手当てしてもらえます。

そういって再び微笑んだ。

――私が学んだ先進国の医療技術だけでは、心の闇の深部まで踏み込むことができません。その一方で、バリアンに継承された方法論だけで、心を自由に操作することも難しい。両方の手段によるアプローチが許されていて、しかも検体に事欠かない今の環境に、私は大変満足しています。

この女は何を言っているのだ。

おれは微笑を絶やさない相手に、怖気に似たものを覚えた。

――ではおれのミチコも、その検体とやらのひとつということか。

思わず言葉に軽い怒気を含ませた。

――それは違います。

否定したのはラモだった。

――私がアユに指示しているのは、ミチコさんの治療です。

――そんなことを頼んだ覚えはない。ミチコは、いずれ機会を見て、シンガポールの然るべき病院で治療を受けさせるつもりだ。

アユが薄く笑った気配がした。鼻で笑うという類の笑いだ。

――もし不要であれば、アユに治療を禁止させます。それでも私は、アユがお二人の身の回りのお世話をする適任者だと考えます。アユには病人や汚物に対する職業的な麻痺があります。お二人のお世話といっても、主にはミチコさんのお世話になるでしょうが、この職業的な麻痺は、アオキさんも望まれることではないでしょうか。

おれはラモの説明に内心で肯いた。確かにミチコの世話をするメイドが、ミチコを奇異な目で見たり、ミチコの排泄物を疎ましく思ったりしないということは、おれの感情を和らげるものだ。しかし、おそらくは医学博士の資格を持つこの女が、職業的な麻痺だけではなく、職業的な興味もミチコに覚えるのではないかという懸念が拭えない。それはおれにとって、受け入れがたいことだ。

――アオキさん、想像力をもってお考えください。

ラモが付け加えた。

――精神を病んでいるミチコさんを飼うことが、アオキさんの本意でしょうか。むしろ正常なミチコさんを飼うことのほうが、アオキさんにとっては、より好ましいことではありませんか？

その問いに、おれは答えられなかった。答えられないこと自体が、ラモの言い分を半ば認めていた。

――精神を病んで、自分の心の内にある檻に閉じこもったミチコさんを飼うのではなく、そこから解放されたミチコさんを、現実の檻で飼うことこそが、本当の意味で女を飼うということだと私は思いますよ。

慇懃な口調で、だめを押すようにラモがいった。

この男は、過去に、そして今も、何人もの女を、あるいは人間を、家畜のように檻で飼っているのではないか。そんなことをおれは想った。そう考えてみれば、今のおれ自身も、ラモの家畜に思えてきた。

13

ラモの屋敷に移り住んだその日から、おれの仕事が始まった。

マハールを納得させるシナリオを早急に作らなくてはならない。マハールと面談した翌日にペニー島を視察した。その翌日、ラモの屋敷に転居することを承諾して、一昨夜最後となる村の祭礼に参加した。そして前日転居した。すでにこの時点で、約束の期日の四日を費やしている。残された期限は六日間だ。

期限の遅れをマハールは歓迎しないだろう。

巧遅は拙速に如かず——

おれが赤坂の本社勤務で叩き込まれたことだった。できは良いが遅い仕事よりも、できが悪くても速い仕事を決定者は提案者に求める。

ただし今回の場合は、拙速ではなく巧速だ。おれの有能さをマハールに示すのだ。マハールの組織がおれを選んだのは、不正という弱みを握って、おれを動かせると考えたからだけではない。

「あなたの過去の仕事の実績も調べさせてもらいました。あなたは有能な企画マンでいらした。その能力が衰えていないことを私たちは期待しています」

そうマハールは言った。赤坂時代の仕事におれは自信を持っている。その仕事を評価したということだろう。であれば、その評価に応えなければならない。

おれはラモの書斎に閉じこもり、昼夜を徹して資料の作成に没頭した。マハールから与えられた計画のラフスケッチを元に、赤坂を組み込んだマスタープランを作成した。

マスタープランの作成において、おれが重きを置いたのは、事業の将来性などではない。今回のクライアント、すなわちマハールを窓口とする組織が望んでいるのが、そんなものではないことは考えるまでもない。

かつての独裁者から提供される二十億ドルの資金だけではなく、もっと大きな資金の動きを彼らは望んでいるだろう。日本の五指に数えられる総合建設会社とはいえ、赤坂だけでは、かれらの望むダイナミックな資金の流動は期待できない。銀行をはじめとする金融機関や株式市場、それに加えて総合商社とその周辺企業、さらにはＯＤＡをつかさどる日本政府をも巻き込んだマスタープランでなければ、クライアントを納得させることは難しい。

　資料の作成には、赤坂本社のホストコンピューターに蓄えられたデータファイルが大いに役立った。もちろん今のおれにアクセスの権限はない。西村などには、もともと与えられていない権限だ。

　おれは試みに、ラモにファイルへのアクセスを相談した。

「ラモの本業はレストランやバーや売春ではないの」

　この生活が始まった翌日の早朝、仕事から戻って書斎に顔を出した堀に言われた。

「これからラモと付き合うにあたって、青木さんが知っておいたほうがいいと思うから助言するわ。彼はイタリアに本部を置くシンジケートの極東支配人よ」

「そのシンジケートの本業が飲食業や売春じゃないのか」

「実態は私にも分からない。でもそっちは、ラモの趣味に近いビジネスじゃないかしら」

「他にどんなビジネスができるのか、想像しにくいな」

「たとえば不動産とか金融とか」ちょっと言いよどんでから堀が続けた。「――人身売買もやっているんじゃないかしら。臓器売買もそれに含まれると思うわ」

　堀が発した生々しい言葉の語感に、おれは生唾を飲みこんだ。

「いずれにしても、ラモのシンジケートの規模と力は、青木さんが思っている以上のものよ。それをせいぜい利用してね。青木さんならできると思うから言うのよ」

　その堀の助言にしたがって、おれはラモに赤坂本社のホストコンピューターへのアクセスを打診した。そして一時間も経ずして、ラモの組織が抱えるハッカーから、アクセスコードがメールされた。おれは改めて、ラモが所属する組織の力の深淵を垣間見せられた。

加えておれがラモの組織を畏怖したのはアユの存在だった。ミチコの治療の是非に関して、おれは明言を避けたが、部屋つきのメイドとしてアユがミチコの世話をするようになって、それは早速始まっていた。

おれがミチコの変化に気づいたのは、資料の作成に取り掛かってから三日目のことだった。たった三日だ。

そのときのおれは、寝食を惜しんで期日直前の資料の作成に没頭していた。ミチコが待つ部屋に戻るのは、仮眠を取るときだけだった。それもベッドに倒れこんで気を失うように寝込み、二、三時間でラモに宛がわれた書斎に戻っていた。

おれが部屋にいる間、アユは席を外す。そしておれが起き出すとほぼ同時に、部屋に姿を現す。そのタイミングよさに、部屋がカメラで監視されているのではと疑ったが、そんなことはおれにとってもはや些事だった。

アユと交替して部屋を出ようとしたおれは、ミチコを飼う檻に目をとめた。幼児ではない、瞳に力のあるミチコが尻座りし、檻の格子を両手で握っておれを見上げていた。その視線は、明らかにおれを認識していた。

――話しかけてみればいかがですか。

背後に立ったアユが、試すようにおれに言った。

おれは檻に歩み寄り、ミチコの前で片膝を突いた。

「おれが分かるのか」

格子越しにミチコに語りかけてみた。

「……アオキさん」

かすれた声で、しかし明瞭にミチコが言った。幼児の声でもない、老人の声でもない、それは純粋にミチコの声だった。

全身が粟立った。驚きというより、むしろ恐怖に近い感情だった。死人が喋った、そんな違和感を覚えた。なおもミチコは言った。

「ここはどこなの。ワヤンはどうしたの」

弾かれたように立ち上がったおれは「アユっ」と声をかけて寝室を出た。次の間のリビングにアユが従った。

――ミチコに何をした?

詰問口調になったが、アユに動揺は見られなかった。

――特別なことはしていません。ただお世話をしただけです。

気負うこともなく応えた。

――しかしミチコは……。

――あえて特別なことといえば、人間として接しただけです。アオキさんや他の人がしなかったことです。当たり前のことを、私はしました。

――治療とやらをしたのではないのか?

――ミチコさんに対する治療を許可されていませんので。

しかしミチコは自分を取り戻しつつある。たった三日で起こった変化に、おれはアユの言を受け入れることができなかった。そのおれの疑いを見透かしたようにアユが小さく吐息をついた。

――ミチコさんはアオキさんの思っているような精神疾患の病人ではありません。その意味でいえば、ミチコさんは正常といえます。

アユの見立てが納得できなかった。ここに来る前、ミチコがどんな状態であったか、思いつくまま並び立てて、アユに反論した。

——それはミチコさんの擬態です。それもかなり計算されて冷静に演じられた擬態です。ここで多重人格の講義はしませんが、専門的な観点から判断して、ミチコさんの症状は障害として治療が必要なレベルではありません。

——ミチコは気が触れた演技をしていた、そう言いたいのか？

——私たち専門家の語彙に気が触れたという言葉はありません。また多重人格という概念も今は採用されていません。一般的には解離性障害のうちの一症例である解離性同一性障害が多重人格にあたります。

——前に外国人専門の病院にミチコを連れて行った。そこでフランス人医師から下された診断が、幼児期の心的外傷と過度の抑圧に起因する解離性同一性障害だ。幼児期の心的外傷には性的虐待が含まれる可能性が高いといわれた。

ミチコの症状が演技であるはずがない。したり顔で説明する女に、おれは怒りさえ覚えた。この怪しげな女とフランス人医師と、どちらを信用するかと問われれば、もちろん後者だ。ミチコの回復を「人間として接しただけ」とは、なんという言い草なのだ。しかもおれがそうしていなかったと、こいつは言うのだ。

——その医師に言われた。シンガポールの然るべき病院で治療を受けさせるべきだ、とな。そんなミチコを、おまえは素人判断で、障害として治療が必要なレベルではないというのか。しかも擬態だと。

興奮したおれに、アユは微笑を崩さなかった。そればかりか、おれを蔑むような眼差しさえ向けてきた。

——幼児期の心的外傷。性的虐待。いかにも素人が下しそうな診断です。

——素人じゃない、れっきとした医師がそう診断したんだ。

反論しながら、おれはフランス人医師が「自分は専門家ではないので」と言った言葉を思い出していた。しかしそうだとしても、アユよりは彼を信じる。

——ミチコのどこが正常なんだ、症状は障害として治療が必要なレベルではないというのは、どういうことだ。バリアンのまじないでも受けさせろというのか。

——たとえば、過大なショックを与えられたとき、人は気を失ったりします。

おれの怒りをかわすようにアユが言った。

——それも一種の解離性障害です。でも、失神したことを障害とは考えません。精神的なアプローチでの治療が必要だとも判断しません。正常な反応のひとつです。それと同じ意味で、私はミチコさんが正常で、治療は不要だと申し上げているのです。

——しかしミチコは。

さらに反論しようとしたおれの鼻先に、アユが右手のひらをかざした。目線をおれから床に落とし、左耳に挿したイヤホンに左手の薬指を当てた。

イヤホンは、看護服の結び紐に挟まれたインカムに繋がっている。受信中を示す青いランプが点灯していた。それが消えて、アユは襟に挟んだマイクを右手の人指し指と親指で挟んだ。送信中を示す赤いランプが点灯した。

——了解です。

とマイクに応えてから、アユが宙に泳がせていた視線をおれに向けた。

――アオキさんは急ぎのお仕事をされているそうですね。それもたいへん重要なお仕事です。これ以上のご説明は、お仕事が終わった後にさせていただきます。

――今のインカムは、ラモからの指示だな。ということは、この部屋は盗撮、盗聴されているということなんだな。

――この部屋に限らず屋敷の中の出来事は、すべてボスの手中にあります。

本来であれば隠し事にしたいはずのことを、なんら悪びれることなく、アユはさらりと認めた。

――ひとつだけ、これはボスの指示ではなく、私の判断で言わせていただきます。繰り返しますが、ミチコさんの解離性障害は正常の範疇《はんちゅう》にあるものです。ただ、呪いの程度は正常とはいえません。治療を要する障害です。お許しいただけるなら、バリアンとして、その呪いからミチコさんを解放してさし上げることもできます。

デア・ヌフ・トベ。

島に行くな。

おれの耳奥に、村の古老のバリアンでしか理解できなかった言葉で忠告した、あの夜のミチコの声が浮かんだ。

――お仕事が終わるころには、本来のミチコさんをアオキさんにお返しします。

アユが強い確信を帯びた目線でいった。

――ただし条件があります。お仕事がいち段落つくまでこの部屋に戻らないでください。アオキさんの存在は、施術のじゃまになります。

――おれを仕事に集中させろという、ラモの指示なんだな。

アユが首を横に振った。

——いいえ、私の判断です。アオキさんやボスの仕事に興味はありません。じゃまだということだけです。どうか私を信じてミチコさんを預けてください。

その一件以来、おれは自室には戻らず、不眠不休で資料の作成に没頭した。アユの言い分を丸呑みにして受け入れたわけではない。最優先で取り組むべきことは、マハールに提案する企画書の作成だと判断した。それはおれとミチコの今後を左右する大事だ。

本来のミチコをとアユは言った。たった三日間のミチコの変化を目の当たりにすれば、もしやと思いたくもなる。もしミチコが正常に戻るのであれば、そのミチコを迎える用意が必要だ。

14

ラモの助言により二度目のマハールとの交渉場所はこちらから指定した。

「相手の勧めるテーブルにばかり着く必要はありません」

ラモは自分が経営するレストランのＶＩＰルームを用意して、店の従業員にメッセージカードを持たせた。ほどなくして戻った従業員は、了承したとのメモを持ち帰った。約束の時間ちょうどにマハールはおれが待つ個室に現れた。

——ドアの外にいる方はあなたのボディーガードですか。

席に着くなりマハールが訊ねた。少しｒの発音に特徴がある英語だった。これ見よがしにアンドリをドアの外に立たせていたので、マハールの最初の言葉がそれであることにおれは満足した。

——そうです。別にあなたに圧力をかけることを目的としているわけではありません。私もこの案件には慎重に取り組みたいのでご理解下さい。

――軍隊出身者のようですね。それも特殊部隊でしょうか。良いことです。それくらい慎重にことを運ばれる方とでないと、安心して仕事をご一緒できません。

今夜の席には西村を同席していなかった。しかしそのことについてマハールはまったく意に介していないようだった。

――この店を指定された理由もそれで分かりました。

ここがラモの店で、ラモが裏社会の人間だと知っている口調だった。

――ご気分を害されましたか。

――とんでもない。繰り返しますが、あなたが慎重になるのは良いことです。新しいお仲間があなたのお役に立つことを私も願っております。

マハールの真意がおれには読めなかった。

アンドリをドアの外に立たせたのは、ラモの組織とおれが手を組んだことを、暗にマハールに伝えるためだった。その思惑はあっけないほどすんなりと果たされた。今さらだが、それはマハールの組織が、表の仕事ばかりにかかわっているのではないという証左だろう。

しかしラモの組織と手を結んだことが、どれだけの圧力をマハールに与えているのか、おれにはまったく推し量れなかった。よくよく考えるまでもなく、どちらの組織の実態もおれは把握していない。

――ペニー島の視察はいかがでしたか。

マハールに問われて我に返った。

――満足できるものでした。航空写真と測量図を持参して現地踏査を行いましたが、空港の図面

郵便はがき

料金受取人払郵便

小石川局承認

1025

差出有効期間
2021年12月
31日まで

112-8731

〈受取人〉
東京都文京区
音羽二―一二―二一

講談社
文芸第二出版部 行

書名をお書きください。[　　]

この本の感想、著者へのメッセージをご自由にご記入ください。

[　　]

おすまいの都道府県 ……　性別 男 女

年齢 10代 20代 30代 40代 50代 60代 70代 80代～

頂戴したご意見・ご感想を、小社ホームページ・新聞宣伝・書籍帯・販促物などに使用させていただいてもよろしいでしょうか。 はい（承諾します） いいえ（承諾しません）

TY 000044-1910

ご購読ありがとうございます。
今後の出版企画の参考にさせていただくため、
アンケートへのご協力のほど、よろしくお願いいたします。

■ Q1 この本をどこでお知りになりましたか。

1 書店で本をみて

2 新聞、雑誌、フリーペーパー 〔誌名・紙名　〕

3 テレビ、ラジオ 〔番組名　〕

4 ネット書店 〔書店名　〕

5 Webサイト 〔サイト名　〕

6 携帯サイト 〔サイト名　〕

7 メールマガジン　8 人にすすめられて　9 講談社のサイト

10 その他 〔　〕

■ Q2 購入された動機を教えてください。〔複数可〕

1 著者が好き　2 気になるタイトル　3 装丁が好き

4 気になるテーマ　5 読んで面白そうだった　6 話題になっていた

7 好きなジャンルだから

8 その他 〔　〕

■ Q3 好きな作家を教えてください。〔複数可〕

〔　〕

■ Q4 今後どんなテーマの小説を読んでみたいですか。

〔　〕

住所

氏名　電話番号

ご記入いただいた個人情報は、この企画の目的以外には使用いたしません。

を描くことはできるでしょう。それもできないようでは私の元の会社をテーブルに着かせることはできません。

——暑い中、おひとりでたいへんだったでしょう。あの島は火山の噴火でできた島だと聞いています。吹き飛ばされた山頂部は平らなのですが、そこに至る道は、いえ、道らしい道もありません、とにかく急峻でずいぶんご苦労されたのではないですか。

マハールに似つかわしくない労いの言葉だとおれは感じた。しかも多弁すぎる。

——その点、お連れの方はずいぶんとお楽しみでしたね。

その一言でおれはマハールの多弁を理解した。島に渡ったおれたちを監視していたことを仄《ほの》めかしているのだ。

堀と船に残ったラモの話では、おれたちより少し遅れて、三艘の釣り船が現れたらしい。そのうちのどれかが、むしろ全部と考えたほうが自然かもしれないが、マハールの組織のものだったに違いない。そうであればその時点で、マハール側は、おれがラモと繋がったと判断しただろう。アンドリの存在に驚くはずがなかった。

——私たちではとても思いつかないようなお遊びをされていました。ニシムラさんもなかなかユニークな方です。

現地踏査はおれひとりで行い、西村は小さな浜辺で女たちと戯《たわむ》れていた。カモフラージュのためにその役割を振り分けられた西村は「分かった」と神妙に肯きはしたものの、すぐにやに下がった。

夕方までかかって確認を終え、汗だくのおれが浜に戻ると、西村は女たちと鬼ごっこに興じていた。鬼の西村に捕まった女は、その場で尻を抱えられるという西村ならではの鬼ごっこだった。

――現地踏査の時にマーキングを見つけました。

――マーキングですか。

――開発予定地の境界を示す印です。何本か置きに木がペイントされていました。ダミーではありません。全部は確認できませんでしたが、私の眼から見ても妥当なマーキングでした。島全体に同じようなマーキングが施されていることを私は疑いません。

――それで？

おれは居住まいを正した。

いよいよ本題だ。

この時点でおれの読みが間違っているようであれば、おれは排除されるかもしれない。持参したブリーフケースからフォルダーを取り出して、マハールに差し出した。

――開発計画です。

――拝見します。

おれから受け取ったフォルダーをマハールが開いた。

国際空港とカジノコンプレックスの併合。

それが計画の骨子だった。空港とカジノ、それぞれが独立するものではなく、国際空港内に、カジノコンプレックス機能を有する巨大ホテルを建設するという計画だ。併設するのではなく、同一施設として建築する。

　国際空港内に設置されている施設なので、イミグレーションを経ていないホテル滞在者は、未入国の扱いとなる。だからといってその施設内が、治外法権であるほど法律は甘くない。ただし少なくとも利用者に、治外法権を錯覚させることはできる。そして何より、この方式でいけば、現地の人間にとって、この施設の利用はかなりハードルの高いものになる。政府や世論が懸念するであろう観光汚染からの隔離が可能になる。

『アンギン・ヌサ開発計画書』

ミチコから離れて書き上げた計画書におれが付したタイトルだ。企画書の締めくくりにタイトルを付すのは、現役のころからのおれの習慣だった。

計画書の内容は満足できるものだ。現役のころのそれに比べ、なんら遜色がないものを書き上げることができたと自分なりに手応えを感じた。

「この案は面白いですね」

おれの企画書に目を通したラモも評価してくれた。

「閉鎖性が逆に解放区という印象を利用者に与えます」

場所はラモのプライベートダイニングだった。明日がマハールとの面談だという夜の食事の席に、おれはラモに招かれた。魚介類をメインとしたイタリアンをグラッパで流し込みながらの晩餐だった。

「この施設で私が興味があるのはカジノのオペレーションです。もちろん売春もビジネスのひとつとして考慮しますが、売上も利益も、比較になりません」

カジノの語源を知っていますかとラモに問われて、おれは首を横に振った。

「カジノとはイタリア語のカーサ、すなわち家を意味します。もともとは王侯貴族が自分の城に知人を招いた宴の席で、余興としてギャンブルを勧めたことからカジノは始まりました。すなわちカジノとは、高貴な者たちが集まるサロンなのです」

そんな本来の意味としてのサロンを催したいというのがラモの展望だった。

「小銭を握り締めて、スロットマシンやルーレット台をうろつく貧乏人が立ち入れないようなカジノを私は運営したいのです。そこでアオキさんにお願いがあります」

そういってラモはＢ４判のパンフレットを差し出した。ロブスターの汁やオリーブオイルで汚れた指をフィンガーボールで洗い、受け取ったパンフレットは、カジノ運営会社のディレクトリーだった。紙質もデザインも金がかかっている。

おれが作成した開発計画には、資金集めのひとつの方途として、協賛企業の組織化を提案していた。その協賛企業にラモが推薦するカジノ運営会社を盛り込んでほしいというのだ。その企業が、ラモの組織と繋がっていることは、問うまでもないだろう。

「非合法の企業ではありません。むしろカジノの運営に関しては、世界的な有名企業だとお考えください」

計画書に手を加えるのが当然のことだといわんばかりのラモに、おれは反論した。

「目を通して分かっていると思うが、協賛企業に関しては、業種を並べているだけで、具体的な企業名までは挙げていない。協賛金もおれが妥当と考える金額を盛り込んだだけだ。カジノの運営会社だけ、企業名を挙げて特定するのは不自然じゃないか。それは次の段階の計画書で検討されることだろう」

「いいえ、この計画のコアになるのはカジノの運営です。そうであれば、選定された企業に関して具体的な提案があるのは、不自然だとは思いません」

なおも躊躇するおれにラモが追い討ちをかけてきた。

「具体的な協賛金を盛り込んでいただいて結構です」

ラモが大判の封筒をテーブルに滑らせた。中身を確認すると、カジノ運営企業名義の協賛金拠出の確約書だった。おれを驚かせたのは、そこに記された協賛額だ。

「……十億ドル」

思わず口に出して呟いた。

「ほんとうにそれだけの資金が拠出されるのか」

「そのための確約書です」

ラモがグラッパのグラスを目の高さに掲げた。


一定のペースで計画書のページをめくっていたマハールの手が止まった。驚きとも苦笑とも見える感情が目に浮かんだ。資金調達計画を記述した辺りだ。マハールの手を止めたものが、ラモが口にした十億ドルだとおれは察した。

おれが計画書で積算した『アンギン・ヌサ』の総事業費は百億ドルだった。日本円にすると一兆円を超える。

そのうちの二十億ドルは独裁者が拠出する。

足らずの八十億ドルのうち三十億ドルを国際的な投資市場で調達し、三十億ドルを協賛企業から、二十億ドルをＯＤＡで調達するという試案だった。

国際的な投資市場からの調達は、破綻した『ウルワツ総合開発計画』でもかなり研究した。また協賛金の積算には、かつて赤坂で勤務していたころの、巨大ショッピングモールの資金調達の経験が活きた。

問題はＯＤＡだ。

日本はこの国に対する最大の援助供与国で、過去に四百九十五億ドルの援助を行っている。ただしその内訳は、エネルギー分野、運輸分野、農林水産業分野、保健・衛生分野など、発展途上国が必要とする内容が主で、観光分野への援助供与に二十億ドルを獲得するのは、かなりきびしいかもしれない。

破綻した『ウルワツ総合開発計画』で内諾を得ていた援助額は十億ドルだった。『アンギン・ヌサ』は三倍以上の開発計画なのである。ぎりぎりいけるのではないかと判断した。円借款と無償提供の二本立てで行われるＯＤＡとはいえ、本体工事を赤坂が請け負えば、その金は日本に還流される。

それでもぎりぎりの金額だった。

ラモのいうカジノ運営会社から十億ドルの協賛金が拠出されるという提案を元に、おれは日本政府からのＯＤＡを十二億ドルに減額した。もともとはカジノ分野で二億ドルの協賛金を当て込んでいたので、八億ドルの差額をそのまま減額枠に充てたのだ。

マハールの手が最後のページをめくり、閉じたフォルダーをテーブルに置いた。さっき微妙に現れた感情は消え、もとの無表情な男に戻っていた。

「……アンギン・ヌサ」

語感を確かめるように計画の名称を口にした。

「この島の言葉で、風の島という意味ですね。確かにこの島には、いつもインド洋の風が吹いています」

その風が世界的なサーフィンのメッカとして観光客を呼び寄せているのも、この島の一面だった。サーファーはおれたちの顧客にはなりえないが。

「それだけではありません。日本語に『ふうち』という言葉があります。風の至る場所と書いて風致です。今は違う意味で使われていますが、もともとはリゾートを意味する言葉でした。もともとというのは千年以上も昔の話です」

「なるほど、風の至る場所がリゾートですか。いかにも日本人らしい繊細な発想です」

おれは手応えを感じていた。

本来であれば、おれが知りたいのは計画書に対する評価だが、マハールはプロジェクト名を気に入ったようだ。しかしたいていの場合、それは書かれた内容も評価しているのだと、企画畑で育ったおれは知っている。

マハールが長い腕をテーブルの上に伸ばした。

――チャンチャル・バグシー。それが私の本名です。

そういって微笑んだ。

――今後、アオキさんとは本名でお付き合いすることになりそうですね。

おれは安堵の息を漏らし、腕を伸ばしてバグシーの手を握った。

――あなたのご提案に基づいて早急にこちらもプランを作成します。実はかなり急いでいるのです。虎はすでにこの島にいます。どこの国に限らず老人はせっかちです。

バグシーと握手したままのおれの手に汗が滲んだ。

アジアの虎と呼ばれた独裁者が、すでにこの島に帰っているというのは、思いもよらないニュースだった。

バグシーを店の外で見送りアンドリに車を回すよう伝えた。

「上手くいきましたね。上出来です」

　通りに面したテラス席に腰を下ろしたおれに、声を掛けてきたのはラモだった。ラモは両手に持ったマルガリータのひとつをおれに手渡して隣に座った。グラスを縁取る塩と、とろみが出るほど冷やされたテキーラが、おれの口中の粘り気を洗い流した。緊張していたのだと、いまさらながら自覚した。

「彼らのテストにアオキさんは合格しました」

　盗聴していたのだろう、満足げに肯いてラモもカクテルグラスに口をつけた。

「ああ、おれも手応えは感じた。しかしあれがベストだったのかどうか、そこまでは判断できない。あくまでおれの考えうるベストであって、やつらの考えるベストのシナリオはまた別かもしれない」

「そうやって物事を客観的に観られるところがアオキさんの強みです。でも私から見ても彼らが考えていたことは同じだったと思いますよ」

「だったら最初から素直にそう言えばいいじゃないか。インド人というのはそんなにややこしいのか」

　ラモが店の前に車を停めたアンドリに軽く手を上げて、少し待つように合図した。

「アオキさんを試したのでしょう。私でも同じようなことをしたと思います。自分の頭で考えられないで、言われたままにやるような人物ではとても怖くて組めません」

「例えば西村のようにか」

「ノーコメント」

「おまえの組織がこの話に絡んでいることをやつは知っていた」

「そうみたいですね。あの時の釣り船もやつらだったんですね。ひょっとしてとは思ったのですが、堀がしつこくて」と、ラモが頬を緩めた。「遅かれ早かれ判ることですから、別に支障はないでしょう」

カクテルの最後の一雫を飲み干して席を立った。

「お帰りですか。たまにはこの店のイタリアンでもいかがです。私が国から連れてきたシェフです。けっして失望はさせません」

「ミチコが待っている」

断って車に向かうおれにラモが続いた。

「ミチコさんを愛しているのですね」

「檻に閉じ込めて、手錠で拘束して、それで愛していると言えるのか」

車を降りて待機するアンドリに、ラモが運転席に戻るよう指で指示した。そして自ら後部座席のドアを執事がするように開けてくれた。

「むしろ、だからこそ愛しているのでしょう。愛の本質とはそういうものです」

「イタリア人もややこしい」

おれが後部座席に身体をすべり込ませ、ラモがドアを閉めた。高級車のドアが威厳を感じさせる重厚な音を立てて閉じられた。ほどよく冷えている車内には、しっとりとしたなめし革の匂いが漂っていた。

ラモが窓をノックした。おれはパワーウインドーを下げた。

「どうでもいいことですが、ニシムラさんが訪ねてきたそうです」

「……西村が」

確かにどうでもいいことだった。ラモの屋敷に移ったことと、今夜の会合のことは伝えてある。会合の結果は明日にでも連絡すると言ってあったのに、待ち切れなかったのか。

「不在だと警備のものがお伝えしたのですが、帰るまで待つと言っていたそうです」

「あいつが待っているのか」

堀の店で、ミチコに咥えさせた男根を拭いている西村の姿が脳裏に浮かんだ。自然と声が気色ばんだ。

「まさか、おれの部屋に通していないだろうな」

「ゲート横の警備員室で待たせています」

「賢明な判断だ」

おれは不機嫌な顔のまま窓を閉めた。それを合図に車が発進し、派手派手しい、そしてその一方でうら悲しい南国の歓楽街のネオンが車窓に流れ始めた。その流れの向こうに浮かんだ欠けた月が車の後を追ってくる。

シートに深々と身を沈め、目を閉じて今夜のことを考えた。

島ではまだ珍しいハイブリッド車のエンジン音は、囁くほどにしか聞こえない。

バグシーはおれの立場を認めたようだ。これで少なくとも赤坂に本社を構えるあの会社がテーブルに着くまでは、おれは道具として存在価値があるということになる。その後はどうなるのか考えてみたが、以前ほどそれが重たくは感じられなかった。後々のことについても自信はあった。

「朱に交われば、か」

と声に出して言ってみた。

アンドリがバックミラーでおれを確認し、一人言だと察して視線をまた前方に戻した。

この高級車も、ミチコが待つ瀟洒な部屋も、今夜のやりとりも、そしてこの車を運転するアンドリも、すべてが虚構に思えた。その虚構を支えているのは、ペニー島の開発という、とてつもなく大きな虚構だ。

以前の、といってもたった十日ほど前だが、おれだったら、それらの虚構に戸惑い、あるいは怯え、心を重たくしていたかもしれない。それが今は何も感じない。不正の金を抱えて鬱々としていた自分や、村で隣家のマデに微笑みかけていた自分が、他人事のようにしか思い出されなかった。

本性を現した堀を知り、その堀にラモを紹介され、バグシーと交渉し、おれは簡単にやつらの世界に染まってしまった。人間というのは状況さえ与えられれば、これほど簡単に染まるものなのか。あるいはこれがおれという人間の本質なのか。

西村のことを笑えないのかもしれない、と思った。

おれこそ西村以上のお調子者なのかもしれない。

とりとめもなく考えを巡らせた。どれも違うとは思った。

おれを変えたのはミチコだ。

ワヤンを追放し、檻にミチコを監禁した時から、おれの内の何かが変わった。これからやつらと付き合うためには、自分の人格のどこかを破壊する必要がある。タガを外すというやつだ。バグシーの組織は言うまでもなく、女たちに銃口を向けたラモや、その横で黄色の水着の女を撃てと言った堀に、まともな神経で太刀打ちできるはずがない。

車が幹線道路を外れ、熱帯雨林の森に差し掛るとあたりが漆黒の闇に包まれた。ヘッドライトの明かりが密生した木々に吸い込まれた。

やがて行く先にうっすらと灯りがみえて、警備服の男の合図で車が止まった。窓越しに懐中電灯で車内を確認する警備員の後ろに、西村の馬鹿面があった。

義理で開けたパワーウインドーに西村が顔面を突っ込んできた。

「交渉はどうだった」

「うまくいったよ」

相手の口臭に顔をしかめて、おれは短く返事した。口調が無愛想になったが、西村にそれ以上の説明は不要だと感じた。

「うまくいったって、どういうことだよ。おまえの部屋で説明してくれよ」

西村の顔が膨らんでいる。

「採用されたってことだよ」

また短く返事した。主語は抜いた。おれの提案が採用されただけではない。おれが採用されたのだという手応えまで、馬鹿に伝える気はなかった。

「そうか、提案が通ったんだな。おまえの部屋で詳しく聞かせてくれよ。祝杯をあげようじゃないか」

西村が調子に乗った。

間抜け面を車内に突っ込んだこいつは、おれの計画書を読んでさえいない。求められれば見せてやったが、そんな気配はおくびにも出さなかった。それをいまさら詳しく話を聞かせてくれとは、厚かましいにもほどがある。大方、ほんとうに言いたいことは、祝杯をあげようということだろう。成功の美酒に酔いたいだけなのだ。

「ここのやつらはアクアしか出さないんだ。水だけでおまえの帰りを三時間も待ったんだぜ。強い酒を飲ませてくれよ」

なおも酒の話をする。

「勘弁してくれ。もう何日もろくに寝てないんだ。きょうくらいは休みたい。酒なら堀の店で飲めばいいだろ。いや、堀の店は拙い。自分の部屋で飲むんだな。だが大事の前だ、深酒は控えろ」

西村の願いをはねつけて、

――出してくれ。

アンドリに伝えた。アンドリは小さく肯き、西村が首を突っ込んでいることなど気にもせずに、車を発進させた。窓枠に首を捩じられて西村がはでに転倒した。

おれの気持ちは部屋で待つミチコに占められていた。

15

部屋でおれを出迎えたのはアユだった。

――お帰りなさいませ。

腰のあたりに手を合わせて軽く頭を下げたその所作は、この島の作法ではない。英国のメイドを気取っているのかと疑いたくなるような会釈だ。かたちだけで伝わってくるものがない出迎えだった。

――ミチコは？

どうなった、と続く言葉をのんだ。

――ベッドで眠っておられます。

――元気か。

あたり障りのない問いをした。ダイレクトに訊ねることが躊躇された。

ミチコをアユに預けたままにしたのは、計画書を優先させたいという気持ちからだけではない。じっさいはミチコの変化を恐れる気持ちがあった。それがおれの躊躇の正体だった。

——結果をお知りになりたいのではないですか。

見透かしたように、アユが上目づかいの目線を投げてきた。

——治療をしたのか?

——結果はご自分の目で確認してください。

おれの前に立ったアユが半身になって、おれと寝室のドアを結ぶ動線をあけた。

あのドアの向こうにミチコが眠っている。そう思うだけで、喉に渇きを覚えた。

アユの傍らを通り過ぎて、寝室のドアを開けた。リビングから差し込む明かりのなかに、シーツにくるまれて背を向けたミチコの寝姿があった。寝息が耳に届いた。安らかとはいえない荒い寝息だった。

——疲れていらっしゃいます。

背後でアユの声がした。

——眠りから覚めたら、まるで知らない場所にいた。突然の環境の変化を受け入れるのは、容易《たやす》いことではありません。

——ミチコが覚醒したというのか。

——はい。私のいうことが理解できるくらいには。

——喋れるのか。

振り返ってアユに質した。

――普通に。

――どんなことを話したんだ。

――ここはどこか。アオキさんがどのようなお仕事をされているのか。私の知る範囲内でご説明しました。もっともミチコさんの英語力は貧弱ですから、さほど詳しいことも教えて差し上げることはできませんでしたが。

――記憶は？

――言葉の壁がありますので、詳細を確認したわけではありませんが、もともとミチコさんの記憶は失われていないはずです。

頭が混乱していた。ミチコの記憶が戻っているのか。記憶だけではない。アユと言葉を交わすまでに回復しているのか。そんなミチコと自分がどう向き合えばいいのか。

――では、何かありましたらお呼びください。

当惑しているおれを置き去りにして、アユがその場を立ち去った。おれはミチコと二人、寝室に残された。

寝室の入り口に佇んだまま、おれは動けないでいた。

覚醒したミチコはおれを受け入れてくれるだろうか。そんな思いがおれを凍らせていた。自信を持てと自分に何度も言い聞かせた。以前の、あの村に隠遁し、不正の発覚に怯えていたおれではないのだ。自信を持て。バグシーとの会談も成果を挙げた。おれの未来は、また動き始めるのだ。自信を持て。仮に『アンギン・ヌサ』の計画が頓挫したとしても、ラモが洗浄してくれた金は、ミチコと暮らしていくには十分な額だ。

寝室に足を踏み入れてドアを閉じた。薄いカーテン越しに射し込む月の明かりだけの部屋が、柔らかな闇に包まれた。手探りで壁のスイッチを探し照明を点灯した。淡いオレンジ色の間接照明が部屋を満たした。

「……ミチコ」

呼びかけるのではなく存在を確かめるように呟いてみた。

ミチコがおれのほうに寝返りを打った。透明感のある寝顔だった。幼女の殻に閉じこもっていたころのミチコはそこにいなかった。アユに言われても、どこかに疑う気持ちがあったミチコの回復を、おれははっきりと確信した。

「ミチコ」

今度は呼びかけてみた。

ミチコの身体が怯えの反応を示してびくりと硬直した。

「ミチコ」

再び呼びかけると、ミチコの目蓋が小さく痙攣《けいれん》した。そして次の瞬間、ミチコは大きく目を見開き、ベッドから跳ね起きた。

「ミチコ、おれだ」

無理に微笑みを浮かべようとしたが、うまくいかなかった。

「なんなの、これは」

激しい言葉がミチコの口から発せられた。

「どういうことよ。私に何をしたの」

詰問する言葉におれはたじろいだ。おまえを保護した。ワヤンからも村人の侮蔑からも。もう何も心配することはない。おまえは望んでいた居場所を見つけたんだ。これからはおれと一緒に穏やかに暮らそう。次々に言葉が浮かんだが、おれの存在そのものを拒絶するようなミチコの視線に、おれは石像のように固まったままでいた。

　突如、ミチコの口から信じられない言葉が投げつけられた。

「帰して。私をあの村に帰して。ワヤンのもとに帰してよ」

　呆然とした。こいつは何を言っているのだ。

「心配することはないんだ。もう誰もおまえを虐《いじ》めたりはしないから」

　優しい言葉を投げかけてミチコに歩み寄り、肩に手を置こうとした。

「いや、さわらないで」

　ミチコがおれの手を払いのけた。そして同じ言葉を、よりヒステリックに吐いた。

「帰してよ。ワヤンのところに帰してよ。私はあの人の妻なのよ」

　ワヤンの下卑《げび》た猿顔が脳裏を過った。思い出したくもないあいつの股間の臭いが甦った。汚らわしいオスの臭いを漂わせながら、あいつは毎日のように、ミチコの口を汚すことだけを目的に、おれの家に足を運んだのだ。

　全身の血が音を立てて逆流しはじめた。

「何を言うんだ。あいつに受けた仕打ちを忘れたのか」

　感情を抑え、微笑みながらベッドに右膝をのせてミチコを抱きしめようとした。

「いやぁ」

　絶叫してミチコがおれの顔に爪を立てた。頰に鋭い痛みが走った。

「帰してよ。私をあの村に帰してよ。ワヤンのところに帰してよ」

　完全な拒絶だった。

「ふざけるな」

思わず平手でミチコの頬を払った。ミチコの首が不自然な方向に捻じれた。

サイドテーブルに置かれていた手錠を摑み取った。

「いやぁ、いやぁ、いやぁ」

喚き暴れるミチコに馬乗りになって拘束した。

手錠の鎖を握り、ベッドから引きずり落とした。

なおも暴れるミチコの腹部に蹴りを入れた。呻いてミチコが大人しくなった。

髪を束にして摑み、カーペットの上を檻まで引きずった。

檻の扉を開け、ミチコの上半身を起こして、中に蹴りこんだ。

「……助けて……ワヤン」

腹部を抱えて身体を丸く畳んだミチコが、か細い泣き声で言った。

「……ワヤン助けて。……ワヤン、……ワヤン、……ワヤン」

南京錠で檻を施錠した。

忌まわしい名を連呼するミチコを残して、寝室を出た。叩きつけるようにドアを閉めた。


ノックの音に目覚めた。

応じるとアユがドアを開けた。

おれは自室のソファーで寝入っていた。

昨夜のことが思い出された。

身を起こしてソファーに腰掛ける格好になった。疲労に身体が重たくて、立ち上がる気力が湧かなかった。

「……ミチコが」

と目覚めに粘つく舌で口にしたが、後の言葉が続かなかった。

——ミチコさんがどうかしましたか。

アユが小首を傾げた。

——どうもこうもない。おまえの治療とやらは失敗した。

膝に手首を置いて、相手から視線を逸らせて、ぼそりと言ってみた。

——失敗？　申し訳ありませんが、仰っている意味が分かりません。

——そうじゃないか。記憶が欠落しているじゃないか。

今度は相手を睨みつけた。

——あいつはワヤンに口淫の性具にされた。しかもそれをワヤンは村中に吹聴して、ミチコは侮蔑と排斥を受けたんだ。そのストレスから精神を病んだミチコを、あの男は、ワヤンは、家具ひとつない納屋に縛り上げて放置したんだ。その記憶が欠落している。もし覚えていれば、ミチコがワヤンの元に帰りたいなどというわけがないだろう。

——ミチコさんがそう言ったのですか？　そんな記憶はないと。

言ったわけではないが、ほかにどう解釈しろというのだ。あんな目にあって、その記憶がしっかりしているのなら、ワヤンの元に帰してくれとは言わないだろう。

——記憶がつながっているうえで、それでも帰りたいと言っているのかもしれません。

——そんなわけがないだろう。

忌々しい気持ちを相手にぶつけた。

――おまえは自分の治療の失敗を認めたくないだけなんだ。だからおれはいやだったんだ。素人が医者の真似事なんかして、ろくなことにはならないんじゃないかと心配していたんだ。案の定、失敗してくれたな。やっぱり、シンガポールのちゃんとした医者に診てもらうべきだったんだ。

本心ではなかった。一週間にも満たない短期間で、しかも言葉の壁を乗り越えて、これだけミチコを回復させたアユの力量を認めないわけにはいかない。しかしそれが、おれの望む結果を生み出さなかったことに、おれは苛立っていた。

おれの八つ当たりともいえる言葉にアユの表情が歪んだ。チッと露骨な舌打ちの音がした。アユの眉間が翳って双眸《そうぼう》に棘が浮かんだ。

――認めたくないのはあなたでしょ。

言葉遣いどころか声質まで変わった。年齢に違わないしわがれた声だった。

――正常に戻ったミチコに自分が受け入れられなかった。それをアタシのせいにするなんて、責任転嫁も甚だしい。アタシはね、ただミチコを正常に戻してやると言っただけです。正常に戻っているじゃないですか。アタシの治療のどこが失敗なんでしょう。

――おまえ、……アユ。

――気安くアタシの名前を呼び捨てにしないでいただきたいですね。アユ・バグース・ウイラナタ。それがアタシの名前です。ドクター・ウイラナタと呼んでもらえませんか。アタシをただのメイドだと思っているなら、その考えから改めるべきです。前に言っていましたね、フランス人医師がどうのこうのって、ならそいつに訊いてみればいい、ドクター・ウイラナタを知ってるかって。知らなければ彼はモグリです。

速射砲だった。おれは相手の豹変ぶりに何も言えずにいた。

――ついでに教えておいてあげます。ミチコの治療は終わっているわけじゃない。あなたの女は、まだ呪われている。それもかなり邪悪な呪いです。呪いを解くためには呪っている相手を特定する必要がある。近々時間を作って、あんたたちが棲《す》んでいた村に足を運んであげようかと思っていた。そこに行けば、呪いの相手も見つかるでしょう。けど、さっきの言い様で、その気が失せました。感謝の気持ちがない。何でそんな人のために、アタシが自分の時間を割かなくちゃいけないんでしょう。

アユが左耳に挿したイヤホンに指を当てた。受信を知らせるインカムの青いランプが点っている。しばらく集中して、マイクの送信ボタンを押した。

――了解です。

それだけ応えてイヤホンを耳から外した。

――ボスが早く来いって言っています。リビングです。

インカムからイヤホンに続くコードをインカム本体に巻きつけた。

――こんなうっとうしいものまで着けさせられて、もうこりごりです。ボスに言って世話係は下ろさせてもらいます。

捨て台詞を残して、アユが部屋を後にした。

おれを迎えたラモは不機嫌だった。

「ニシムラさんのことでご相談があります」

ラモのリビングを訪れたおれに、改まった口調で切り出した。おれは昨夜の西村の様子を頭に描いた。バグシーとの交渉ごとが順調に終わったことを聞いて、西村は安堵の色を見せた。ただしスポンサーになる男が秘密裏にこの島に入っていることはまだ伏せていた。

「昨夜、ここを出たあとにニシムラさんは『海神』に寄ったそうです」

やっぱり行ったのか。

嘆息した。大事な時期なので深酒は控えろと昨夜も忠告した。だが西村がそれを守れるとは思っていなかった。

ラモの隣には堀が沈鬱な面持ちで座っていた。

朝は一緒なのはいつものことなので、別に気にも留めなかった。給仕されたエスプレッソの香りを嗅ぎながら苦味のきついそれを一口含んだ。

「よほど交渉の成功が嬉しかったのでしょう、この計画をシミズさんに漏らしてしまったそうです。それもかなり詳細にです」

「なんだと！」

危うく落としそうになったデミタスカップをソーサーに戻した。

「昨日は飲む前からすごいテンションだったわ。清水さんが来るころには完全にできあがっていて、ちょっと危ないかとは思っていたんだけど」

堀がラモを補足した。

「それで清水の反応はどうだったんだ」

「ほとんど信用してなかったみたい。そりゃそうよね。話があまりにも荒唐無稽ですもの」

ほっと安堵の息をついてカップに手を伸ばしかけたおれに、ラモが非難の響きを含ませた言葉を投げかけてきた。

「ほとんどというのはまったくという意味ではありません」

「分かっているよ。西村には後でおれから厳重に注意しておく」

「それで足りますか？」

「だったらどうしようというんだ。あいつを処分するか。拳銃の弾で頭を撃ちぬかれたあいつを見たら、赤坂も事業の進出には尻込みするぜ」

「交通事故だったら大丈夫かもしれません」

思わず立ち上がりそうになったおれを堀が腰を浮かして止めた。

「ちょっと止めなさいよ、二人とも。ラモ、あなたも口が過ぎるわ」

「私はひどく怒っている」

堀にではなく、おれに目線を合わせたままラモが無表情で言った。なるほどこれがラモの怒った顔なのかとおれは思った。ラモの顔からはいつもの薄い笑いが消えていた。

「なぜアオキさんは、ニシムラさんが『海神』に行くのを止めなかったのでしょうか。あの人の酒癖は、私たちよりもよくご存知のはずです」

どうやらラモの怒りは機密を漏洩《ろうえい》した西村にではなく、その西村を制御できなかったおれに向けられているようだ。

「行くなと念を押したさ」

おれは憮然として言葉を返した。

「しかし、ニシムラさんは行った。私だったら彼が訪れたら連絡するよう、ホリに指示しておきます」

返す言葉がなかった。確かにそうしなかったのはおれの手落ちかもしれない。おれ自身も、バグシーとの交渉が思惑どおりに終わったことで気が緩んでいた。

「ラモと話し合ったんだけど」

助け舟を出すように堀がおれに語りかけた。

「西村さんには少しの間、休養してもらったほうがいいんじゃないかしら」

「具体的にはどうするんだ」

ラモがどのような手段を講じるのか分からない段階で、堀の提案は安易に肯けるものではなかった。

「そんな大袈裟に考えないで。たとえばこの屋敷に軟禁するということよ」

小さな葛藤におれは見舞われた。

いくら広い屋敷とはいえ、同じ屋根の下であいつと暮らすことを考えると気が重たくなる。ミチコとの穏やかな時間が掻き乱されるに違いない。だからと言っておれの目が届かないところに監禁されたのでは、四六時中西村の安否を気づかわなくてはならない。

「一応、西村さんは今でもこの島の責任者でしょ。そんなことが可能かしら」

おれの思惑とは別のところで、堀は自分の懸念を述べた。

「それは大丈夫だ。日本からの連絡なんて滅多にないだろう。あったとしても携帯で対応できる程度のことだ」

「だったら軟禁するということでいいわね」

堀がおれとラモの二人の顔を見比べながら確認した。仕方なくおれは肯いた。ラモは硬い表情のまま何の反応も示さなかった。

「ただしこの屋敷に軟禁するというのが条件だ」

ラモの様子に不安を感じておれは確認した。

「いいわよ。この屋敷もかなり賑やかになるわね」

堀の言葉にラモが口をへの字に曲げて顔を顰めた。西村を自分の家に招きいれることが堪らなく嫌なのがその顔で知れた。西村の酒癖の悪さは、ラモも堀から聞き知っているのだろう。いたるところで西村は酒に酔ってトラブルを起こしていた。各所で出入り禁止になった果てに流れ着いたのが『海神』なのだ。

「シミズとかいう男はどうしますか」

ラモの声にはまだ苛立ちが混じっていた。

「それよね、問題は」

堀がため息を漏らした。

「西村さんと違って免税店の総支配人を軟禁はできないし」

「軟禁すればいいさ」

ラモに対する対抗心が、おれにそれを言わせた。

「病気療養を理由に休職させればいい。一ヵ月以内には決着がつくだろう」

「でもそれをどうやって清水さんに納得させるのよ」

「計画の内容を打ち明けるしかないな。今の状況でなまじ勘繰《かんぐ》られるより、内容を話して納得させるほうが得策だろう」

「その男も酒癖が悪いのか」

ラモが堀に確認した。

「……清水さんは、お酒は飲めないわ」

堀が曖昧に答えた。

「だったらアオキの意見に同意する」

　ラモが賛成しおれは内心でほくそ笑んだ。ある意味、清水は西村よりも質が悪いことをラモは知らない。西村ひとりであれば、何かとおれが相手をさせられることが多くなるだろうが、清水がいればおれの負担もかなり少なくなるはずだ。

「私は仕事があるので失礼します。お二人の説得はアオキさんにお任せしますので、よろしくお願いします」

　ラモが部屋を出た後、堀はしばらく考え事をする風だったが「見送ってくるわ」と席を立った。

「後悔するのは青木さんかもしれないわよ。後で泣き言は言わないでね」

　ドアノブに手をかけて振り向き、釘をさすように堀が言った。そう言われておれはまた気が重くなった。自分の屋敷の空気を壊されることに、冷静なラモが困惑するのを面白がっていたが、あの二人が運んでくるであろう災厄を思うと気が滅入った。おれとミチコの神聖な部屋には絶対に入らせまいと自分に誓った。

　重たい気持ちを抱えたまま部屋に戻った。ミチコを監禁した檻がある寝室のドアを開けることができなかった。昨夜一晩中聞こえていた泣き喚く声が止んでいた。疲れて眠ってしまったようだ。

　クローゼットは寝室にある。檻のミチコに気を残したまま、昨夜の格好で出掛けるしかない。リビングのテーブルのインターフォンのスイッチを押した。七つ並んだスイッチの2はアンドリのインカムに繋がっているインターフォンだ。

――車を用意してくれ。

　短く伝えた。

――了解しました。二分後に玄関でお待ちします。

アンドリの声が応えた。

それから3のスイッチを押した。アユのインカムに繋がっている。ただしアユがそれを聞いているのかどうかは分からない。構わずにインターフォンに語り掛けた。

——出掛ける。ミチコは檻の中だ。おれが出掛けたら出してやってくれ。身の回りの世話も頼む。

一瞬、檻から出たミチコが逃亡する可能性が脳裏を過ったが、それはこの屋敷の住人が許さないだろう。

覚醒したミチコを檻に閉じ込めたままにするのは、今後のためにならないとおれは判断した。そんなことをすれば、ミチコの気持ちをより頑《かたく》なにするばかりだ。おれがやるべきことは懐柔だ。今のおれの立場と、この先に約束される将来を分からせれば、まさかミチコもあの村に帰りたいなどとは考えないだろう。

——了解です。

聞き覚えのない女の声が応えた。アユの声ではなかった。

16

アンドリの運転する車で事務所に西村を訪ね「話がある」とだけ告げて先に車に戻った。

事務所にシノブとヒナタの姿はなかった。倉庫を改造した間に合わせの応接室に、彼女らを放置した後どうなったのかは聞いていない。

「何だよ、血相を変えて」

不安顔の西村が乗り込むと、アンドリはすぐに車を発進させた。この後の行動は予めアンドリに伝えてあった。

「おまえ、昨日『海神』に行ったらしいな。あれほど酒は控えろと言ったのに泥酔して清水に計画のことを喋ったそうじゃないか」

おれの詰問に西村の身体が強張った。

「すまん、記憶がとんでいてよく覚えてないんだ」

動揺した西村の強張った身体からすえた酒の臭いが吹き上がり、それがその場凌ぎの嘘だと知れた。脇の下は噴出した汗で濡れ始めているに違いない。この男は一年中酒の臭いを発散させている。吐く息だけではない。体臭そのものがすえた酒の臭いなのだ。この臭いがあの屋敷にもたらされるのかと思うとうんざりさせられる。

「酒を飲まない清水の記憶はとんでないさ。それにそんな言い訳はラモに言え。おれにはおまえを庇いきる自信がない」

「やめてくれよ。そんなこと言うなよ」

へつらう西村の口調がおれの神経を逆なでする。

「前にもおれは言ったはずだ。巨額な金の前では、おれたちの命なんて、どれだけの重みも持たないってな」

西村の汗が冷たくなるのをおれは感じた。しかし手綱を緩めるつもりはなかった。

「ひとついいニュースを教えてやろう。独裁者は密かに亡命先からこの島に戻っている。この開発計画は本物だ。まもなく二十億ドルの資金が動く」

「ほんとうなのか」

「開発計画が本物だということは、おまえの命がそれだけ軽いということだ」

「ちょっと待てよ。もしおれに何かあったら本社は尻込みするぞ」

「頭に銃弾でも撃ち込まれればそうなるだろう。だが交通事故だったら本社は気に留めないだろう。島では水死も珍しくない。泥酔して溺れたなんて、いかにもおまえらしいとは思わないか」

「おまえたち、おれを始末するつもりなのか」

西村の声がかすれ、喉仏が上下した。

「あっちの組織が同じことを考えないとは言えないだろう。口の軽いおまえはあいつらにとっても目障りだよな」

それだけ言ってしばらくおれは黙り込んだ。

車は人気のない海岸べりを走っていた。それはおれがアンドリに指示していたルートだった。四車線のその道路は数キロ先で行き止まりになる。道の両側はマングローブの林で、民家も人影も見当たらない。

あたりの景色にそぐわない道路は、ゴルフ場開発用に造られた進入路だった。施主は日本の総合商社で、その計画も政権の交代で頓挫した。湿地帯に挟まれ、捨てられた道が寂寥感《せきりょうかん》を漂わせて熱帯の日差しに白んでいる。

やがて車は未舗装の道に入った。

「おい。どこに向かっているんだ」

ようやく気付いて西村が吼えた。おれはその言葉を黙殺した。

さらに二十分ほど車を走らせて、アンドリに指示した。

——ここらでいいだろう。

後方に流れていた砂埃に包まれて、おれたちを乗せた車が道の中央に停車した。路肩に寄せる必要もない、忘れられた道だった。

西村が目を引きつらせ機敏に車の周囲をうかがった。おれは足元に用意していた紙袋からペットボトルを取り出した。

道端で老婆が売っていた自家製の椰子酒だ。この島では醸造所ではなく自宅で造った椰子酒が売られている。そこかしこで見られる光景だ。買うのは島の人間にほぼ限られる。当然だ。自家製の椰子酒はやたら度数が高いだけで、入れられている容器も、観光客が投げ捨てたペットボトルがろくに洗いもせずに使われている。汚れとひび割れで白濁したペットボトルだ。廉価という他に売れる理由はない。

「おまえの好きな酒だ」

恫喝《どうかつ》の演技だった。

演じながら西村を屠る自分を想像した。その想いにおれは甘美な誘惑を感じた。

西村がこの世から消える。それがおれの判断で行われる。この薄汚い男の命をおれはどうにでもできる。その想いは、経験したことのない興奮をおれにもたらした。

西村が激しく首を振って、鼻先に差し出されたペットボトルを両手で押し戻した。描いていたシナリオはここまでだ。あとは相手の出方を見ながら恫喝の言葉をあびせるつもりだった。

抑えがたい物足りなさが沸き起こった。

無意識に右手の拳を固めた。

それを西村の腹に渾身の力でめり込ませた。

西村が呻き声を出して身体を丸め、拳に感じた肉の感触がおれの脳を痺れさせた。

「最初から忠告していたはずだ」

髪を鷲づかみにして西村の上体を起こした。そのままの姿勢で鳩尾に二発目をお見舞いした。西村がまた呻き身体を捩って逃れようとした。

「アンドリ、銃だ」

柔らかな動作でアンドリがホルスターから銃を抜いた。

「こいつの頭を狙え。少しでも抵抗したら脳みそを撃ち抜いてやれ」

銃口を眉間に向けられて西村の動きが止まった。西村の髪を摑んだまま、おれはやつの耳元で囁いた。

「どうしておまえはそんなにだらしないんだ。おれは約束を守れないやつが大嫌いだ。酒に溺れるやつも嫌いだ。いつも酒の臭いをさせやがって。ろくに仕事もできないくせに、欲しがるものだけは一人前だ。そのあたりのガキと変わらんじゃないか。今回の仕事はな、ガキが浮かれて手を出していいような仕事じゃないんだ。おまえが自分の立場を危うくするのは勝手だが、頼むからおれを巻き込まないでくれよ。おれはおまえと心中なんてしたくないんだ。ええ、おれを巻き込むなよ」

今度は脇腹を狙って拳をめり込ませた。

二発、三発と続けざまに打ち込んだ。脳が真っ白に焼けた。自分でもわけが分からなくなった。それからあとは機械的に淡々と殴り続けた。何発目かに西村が嘔吐した。車内に酸味を帯びた臭気が充満した。

「……や、やめて……くれ……」

西村が途切れる声で哀願した。涎の糸が床まで届いた。突き飛ばすように髪を摑んでいた手を離した。指の間に髪の毛が束になって挟まっていた。

力尽きた西村は、ドアに身をもたれかけさせて弱々しく肩を上下させている。西村の髪の脂でべとつく手をハンカチで拭きながらアンドリに伝えた。

――次は免税店だ。

拭き終わったハンカチを西村の膝に投げた。アンドリが車を反転させ加速した。

――窓を開けてくれ。臭くて堪らん。

車内に充満した吐瀉物の臭いに顔をしかめてアンドリに指示した。運転席からの操作で、アンドリがすべての窓を全開にした。涼しさとは無縁の南国の空気が、大量の風になって車内に流れ込んだ。

「これで終わったわけじゃない」

西村の耳元で告げた。

「今から清水を訪ねる。清水が協力的であることを祈れ」

一時間ほどで車は島の中心部、州都にある巨大免税店に横付けされた。

「ちょうど良かった。今出勤したばかりなんですよ」

ご大層なつくりの総支配人室でおれたちを出迎えた清水は、土気色をした顔に気まずそうな表情を浮かべていた。清水の勤め先を訪れるのは初めてだった。『海神』の女を相手に狼藉を働く清水しかおれは知らない。そんなおれに昼間の事務所を訪ねられたのではさぞかし居心地が悪かろう。

「そちらの方は？」

清水の向かいに腰を下ろしたおれと西村の斜め後ろに、背筋を伸ばしたアンドリが軽く足を開いた姿勢で控えていた。

「おれのボディーガードだ。気をつかわないでくれ」

「ああ、なるほど」と、清水はあいまいに肯き「ボディーガードね」と復唱したが、なぜおれにそんなものが張り付いているのか理解しかねている様子だった。

「青木さんは、どんなお仕事をされているんでしたっけ」

仕事モードから抜けられない清水が他人行儀に質問した。

「清水さん、いつものノリでいこうよ。何か違う人と喋っているみたいじゃないか」

砕けた調子で水を向けてやった。

「そうですね。いや、失礼。突然のお出ましにちょっと調子が狂ったみたいです。何か冷たいものでも飲みますか?」

清水がソファーの肘当ての横のボタンを押した。秘書と思しき浅黒い肌の女がドアを開けた。仕立てのいいスーツに身を固めた女は、『海神』の女には縁のない上品さと知性を備えていた。

「何にしましょう? 上等な玉露もあります。西村さんはビールですね」

「いや、酒は要らない。玉露をもらうよ」

慌てて西村が答えた。まだ声がかすれて顔色が優れなかったが、清水は気にする風でもなかった。どうせ前の晩の酒が残っているのだろうくらいにしか思われていないのだ。

「遠慮するなよ、迎え酒をもらえよ」

作り笑顔で西村に言ってやった。西村は握り締めた手を両膝に置いたまま「いや、玉露でいい」と繰り返した。

「だったらつきあうか。おれも玉露をいただこう」

そのやり取りで、さすがに清水も二人の様子がおかしいことに気付いたようだ。小首をかしげながら「玉露を二つ、私にはいつものやつを」と指示した。

飲み物はすぐに運ばれた。久しぶりに口にする玉露だった。鼻に抜ける香りをおれはゆっくりと愉しんだ。落ち着きをなくしている二人を尻目に、無言の時間の流れを心地よく感じていた。

「何か様子が変ですよね。ご用件は何でしょうか」

ターメリックの粉が沈殿したグラスをマドラーでかき混ぜながら、清水が真顔で訊いた。清水の我慢も限界を超えたようだった。愛想笑いが消えていた。

「昨日、西村が喋った件だが」

口調を変えたおれに戸惑いながら、清水が目を泳がせた。

「覚えていないのか？」

「昨日の西村さんはいつにもましてでき上がっていましたからね」

運ばれた玉露に口をつけずにうな垂れていた西村が顔を上げた。その表情にかすかな期待が浮かんだ。西村には悪いがそれで終わりにできるわけがなかった。

「ペニー島の件だ」

「ああ、カジノコンプレックスがどうだかという与太話ですか」

清水の言葉に西村の表情から光が消えた。肩を落としてまたうな垂れた。

「それが与太じゃないんだよ」

「……まさか。昼間から二人してぼくをからかいに来たんですか」

清水は声を上げて笑った。

その清水が、ふとアンドリに視線を移して、笑い声が尻すぼみに消えた。

「さっきの質問だがな、おれがどんな仕事をしているかって。簡単に言えばクライアント側のネゴシエーターだと思ってくれ」

マドラーをまわす清水の手が止まっていた。

回転を緩めながらターメリックの粉が再び沈殿を始めた。

「西村がどこまで喋ったか、本人も記憶がないそうだから分からないが、もちろん最高レベルの機密プロジェクトだ。なにしろクライアントは前の大統領だからな。しかも彼はこの島にすでに舞い戻っている」

「えっ、あの独裁者が」

清水の声が裏返った。

「そうだ。しかも虎は二十億ドルの資金提供を確約している。計画全体では百億ドルの事業費を予定しているプロジェクトだ」

「おれはそこまでは漏らしてない。第一そんな話は知らない」

おれの言葉に激しく狼狽した西村が腰を浮かした。おれと清水の間を遮るように半歩割り込んだ。西村の背後に、素早い身のこなしでアンドリが回りこんだ。両肩を摑んで無理やり元の位置に座らせた。おれは前かがみの姿勢で、ずっと清水の目を見つめていた。

「クライアントがクライアントだけに、けっしてまともな話じゃない。もちろん裏社会も絡んでいる。今の段階では極秘情報だ」

何事もなかったかのようにおれは話を進めた。

おれは西村の落胆と清水の驚愕を冷ややかに観察していた。

「ところがこいつがあんたに情報を漏らしてしまった。それがどんな不都合な状況を生んでいるかあんたにも分かるよな。清水さん」

「ちょ、……ちょっと待ってくれ」

清水の動揺が肌に直接伝わった。おれの身体の奥に、さっき西村をいたぶった時の感触が甦ってきた。

「これは清水さんのことを思って言うんだが、しばらく、——と言ってもそんな長い期間じゃない、長くても一ヵ月くらいだろう、休職しないか？　顔色もよくないし、転地療養という名目でどうだ」

「……急にそんなことを言われても」

「勘違いしないでもらいたい。おれは清水さんにお願いしているわけじゃないんだ。友人として忠告しているんだ。嫌なら嫌でいい。後は虎の背後にいる組織が考えることだ。だが言っておく。少なくとも、秘密を漏洩したこいつは」と、西村に目をやって清水に戻した。「ただでは済まない。たぶん秘密を知ったあんたもな」

「頼む、清水さん」

いきなり尻を浮かせた西村が、テーブルに両手をついて頭をこすりつけた。

「こいつらは本気だ。おれもさっき殺されかけた。頼むから青木の言うことをきいてくれ」

回転を止めたターメリックの粉が沈殿し、水と二層に分離した。

清水がグラスを口に運び、上澄みで乾いた唇を湿らせた。

おれは玉露をもう一口ふくみ、香りを味わいながら清水の返事を気長に待った。

まだ夕方にもならない時間だった。

自室の寝室のドアの前で、おれは躊躇していた。アユによって正常に戻されたミチコと、どう対面していいのか分からずにいた。こんなことならアユにミチコを任せるのではなかったと後悔さえしていた。

西村と清水は免税店からそのまま連れ帰って軟禁している。おれが知っているのは、屋敷に帰り着いたところまでだ。

――二人を丁重に持て成してくれ。ゲストだというのを忘れるな。ただしこの敷地内から出ることは許さない。禁足だ。どう持て成すかはラモと相談してくれ。

それだけ告げると、アンドリは小さく肯いた。

西村と清水の件はそれで片が付いた。

そうなるとおれに残された課題はミチコということになる。

ノックの音がした。アユだった。

――失礼します。

口調も雰囲気も部屋の係だったアユに戻っていた。うっとうしいと外したインカムのイヤホンも左耳に挿している。

――なんだ?

今朝のことがあるので、どうしても口調がぶっきらぼうになってしまう。

――どうぞミチコさんと対面してください。

――そんなことをおまえに指示される筋合いはない。

――たぶん満足いただけると思います。

アユが俯き加減の姿勢のまま、上目づかいでおれに目線を送った。含みのある、気に障る目つきだった。

――まさか。おまえ、またミチコに何かしたのか。

――ご自分の目で確認されるのが良いかと存じます。

ますます気に障った。確か昨夜もこの女は同じようなことを言った。その勧めに応じて、寝室のドアを開けたおれを待っていたのが、ミチコとの醜態だった。

――何をした。ミチコに何をしたんだ。

問い詰めたが、アユは変わらぬ姿勢のまま答えない。またミチコが弄られた。おれは焦燥に背中を押されて寝室のドアを開けた。

ベッドにミチコはいなかった。シーツには皺ひとつなく、丁寧にメイキングされている。檻に目を転じた。尻座りしたミチコがいた。瞳に光がない幼女のミチコだった。

――どういうことだ?

振り返らずミチコに目を留めたまま、背後に気配を感じるアユに質した。

――ボスの命令で治療前に戻しました。

事もなげにアユが答えた。

――なんなんだ、おまえらは。生身の人間をこんなふうに扱うなんて……どんな、どんな神経をしているんだ。頭がおかしいんじゃないか。

猛烈な怒りが込み上げてきた。人間を、人格を、カードを裏返すように扱っていいわけがないではないか。振り返ってアユに詰め寄った。

――説明しろ。納得のいく説明をしろ。

気に入らないことを言えば殴り倒すつもりだった。殴り殺しても構わない。そう思うほど抑えきれない憤りを覚えていた。

——ミチコさんが部屋の固定電話から外部と接触しました。

——外部に？

予期しないアユの一言に、おれは気勢を殺《そ》がれた。

——誰に連絡したんだ。

愚問だった。ミチコが連絡するとしたら、あの猿顔の男以外考えられない。

——おまえらはそれを盗聴していたのか。

質問を変えた。

——盗聴ではありませんが、この部屋の電話は自動的に録音されます。

アユが白衣のポケットから取り出したのはＩＣレコーダーだった。

——日本語のようですね。

そう言って再生ボタンを押した。

「ワヤン、ワヤンなの」

流れてきたのはミチコの声だ。

「ミチコ、ああミチコなのか」

「助けて、ワヤン。私をここから助け出して」

切なげに言うミチコの声が、容赦なくおれの感情を逆なでした。

——もういい。止めろ。

吐き捨てた。アユが再生を止めて、レコーダーをポケットに戻した。

——この後、ワヤンという男が、制服警察を伴ってこの屋敷を訪れました。もちろん地元の制服警察ごときが、屋敷に足を踏み入れることはできません。ボスは上層部とも懇意ですから。お金を摑ませて追い払いました。もともと制服警官の目的も、小遣い稼ぎだったのでしょうから、その場はそれで収まりました。

——だったら、どうしてミチコをこんな風にしたんだ。

おれは再び檻に座るミチコに目をやった。

——用心のためです。男が警察ではなく日本領事館に訴えたら、ボスでも門前払いをすることはできません。しかし領事館の担当官も、ミチコさんのこんな姿を見れば。

アユもミチコに視線を投げた。

——治療のために保護しているということで納得するでしょう。もちろん檻は見せられませんが。

アユの説明におれは一応納得した。一応だ。必要があるとはいえ、これほど簡単に人格を裏返すことができるのか。それがおれには不可解だった。いくらアユが精神医学に通じているとはいえ、簡単に為し得ることではないだろう。

バリアンの心得があると言ったアユの能力を思った。底知れない能力に思えた。

——それでは、また何かあればお呼びください。

困惑しているおれを置き去りにしてアユが退室した。

ミチコを監禁する檻に歩み寄って膝をついた。同じ視線の高さからミチコに語り掛けた。

「お腹は空いていないか？」

夕食にはまだ少し早い時間だった。

「あう」と、幼女のミチコが反応した。

おれは弛緩した。そう言えば、かなり長い期間、ミチコと食事を共にしていなかった。

「マンゴーでも食べるか？」

「あう」と、ミチコが肯いた。

おれのミチコが帰ってきた。


夕食後の時間をバルコニーのデッキチェアーでミチコと過ごした。砂を転がす波の音の切れ間に、胸に抱いたミチコのつぶやきが聴こえたような気がした。ミチコの身体をずらし唇に耳を近づけてみた。聞こえるのはミチコの息づかいだけだった。

バルコニー越しに見える月明かりの夜の海に目を向けたまま、ミチコの息づかいに気持ちを委ねた。風の止まった海は遠くから届く波に緩慢に上下していた。ただ離岸流だけが、沖に向かって一筋、鋸歯を思わせる白波を立てていた。

混じりけのない潮の香りにおれたちの安らぎが包み込まれた。

部屋のルームフォンが控えめに鳴った。

少し前にラモの車が帰宅した気配があった。いつもより早い時間の帰宅とルームフォンの呼び出し音に、ラモがおれと話し合うために帰ってきたのだと察した。仕方なくミチコを抱きかかえたままデッキチェアーを立った。ソファーに移動して受話器を上げた。

「遅い時間に申し訳ありません。少しだけお話をする時間をいただけますか。バグシーからの伝言を預かっています」

「五分待ってくれ」

答えて、おれは受話器を置いた。バグシーがインド料理のレストランを連絡先に指定したように、おれもラモのレストランを連絡先に指定していた。

ラモはけっしておれの部屋を訪れることはない。アユに聞いた話では、アユ以外は、おれの部屋に近づくことさえ厳重に禁じられているらしい。

ミチコを檻に戻し手錠で拘束してラモの書斎を訪れた。檻に入れたミチコに手錠は必要ないが、もはやそれは、下着と同じくらい、おれにとって、ミチコの衣装になっていた。

ソファーで足を組んだラモの前にアンドリが立っていた。

「お休みのところ申し訳ありません」

ソファーから立ち上がり、おれに詫びたラモがアンドリに退室するよう命じた。

「ニシムラさんとシミズさんのことは、ひとまず片付きました」

絶対にあの二人を二階に上げるなというおれの申し入れを聞き入れ、ラモは西村と清水に使用人小屋の二階をあてがっていた。清水は明日、転地療養を勧める医師の診断書を勤務先に提出することになっている。その診断書はきょうの夕方、清水が行ったこともないシンガポールの病院からメールで届けられていた。堀から電話で伝えられたことだ。

「あいつらのことよりバグシーは何と言ってきたんだ」

ラモが胸ポケットから二つ折りにしたメッセージカードを取り出した。

『最終打ち合わせの件・あした・午前十一時・当方の連絡先にて』

そのメモに記されていたのはそれだけだった。

「ずいぶんあっさりしているんだな」

「そんなものでしょう。内容を書けることでもありません」

ラモが微笑んで「そうだな」とおれも苦笑した。

「すべての準備が整ったと考えていいでしょうね」

「アジアの虎からの資金の移動も含めてか？」

「もちろんです」

思わず武者震いした。早晩そうなるだろうとは思っていたが、さすがに二十億ドルの資金が移動したと考えると冷静ではいられなかった。

「何か資金を移動したと考える根拠はあるのか」

「直接的な根拠ではありませんが、パトロンの健康状態はかなり深刻です」

驚くような情報をラモはさらりと口にした。

「どこで仕入れた情報だ」

「パトロンが心臓に問題を抱えていることは新聞を読む人間なら誰でも知っています。彼がすでにこの島に潜伏しているという情報を得ましたので、三ヵ月前まで遡《さかのぼ》って医療関係者の出入国をチェックしました。該当すると思われる医師が二ヵ月前に観光ビザで入国し、その後シンガポールとの往復で出国し、観光ビザを更新しています。その医者はオランダ国籍の心臓外科の権威です。入国時に申請したホテルには一度も泊まっていません。後は憶測です」

「そんな脇の甘いことをやつらがするかね」

「ですから憶測です。ただしやつらも、政府関係者にパトロンの健康状態のことは知られたくないでしょうから、隠密に対応せざるを得ないでしょう」

「隠密？　おまえの組織の調査で露呈しているじゃないか」

「私たちの組織でさえ探りだせる足跡を残さざるを得ないほど、パトロンの健康状態が深刻だと考えることもできます。それに私たちが調べたのは医療関係者だけではありません。あらゆる可能性を考えてそれを虱潰しにした結果、ひとりの医師の不可解な行動が浮かび上がったのです。軍が弱体化した今のこの国の政府に、それだけの調査能力はありません」

「分かった。おまえの組織に敬意を表して一応頭の中には入れておこう」

これ以上議論しても仕方がないことだと話を打ち切った。

「よろしくお願いします。不確かな情報でも可能性を前提にして交渉に臨むのは無駄ではありません」

「しかしパトロンの健康状態と資金移動に合理的な関係はあるのか」

「アンギン・ヌサの計画を前に進めるためには、二十億ドルが移動されたというエビデンスが必要ではないでしょうか」

確かにそうだ。話だけでは赤坂も腰を上げないだろう。

「このタイミングで最終打ち合わせをしたいということは、資金の移動が成ったと考えるのが自然です」

「分かった。で、話はそれだけか」

ミチコのことが頭に浮かんだ。一刻も早く部屋に戻りたい衝動が膨らんでいた。今夜はミチコを抱いて寝ようとおれは決めていた。

昼間、西村をいたぶり清水を追い詰めた興奮の残り火が身体の芯にあった。それに加えて、資金移動があったらしいというラモの観測が油を注いだ。

この昂りをミチコと共有したかった。いや、ミチコの力を得て、もっと激しい自分になろうとおれはしていた。おれは強くなる。強くなってミチコを守る。

「きょうのあなたは怖かったとアンドリが言っていました」

唐突なラモの物言いだった。

「世間話だったら、またの機会にしてくれないか」

「アンドリでさえ恐怖心を感じるほど、あなたの演技は真に迫っていたそうです」

西村を追い込んだ時の感覚が戻ってきた。あれは演技だったのだろうかと反芻した。むしろあれこそ、隠れていたおれの本質なのではないかという気がした。

西村に続き、清水が恐れたのもそんなおれの本質ではないか。そう考えることがおれには心地良かった。おれはミチコを害するどんなものとも戦わなければならないのだ。怖れられる存在でいられることは悪いことではない。

「暴力は劇薬です。扱いに不慣れな者が、分不相応な暴力に酔うと手酷いしっぺ返しをくらうことになります」

高揚する気持ちに水をさすラモの言葉は、おれをすこぶる不愉快にした。

「おれが暴力に酔っていると言いたいのか」

おれの問いに答える代わりに、ラモが腰の後ろに手を回し、拳銃を抜いて銃口をおれに向けた。いつぞや、あの島で黄色の水着の女に向けられた銀色の銃だった。真っ直ぐに向けられたその銃口の暗い淵が、ミチコの瞳を連想させた。

「こうやって銃口を向けても、あなたの目には怯えが見えません」

「おまえが撃つわけがないのにどうしておれが怯えなくちゃならないんだ」

「撃たないと分かっていても、銃口を向けられれば人は恐怖を感じるものです。少なくとも私は恐怖を感じます」

「案外だらしないんだな」

ラモが銃を下ろし「失礼しました」と詫びた。

「でも今のことは忘れないで下さい。あなたは根拠のない暴力に酔っています。もともとあなたは思慮深い方です。それを私は見込みました。バグシーの組織も同じでしょう。あなたが暴力に酔って、節度を失うことはあってはならないことです。彼らもそれを望まないと思います。常軌を逸する行いは、ミチコさんとの関係に止めておくべきです」

瞬時に頭に血がのぼった。

「ミチコとのことに立ち入るのはやめろ。たとえおまえでもそれは赦さない。常軌を逸しているだと？　おまえに何が分かる。ただではおかんぞ。この案件のことに関して、ましてやミチコのことに関して、おまえの指示は受けん。助言はするが指示はしないと言ったのは、おまえだろ。どちらが主導権を握っているのか、もう一度よく考えろ。おれが奴らに働きかけることができる唯一の交渉相手なんだ。おまえはそのおこぼれを期待しているだけじゃないか」

吐き捨てて立ち上がり、ラモを残して部屋をあとにした。ミチコとの関係を「常軌を逸する」と言われ、許せるわけがなかった。誰一人としてミチコとおれとの関係に踏み込ませない。助言など無用だ。ミチコのことはおれにしか分からないのだ。

部屋に戻り檻の鍵を開けて檻の奥の暗がりに蹲《うずくま》るミチコに手を差し出した。

「…………」

差し出したおれの手ににじり寄るミチコが何かを呟いた。それはさっきバルコニーで空耳のように聞こえた言葉と同じ響きをもっていた。暗がりから姿を現しおれの手が届くところで、もう一度ミチコが呟きを発した。

今度ははっきりとその呟きがおれの耳に届いた。

「ワ、ヤ、ン」

全身の皮膚が粟立った。ミチコが猿の名前を呼んでいる。ミチコを捨てて、それでもなお、ミチコの口に射精し続けた、あの猿の名前だ。

逆流した血液が全身の血管を膨らませた。

「ワ、ヤ、ン」

ゆっくりと這い寄りながらミチコが繰り返す。

「来るな」

叫び声とともにおれは開放した扉を叩きつけ、激しく震える手で鍵を掛けた。それでもミチコはにじり寄る。ミチコの行く先を阻む扉の格子を、手錠で拘束された両手で摑んだ。その隙間に顔を押しあててミチコが鼻と口を突き出した。鉄格子に遮られ不格好にミチコの顔が潰れた。

その唇から隙間風のように声が洩れた。

「ワ、ヤ、ン」

おれはその声から逃れるように寝室を這い出た。ノブを頼りに立ち上がり、足をもつらせながらソファーに倒れこんだ。きつく目を閉じれば閉じるほど、ワヤンの卑屈な猿顔が浮かび上がった。やがてそれはミチコの髪を摑んで股間に押し付ける光景へと変わった。

殺してやる。ラモの組織に命じて。いや、おれ自身の手で決着をつける。おれが直接手を下す。この手でワヤンを殺してやる。

ソファーで身体を丸め、おれはワヤンを呪った。

朝の気配に目が覚めた。ソファーで曲がった腰を伸ばしながら横目で寝室のドアに目をやった。昨夜のミチコの声がまだ耳に残っていた。少し迷ってから寝室に背を向けてバルコニーに出た。西向きのバルコニーから眺めるインド洋は、まだ夜の暗さに沈んでいた。水音に目をやると、朝もやのプールで泳ぐラモの姿があった。

クロールだ。ほとんど水飛沫も立てず、規則正しいストロークでプールを往復し、クールダウンのためのバックストロークに変えたラモが、おれの姿を認めて泳ぎを止めた。

「おはようございます」

プールの中から声をかけるラモに、おれは軽く手をあげて応えた。昨夜のことが気まずく甦った。銃口を向けたラモにではなく、罵声を浴びせた自分が大人げなく思えた。

「ちょうど良かったです。お渡ししたいものがありますので、少しお時間をいただけないでしょうか」

ラモは昨夜のことを気にするふうでもなく、いつもの張りのある声でおれに語りかけた。求めに応じて階下に降りたおれを、バスローブ姿のラモが書斎に誘った。

「昨日お渡ししようと思っていたのですが、アオキさんを怒らせてしまいました。私の口が過ぎました。赦して下さい」

詫びの言葉を用意していたおれは、機先を制された形になった。

「これを、きょうの会合にお持ち下さい」

ラモが手にしていたのはＩＣレコーダーだった。受け取るとレコーダーは既に動作を始めていた。おれが訝しげにその動作ランプを見つめていると「心配しないで下さい」とラモが微笑んだ。

「連続百四十五時間の録音が可能です。そのままお持ちになって、今夜返していただければ結構です」

「盗聴マイクの代わりというわけか」

「そうです。正確な助言をさせていただくためには、より正確な情報が必要です。そのようにご理解下さい」

「おれが信用できないというようにも考えられるな」

精一杯の虚勢を張った。昨夜のことがあるからなのかと、問い質す言葉を続けようとしたが、それ以上の言葉をラモの目が拒んでいた。

「もし盗聴する必要があれば、アオキさんの着衣にマイクを仕掛けることなど造作もありません。しかもアオキさんご自身も知らないうちに、です。ご希望であればそうさせていただきますが、音質はレコーダーの方が良質です。それともテープレコーダーを持って行かれますか。それを交渉のテーブルに置いて、録音すると言ってもバグシーは拒否しないはずです」

この男には何を言っても無駄だとおれは諦めた。すべてはラモの判断で決定するのだ。レコーダーをガウンのポケットに滑り込ませた。

「一応預かっておく」

「一応では困ります。必ず忘れないように持参してください。気まぐれはお互いのためになりません」

部屋を出ようとしたおれをラモが呼び止めた。

「アオキさん。この仕事が終わった後も、私は今の部屋をあなたに提供し続けるつもりです。この屋敷ごとです。あなたにはあの部屋が必要だからです。もちろんあなたは、この仕事の対価として十分な報酬を得るでしょうし、その報酬の一部でこの程度の屋敷を建てることも可能でしょう。しかしなにもかも一から揃えるとなるとけっこうたいへんです。そんなことに無駄な時間を費やさなくてもいいでしょう。突然のことでご理解しにくいでしょうから、繰り返します。私はこの仕事の成功報酬として、いえ、謝礼として、屋敷をまるごとアオキさんとミチコさんに、譲渡する用意があります。だから私の指示に従えというのではありません。私の助言をお聞き入れいただいて、この仕事が望むべき場所に望むべきかたちで着地するよう、ご協力いただきたいのです」

　塞いでいた気持ちが暖かく動き始めた。

「……本気で言っているのか」

　声が上ずった。ミチコと暮らす部屋が、そしてこの屋敷が、自分のものになるというラモの提案に、たちまちおれは子供のように浮ついた。それが今のおれにとって、一番の関心事であることをラモは読みきっていた。ラモの狡猾さを怪しみながら、目の前にぶら下がった餌におれは判断力をなくしていた。

「ええ、本気です。ミチコさんとお二人で、静かにお暮らしください」

「分かった。これは忘れずに持っていく」

　たわいもなく籠絡された。ガウンのポケットからレコーダーを取り出して、ラモに示した。部屋へ急ぎ帰った。

　部屋を提供すると聞かされて、無性に檻の中のミチコを確認したくなった。屋敷ごととラモは言った。昨夜のミチコのうわ言は、ワヤンに対する未練などではあるまい。狂う前の記憶の断片が、ミチコの脳に浮遊しているのだ。それがワヤンの名を呼ばせたのだ。そうに違いないと自分に言い聞かせた。

　昨夜は取り乱してしまった。ミチコをひとり檻に残して、ソファーで寝込んだことが悔やまれた。寂しい夜を過ごしたミチコを労わってやりたかった。この屋敷がおれたちのものになるという知らせをミチコと共有したかった。

薄暗い檻の片隅に横たわるミチコがいた。扉の鍵を開けた。檻の中に身体を入れた。四つん這いで奥に進んだ。ミチコを抱き寄せた。腕の中でミチコがゆっくりと目蓋を開いた。ミチコを愛おしく思う気持ちに胸が潰れそうになった。

気持ちを抑える必要はないのだ、ミチコはおれのものなのだ。最初からワヤンになぞ渡す必要はなかった。少なくともおれの家に引き取った後は、ワヤンに手を触れさせることすら許すべきではなかった。あの男はミチコの本質を何も理解していない。ミチコには純粋な安らぎを与えられる存在が必要なのだ。

ワヤンを殺してやる。昨夜の思いが甦り、再びおれを支配した。その思いに一切の躊躇はなかった。あいつがミチコに手を出せない立場にあっても、今までの行いだけであいつは万死に値する。どす黒い嫉妬があった。おれの部屋で、おれの目の前で、あいつはミチコに咥えさせたのだ。数え切れないほど射精して、精液を飲ませたのだ。舌を使わせ、吸わせ、搾らせ、舐め取らせたのだ。記憶を消去するためには、その元となるものを消去しなければならない。

ミチコの唇から囁き声が洩れた。ミチコを抱く手が強張った。老人の嗄れ声だった。いつかおれに「島に行くな」と告げたあの声だ。途切れ途切れに、単調な抑揚で繰り返される声は、歌のようにも呪文のようにも聞こえた。

突然、けたたましい警報ベルが屋敷内に響き渡った。

それに続いて男たちの怒号が屋敷の内外でとびかかった。

乱れた足音が不規則に湧きあがった。

ひとつの方向に向かって足音が遠ざかった。

数分ほどで警報ベルは鳴り止んだ。怒号も足音も沈静した。だが屋敷をつつむ空気は落ち着かなく乱れていた。腕の中のミチコに注意を戻した。目蓋を閉じて、囁き声も止んでいた。気を失っているようだった。静かにミチコを檻の床に横たえた。檻を出た。リビングのルームフォンの受話器を上げた。アユが応答した。

——何の騒ぎだ。

——侵入者があったようです。

——屋敷の中に入られたのか。

薄闇をゴキブリのように移動するワヤンの姿が浮かんだ。

——いいえ、外部から電柵に触れました。それ以上、詳しいことは分かりません。

——何か分かればまた連絡をくれ。

一旦受話器を置いた。ほどなくして呼び出し音が鳴った。ラモの声が受話器を通して耳に届いた。

「侵入者がありました。男です」

「今回の件と関係があるのか」

「調べさせています。今の段階で確かなことは言えません」

「その男は何と言っているんだ」

「男は死にました」

「えっ」

息を呑んだ。

「おまえは人が死ぬほどの高圧電流を流しているのか」

声に非難の気持ちがこもった。

「いいえ。さすがにそこまではしていません」

ラモが言下に否定した。

「柵に飛びついて弾き飛ばされたのです。運悪く外柵の土台のコンクリートに頭を打ち付けたようです。これは事故です」

「きょうの会合に何らかの影響はあるのか」

「無いように処理するのが私の役割です。ご心配は無用です」

ラモの口調に動揺はなかった。しかしおれの胸の裡には、度し難い不安が込み上げていた。ラモが察知していない不安を、おれの肌が感じていた。

18

ラモの予測どおりバグシーの組織は資金移動を終えていた。

「Ａ＆Ｂ社への資金移動の日付は半年前にしておきました。だいたいその辺りが妥当でしょう。こちらがその残高証明書です。それからこれがＡ＆Ｂの登記書類と決算関係書類です。決算書類は三年分用意しました」

「Ａ＆Ｂというのは？」

「二人が設立した会社の名前です。アオキさんと私の名前の頭文字をとって、Ａ＆Ｂとさせていただきました」

バグシーが差し出した書類を慎重に精査した。書類は丁寧に偽造されていた。誰が見ても、Ａ＆Ｂが実体のある法人であることを疑うまいと納得した。

「よくできているな。さすがだ」

「ちゃんと所在地に事務所もあります。男性社員が五名、女性社員が四名常駐しています。機会があれば一度お立ち寄りください」

「これなら赤坂も疑わないだろう」

「アカサカ？」

「あの会社の本社所在地だ。おれたちは慣習的にそう呼んでいる」

「分かりました。覚えておきましょう」

「次の書類が、今回のシーンでもっとも重要な書類です。確認してください」

バグシーが差し出した書類は日本語と英語で記されていた。

「これは？」

「アオキさんがアカサカ宛に作成した進言書です。これをアカサカに信用してもらう必要があります」

おれはその書類に目を通した。そして読み進めるうちに唸り声を洩らしていた。

Ａ４判の用紙七枚に及ぶ書類には、おれの会社に対する複雑な心情や、巨大開発の夢を捨てきれない想いや、バグシーと出会ってから今に至るまでのエピソードまで、端正な日本語と英語で認《したた》められていた。いや、日本語は端正に書かれていたが、英語は違った。いかにも日本人ビジネスマン、すなわちおれが綴《つづ》ったようなビジネス英語で書かれていた。

赤坂には投資会社から派遣された米国籍の役員もいる。バブル期の清算の過程で赤坂に席を確保した連中だ。役員会の決裁を必要とする資料は、日本語と英語で作成するのが慣習になっていた。

「いかがでしょうか？」

バグシーが確認の目を向けた。それを手で制して、冒頭からもう一度読み直した。読み終えて大きな息を吐いた。

「完璧だ。さっきの法人偽造書類も含めて、つくづくそちらの組織の力量を感じたよ」

「ご納得いただけて何よりです。それでは書類の最後に、アオキさんのサインをいただけますか」

バグシーが差し出した万年筆におれは手を伸ばした。

「ああ、大切なものを忘れていました」

万年筆がおれの手元で止まり、バグシーがキャビネットサイズの写真を取り出した。

「あえてコメントをつける必要はないと私たちは考えています」

手にとって息を呑んだ。写真には、老いさらばえてなお眼光だけは鋭い老人の姿が明瞭に写し出されていた。

アジアの虎――

「……これは」

その写真に釘付けになったままバグシーに質問した。

「後ろの壁掛けテレビのニュース映像は今朝のＢＢＣのものなのか」

「そうです。お察しのよさに敬服します」

赤坂にもそれに気付く者はいるだろう。どの書類よりもその一枚の写真が、計画の信憑性を雄弁に語ってくれるに違いない。

「これがあればおれの進言書など必要ないだろう」

バグシーが苦笑した。

「アオキさんらしくもないですね。アオキさんの進言書は、私たちがアカサカを選定した筋書きを納得させるために必要なものです」

「そうだな。すまない。あまりにもこの写真のインパクトが強かったので」

おれはまだ写真から目を離せずにいた。

「では、あらためてサインをお願いします」

我に返ったおれは、バグシーから渡された万年筆で指定された場所に署名した。その署名は社員時代に使っていたものなので、赤坂のどこかに同じものが残っているはずだ。署名することで赤坂と自分が、また繋がったと実感した。

赤坂は、二度と関係を持つことはないだろうと思っていた存在だった。あるとすればおれが獄に繋がれるときだ。胸の中に渦を巻く感情の正体が見定められなかった。ある種の違和感だった。元の勤め先とはいえ、相手は日本を代表するスーパーゼネコンだ。その巨大組織におれは矢を放とうとしている。相手と自分を天秤にかけて、いまさら違和感を覚えていた。

署名する間に、バグシーは次の書類の束を取り出した。

「開発計画のマスタープランです。今回提出分は要約版になります。こちらも確認してください」

計画書の要約版を受け取った。サマリーとはいえ二百頁を超えるボリュームがあった。違和感を持て余したまま、おざなりにページをめくった。

完成のイメージ図から始まり決められた手順に従って作成された形どおりの計画書だった。細部までチェックする必要はないと判断した。『アンギン・ヌサ開発計画』の達成が、少なくともおれが十分な報酬を得ることが、確実に思えた。

気持ちがラモの屋敷の一室に向けられていた。あの部屋が自分のものになるという思いに酔った。早くミチコのもとに帰りたかった。一通り目を通し「これでいいだろう」と鷹揚《おうよう》に肯いて、計画書の綴りをバグシーの手に戻した。

「ありがとうございます。これらの書類は一冊のバインダーに綴じられてアカサカに持ち込まれます。バインダーの最初に綴じられるのがアオキさんの進言書です」

書類を揃えながらバグシーが言葉を続けた。

「そして、最後にこの写真が添えられます」

バグシーが一式にした書類をバインダーに綴じながら「ただの老い先短い老人の写真です」と、薄い笑いを浮かべた。

「それでは封印しますので一緒に確認してください」

「封印？」

「ここからアカサカに書類が渡るまで、お互いに改竄《かいざん》はしないということを約束するための封印です。アオキさんにはこの書類をお持ち帰りいただきます」

「おれがこの書類を赤坂に持っていくのか」

「それは少し無理があるでしょう。書類はニシムラさんにお渡し下さい。今夜のトウキョウ便に予約を入れています。あしたの午前中にはアカサカに書類が届くはずです」

「西村に運ばせるのか？」

「不安ですか？　メッセンジャーボーイくらいはできると考えたのですが」

「そうだな。おれがこの書類を持ち込むとしたら西村に預けるだろう。ただし西村が事前の確認も取らずにその足で東京に飛ぶだろうか」

「封印するものとは別に、さっきのと同じ写真をもう一枚用意しました。これを見れば、ニシムラさんが慌てふためいてトウキョウに飛んだとしても、不自然ではありません」

おれの意見を待たずに、バグシーが書類を綴じたバインダーを厚手の封筒に収めた。そして十五センチくらいの赤色の棒をおれに示した。

「封蠟《ふうろう》します。これが一番確実です。私の組織の者が、アカサカの入り口でそれが破られていないことを確認します。破られていた場合は交渉が中止されます」

「ちょっと待ってくれ。この場でおれが書類を受け取るんだよな。ということは、書類の改竄を疑われているのはおれということになるのか」

「そうです。それとイタリア人のあなたのお友達です。それが何か不都合でも？」

不都合などあるはずがなかった。書類はおれが確認したのだ。

しかし何かが引っ掛かった。

黙っているおれに構わず、バグシーがテーブルの蠟燭で蠟を炙り始めた。慎重に蠟を炙り、封筒に十分垂らしてから印璽《いんじ》を取り出した。

「これは老人のものです。アカサカの方がお調べになれば、これが本物の印璽であることも確認できるはずです。それも封蠟の意味だとご理解下さい」

着々とバグシーのペースで進められる話に不安が膨らみ始めた。しかし挟む言葉が見つからなかった。不安は次のバグシーの台詞で決定的になった。

「あなたへの報酬です」

有無を言わせない口調でバグシーが差し出したのは、五十万ドルの小切手だった。高額ではあるが、おれはついさっき二十億ドルの残高証明を確認したのだ。それを思えばその小切手はただの紙切れにしか思えなかった。

「受け取りにサインをいただけませんか」

「ちょっと待ってくれ。報酬を一方的に決められるのは納得できない」

やっとの思いで言い返した。バグシーが目を細めておれを睨んだ。先日来の友好的な空気など微塵もなかった。室温が急速に熱を失っていた。

「あなたに報酬を決める権利はありません。自分を私たちのパートナーとでも思っているのですか。きょうにでも私たちはあなたを現地の警察に引き渡すことができます。あるいはもっと効果的な手段を講じることもできます。ただし私たちはあなたの役割と働きを評価しています。その評価の現れがこの金額です。それでもご不満でしょうか」

口を噤むしかなかった。あきらかにバグシーはおれに対する興味を失っていた。言われてみれば、五十万ドルという金額は、十分すぎるほどの報酬だった。ただしそれはここまでの働きに対する報酬額としてはという但し書きつきでだ。

「分かった。受け取りにサインしよう。だがこの報酬は、この段階までの報酬という理解でいいんだな」

念を押した。このプロジェクトで得るおれの報酬が、この程度で納得できるわけがない。おれの問いには応えず、バグシーがまた事務的な口調で話を進めた。

「書類はこのアタッシュケースに入れます」

事前に用意してあったアタッシュケースに封筒を入れて、バグシーが鍵を掛けた。おれの報酬のことは無視された。

「鍵は電子錠です。アカサカの玄関でお待ちする者が合鍵を持っています」

それで話は終わった。気が付けば、すべてがバグシーのペースで進められてしまった。

「あとはニシムラさんに伝えていただく台詞を覚えてもらうだけです。私は別件で席を立ちますが、それを覚えたら帰っていただいて結構です。ただしお帰りになる前に、アオキさんがちゃんと台詞を覚えたかどうか、うちの者が確認します」

バグシーが席を立ち、裏に向かって声を掛けた。

「ナノーイ」

抑えた声で呼ぶと、最初にこの店を訪れた時に案内役をした少女が現れた。

「ナノーイはまだ十六歳ですが、すでに大学を卒業し博士号も取得しています。一言一句間違えずに記憶し、彼女の許可を得てからお帰り下さい」

少女の手から一枚の紙が渡された。有無を言わさない差し出し方だった。手にとって目をやると、日本語でタイプされた文章が印字されていた。

「ご心配なく。ナノーイは日本語を完璧に理解できます。それはナノーイがタイプしたものです」

ナノーイのつぶらな瞳に深い憐《あわ》れみが浮かんでいた。足もとの床が抜けるような感覚におれは囚われていた。


バグシーとの会談が終わってラモの屋敷に戻ると、書斎で待っているので直接来てくれというラモからの伝言が、ゲートの警備室に残されていた。もとよりそうするつもりでいたが、わざわざラモがそんな伝言を残していたことに、おれの気持ちは重たくなった。バグシーとの会談に、決定的な不首尾があったわけではないが、自分が手玉に取られてしまったという意識はあった。

書斎で待っていたのはラモひとりだった。ラモはおれにソファーを勧め、すでに警備室から連絡が来ていたのだろう、テーブルには氷が浮かんだグリーンティーが置かれていた。

「どうぞ楽にして下さい。外は暑かったでしょう」

慰労するラモの言葉が耳に痛かった。おれがソファーに着席するのを待ちかねたように「いかがでしたか」と、ラモが切り出した。

「概ね問題はなかった。ラモが推測したとおり、相手はデポジットの移動を終えていた」

「やはりそうでしたか」

「それを読んでいたのはさすがだな。昨日は暴言を吐いてしまって申し訳なかったと思っている。このとおりだ」

追従と詫びを言って、ソファーに浅く座ったままおれは頭を下げた。

「それで会談の報告だが――」

おれの言葉をラモが柔らかな手つきで制した。その手のひらを上に向けて、おれの前に差し出した。

「アオキさんはグリーンティーでも飲んで、ごゆっくりして下さい。会談の内容はレコーダーで確認しましょう」

有無を言わせない要求だった。おれは内心の動揺を悟られないよう、ポケットから取り出したレコーダーをラモの手のひらに置いた。

ラモがレコーダーを操作する。

――お気をつけて。

おれを車から見送るアンドリの声を確認し応接テーブルに置いた。おれが階段を上がる足音。バグシーとのありきたりな挨拶。そしてそれに続く、おれとバグシーの会話。

ラモは無表情のまま耳を傾ける。

レコーダーは、交渉の主導権が徐々にバグシーに移っていく様を忠実に再現した。結末を知っているおれは、ラモを直視することができず、あらぬ方向に目をやって、押さえようがない動悸に胸を痛めていた。

一時間にも満たない再生時間が果てしなく感じられた。

こめかみに伝う汗を何度か指で拭った。

――お疲れ様でした。

おれを車に迎えるアンドリの声を確認し、ラモは緩慢な動作でレコーダーを停止した。

「完全にあちらのペースに乗せられましたね」

案の定、ラモが最初に指摘したのはそのことだった。

「アオキさんらしくもない」

呟くように言った言葉は、おれに向けられたものではなかった。

「レコーダーには記録されていませんでしたが、報酬金額はいくらでしたか」

バグシーから預かった小切手をポケットから取り出してラモの前に差し出した。ラモは小切手を一瞥し「五十万ドルですか」と、まるで気のない言葉を返した。

「とりあえず今の段階での報酬だ。折半でいいだろ。現金化しておれの取り分を口座に入金しておいてくれ」

事務的に言ったつもりだったが、おれの口調は、自分の耳にさえ言い訳がましく媚びへつらって聞こえた。

「折半?」

ラモが口の端を軽く上げた。

「それはアオキさんの報酬です」

「……しかしそれでは」

「そんなことより、書類はすべて確認しましたか」

ラモの忌々しげな視線が、バグシーから預けられたアタッシュケースに注がれた。

「ああ、もちろんだ。すべてちゃんと確認した」

「彼らが作成した計画書も？」

ラモの声に静かな苛立ちが混じっていた。

「当たり前じゃないか。こんな大事な案件の書類をいい加減に扱うわけがないだろ」

「そうですか。それにしては計画書を受け取ってから返すまでの時間が短いように感じられますが」

「それこそ素人考えというものだ。おれはこの道のプロなんだ。目を通すのにそんなに時間がかかるわけがないじゃないか」

「なるほど。では質問です。計画書にはこのプロジェクトに協賛する企業とその代表者名が記載されていたはずです。それに私が推すカジノ運営会社は含まれていたでしょうか」

ラモの視線は、未練たらしくまだアタッシュケースに落とされたままだった。何とかその中身を確認できないものかという、ラモの焦燥感をおれは感じ取った。

必死に記憶を手繰った。しかしその部分の記憶は真っ白だった。

「どうしてそんなものを、一々確認する必要があるんだ」

言葉に出して言ってしまってから、おれは自分の失言に気付いた。「今の段階でそれほど重要なことじゃないだろ」と、つけ加えたのも言い訳だった。

「ほんとうにそう思うのですか？」

「いや、今のは言い過ぎかもしれない。だが、あれだけ完璧に書類をそろえたやつらなんだ、その点に関しても遺漏があるとは思えないじゃないか」

「アオキさんからの進言書」

ラモがソファーから立ちあがった。

「二十億ドルの確約書」

書斎の中を歩き始めた。

「そして独裁者の近影。それらの材料の次にアカサカが確認するのは何でしょうか？」

ラモの言わんとすることは分かっていた。

「このプロジェクトに参加する企業、団体の素性ですよね。それは必ず確認対象となります。それなのにあなたはそれを読み流した。すべての企業、団体について、その法人の内容と役割分担について確認すべきでした。確認して裏をとるべきでした。今までのアオキさんでしたら、それをしたはずです。それをしなかった時点で、あなたは当事者としての責任を放棄したことになります」

辛辣な指摘だった。

「バグシーの組織に任せておけば大丈夫だ、かれらはすべてを完璧にオペレーションする、そんな思考停止を起こすようでは、彼らと対等のポジションに居ることはできなくなります。バグシーがこれだけの書面を用意していたのであれば、どうして写しを持ち帰って、精査する時間を要求しなかったのですか。相手にそれを拒む正当な理由はなかったはずです。しかしアオキさんはその場でサインして、封印までされて、しかも相手の言い値で報酬まで受けとりました。それでは子供のつかいです。この大事な局面で、アオキさんには失望しました」

言葉を選ばないラモの指摘だった。だが、言われるとおりだ。バグシーが、手品のように次々と出すネタに、今にして思えば幻惑されていた。完全に主導権を失い、相手が思う流れのままに交渉が終わっていた。

「私はバグシーと面識があります」

「えっ？」

初めて聞く事実におれは狼狽した。

「もちろん前々からの知り合いということではありません。アオキさんを保護する段階で、あちらに出向いて挨拶しました」

「裏で動いていたということか」

「その言葉のニュアンスには、少し受け入れがたいものがあります。むしろ私の善意だと解釈してください」

「善意だと。ずいぶん恩着せがましい言い方をするものだな」

ソファーに深く座り直し、腕を組んで虚勢を張った。バグシーだけでなくラモにまで主導権をとられる不安を撥《は》ね返そうとした。

「私は、アオキさんが得る報酬から、自分の分け前をいただこうとは考えていません。私は自分の報酬を得るためにバグシーと面談したのです。それはアオキさんからみて、私の善意と理解していただけるのではないでしょうか」

「しかしそのことをおれに伝えていなかったじゃないか」

さらにラモを追及したが、おれの言い分を無視してラモは話を続けた。

「私はバグシーに、私が今回の計画においてプランニングアドバイザーとして参加することを承諾させていました」

「そんなのはただの口約束だろう。第一どうしておまえごときを、こんな巨大開発のアドバイザーに指名する理由があるんだ」

「そう、口約束です。だからこそ私はこの計画書の内容を確認したかった。あなたが注意深く見ていれば、この計画書に私と私の会社をアドバイザーとして指定しているかどうか分かったはずです。約束どおりアドバイザーに指定されているかもしれない、まったく無視されたのかもしれない。注意深く読んでいれば、それを答えられるはずです」

　ラモがソファーを立った。苛立ちを抑えきれない風だった。

「それともう一点、私程度の人間と言われましたが、私に対する侮蔑的な認識は訂正してもらう必要があります。あなたもご存知の通り、私はこの島を代表的する高級レストランをいくつか成功させています。そのレストランの顧客名簿には、多くのＶＩＰの氏名が記されています。もちろんあなたごときでは名前を連ねることなど許されない顧客名簿です。たとえ以前の会社員だったあなたでもです。実務面において、私はあなたよりははるかに彼らの役に立てる人間です」

　デスクの横の冷蔵庫を開けた。トマトジュースの缶を手にした。

「実務面ということで、もうひとつあなたが知るべきことがあります。この島の裏社会です。この島の裏社会を差配しているのは軍関係者と、警察関係者、それから印僑と私たちイタリア人です。このうち軍関係者と警察関係者はかすりを摂っているにすぎません。彼らは何も生産しません。裏社会の寄生虫です。ただし必要な寄生虫です。彼らがいることで物事は円滑に運びます」

　トマトジュースを飲み干して缶をゴミ箱に捨てた。

「印僑は主に流通を担当しています。この島で売られているブランド品は彼らのルートから直接的、あるいは間接的に供給されます。本物をアジアの製造工場から横流ししたり、偽ブランド品を製造販売したりするのが彼らの商売です。ブランド品だけではありません。みやげ物屋に並ぶ商品も彼らが支配しています。観光客にうるさく付きまとうビーチの物売りの商品でさえ、彼らのルートを介して提供されます」

ソファーに戻って腰を下ろした。前屈みに手の指を組んだ。

「そして私たちは飲食部門を受け持っています。もちろん飲食部門には性産業も含まれます。裏の稼ぎとしてはこちらが主力になります。性の嗜好は国によって違います。『海神』は日本人向けの店ですが、私から見れば、かなり生ぬるい商売に分類されます。もっとも慎重に当たらなくてはいけない商売は十代前半、あるいはそれよりも幼い小児に性的興味を覚える顧客たちです。白人、特に欧州人にその傾向が強く見られます。『海神』などに比べると、商品の調達がかなり困難な分野です。調達段階に、明らかな犯罪行為がともなうからです。しかしその分、利益幅も大きい商売です」

大きく息を吐いた。ソファーの背に身を預け顔を天井に向けた。

「薬は扱いません。愉しむ程度であればすぐにでも入手できますが、それをビジネスにしないことを私たちは合意しています。私たちというのは先ほど申し上げた軍関係者と警察関係者と印僑とイタリア人です。この島の魅力は治安のよさです。それが多くの観光客を呼び寄せ、私たちの生活を潤します。薬に汚染されると治安が悪化するのは火を見るよりも明らかです。だから私たちは協定を結びその蔓延を監視しています」

口調が和らいでくる。

「お分かりいただけましたか。私がプランニングアドバイザーとしてこの計画に参加することを、彼らが承認するのは当然の帰結なのです。もしそれを拒否するのであれば、今回の開発計画を通して、彼らが私たちのテリトリーに触手を伸ばすつもりがあるのだと解釈しなければなりません。その場合は、かなりややこしい事態が持ち上がることになります。最悪の場合、人が死ぬことになります」

無意識に組んだ腕を解いていた。虚勢を張ることが、そしてラモにしろ、バグシーにしろ、おれが彼らと対等に渡りあおうと考えていたことが、どれだけ馬鹿げたことか思い知らされた。口を開く気力も失せていた。

「ご理解いただけたようですね。まあいいでしょう。あらかじめ裏取引をお伝えしていなかった私にも落ち度はあります。もちろん隠そうとしたわけではありません。あなたごときに教える必要はないと考えただけです。余計な色気を出されても困りますしね。いずれにしても私は交渉のテーブルに早い段階で着くための手段として、あなたの存在を利用させていただきました。ですから私は、あなたの報酬から分け前をいただこうなどとは考えません」

ラモは立ち上がってデスクの電話の受話器を上げた。

――ニシムラを連れてきてくれ。

告げてソファーに戻った。

「封印に関しては仕方がないでしょう。ただし彼等がこのような封印をしたということは、何かしら裏があると考えるのが普通です」

ラモが身を乗り出してすっかり消沈したおれの顔を覗き込んだ。

「アオキさん、しっかりしてください。今ここにメッセンジャーボーイがやってきます。ニシムラさんに役割を告げるのがアオキさんの役割です」

　そうだ、おれはバグシーやラモに役割を与えられて動かされている道具なのだ。自分の頭で考えないことだ。いつの間にか、おれはすっかりふ抜けになっていた。

「きょうの昼過ぎ、ずっと音信不通だった青木が突然事務所を訪ねてきました。巨大開発の案件があるというのです。何を言っているのだろうと、最初は適当にあしらおうとしたのですが、この写真を見て驚きました」

「詳しいことは何も聞かせてもらえませんでした。とにかくこの書類を本社の然るべき立場の人間に見せろとしか青木は言いませんでした」

「悩みましたが、なにしろこの写真の人物にかかわることだと言われましたので、取る物も取りあえず駆けつけた次第です」

　すべてナノーイから教え込まれた台詞だった。余計なアレンジは一切加えるなと十六歳の少女がおれに命令した。十六歳の少女に命令されたのだ。

　たったこれだけのフレーズを、しかも母国語で覚えることにさほどの困難はなかった。二、三度口のなかで呟き、おれは棒読みで諳《そら》んじた。

　少女が首を振る。「見せろと青木は言いました」「見せろとしか青木は言いませんでした」と、おれ以上の棒読みで呟いた。なるほど、その部分に覚え間違いがあったのか。しかし文意は通じているではないかとムカついたが、十六歳の少女でさえ、おれに反論させない圧力があった。

　少女がおれを馬鹿にさえしていないことによけいムカついた。この少女からバグシーが報告を受けることを思った。そしてこのさまは録音され、ラモにも聞かれる。一言一句を本気で覚えた。二回目を言い終わると、少女は肯きもせずおれに背を向けて奥に消えた。

　そんな少女を思い出しながら、バグシーやラモの命令に従うことが、おれの立場を守ることになるのだと、頭の中で囁く声がした。その一方で、そのまま道具として使われる自分の末路に対する不安が、ゆっくりと鎌首をもたげるのをおれは感じていた。

　ミチコとの暮らしを通して、昨夜までおれの身体に漲っていたものが失われつつあった。バグシーとの交渉の場で覚えた、足もとの床が抜けていく感覚が甦った。その感覚はより明確な実感を伴っていた。

「ひとつ言い忘れていました」

　思い出したように指を小さく鳴らした。

「今朝の侵入者の件ですが、この案件とは無関係でした。死んだのはワヤンとかいう例のタクシードライバーです。電柵からはじき落とされたはずみで、首の骨を折って死んでいました。警備員の一人が顔を覚えていて、雑木林に隠してあった車も確認しました。ご心配なく。死体も車も人目につかないよう処分しておきました。大事な時に痛くもない腹を探られたくはありませんからね」

　ラモの言葉が終わるのを待っていたように、ドアがノックされた。もうひとつの道具である西村がしょぼくれた姿を現した。

19

二日後、夜の遅い時間に東京からの一報がもたらされた。そのことをおれは堀から聞かされた。

「東京のほうは上手くいったらしいわよ」

ラモの書斎で笑みを浮かべた堀がおれを出迎えた。

「西村さん、あしたこっちへ戻るんですって。来週には本社の担当役員が来るそうよ。忙しくなるわね」

堀の声は弾んでいた。おれの気持ちはそれに同調できなかった。その日一日、おれは自分のこれからを思って過ごした。ラモもバグシーもおれを悪いようにはしないだろうと自分を慰めた。しかし先が見えない不安を拭うことはできなかった。ミチコとの生活を守りたいとそれだけを阿呆のように願った。

「どうしたの？　もっと喜んでもらえると思ったのに。ラモも心配していたわ。青木さん元気がないようだって」

心配顔の堀に苦笑いで応えた。

「だいぶん、脅かされたからな」

「だいたいのことはラモから聞いたわ。でも青木さん考えすぎよ」

「おれは自分のことを過信していたんだ。前の不正の時も一緒だ。根拠のない自信で突っ走ってしまった。そのあげくに身動きが取れなくなった。今度もまた同じ破目に陥っている。自分で自分が情けない」

「まあ、それはあるわね。ちょっと過信していたわね。でもそれが分かったんだったら、これから慎重になればいいじゃないの」

「慎重になろうにも、気が付けばおれはやつらの道具にされてしまっていたんだ。これからは指示に従うだけで、自分の判断で動くことなんて何もないさ」

堀に弱音を吐くことで不安が少しだけほぐれた。気持ちを素直に吐露できる堀の存在をありがたく感じた。

「そんなことで悩んでいたの？　それこそ考えすぎよ」

堀が声に出して笑った。力の抜けた軽やかな笑い声だった。それにつられておれも頬を緩めた。

「私もラモの商売の道具だわ。一応愛人みたいな扱いは受けているけど、風向きが変わればどうなるか分からないわよ。それだけじゃない。ラモだって、誰かから見れば多分道具にしか見えないわよ。そんなものじゃないの、人間関係なんて」

「そうかも知れない」

肯きながらミチコと自分の関係を思った。

「西村はあした戻ってくるのか」

確認した。

「ええ、夕方の便で到着する予定よ。ラモの携帯に連絡があったの。ほんとうはラモが直接青木さんに伝えたかったらしいんだけど、仕事が抜けられないので私が代わりに来たの。ラモもあなたのことを心配しているわ」

「西村のやつ、ラモの携帯に連絡したのか。けしからんやつだ。どうしておれに連絡をしない。誰が仲間なのか、やつに分からせる必要があるな」

堀が憐れむ目をして顔を顰めた。

「空元気はお止めなさいよ。無理して気持ちを膨らますとまた萎んじゃうわ」

「無理はしてないさ。いや、無理をしないでどうする」

「困ったものね」

堀が立ち上がって向かいのソファーからおれの隣に移動した。

「男の人はみんなそう。いつも自分が主役だと思いたいのよね」

「おまえはそうは思わないのか」

「思わないわ。誰かにすがって生きるほうが楽だもの」

「捨てられたらどうする」

「だから捨てられないように努力するのよ。逆に訊きたいけど、ひとりで生きていて躓いたらどうするの」

気の利いた台詞が浮かばずに押し黙った。

「また落ち込む気なの。勘弁してよね。いいわ、だったらとっておきのニュースを教えてあげるわ」

「とっておき？」

「青木さんがいちばん喜ぶ話よ」

堀がおれの手に自分の手を重ねて耳元で囁いた。

「ラモがね、あしたにでも、あなたにこの屋敷を売ってもいいって。売値は十八万ドル。破格よ」

「……ほんとうなのか。その話は一昨日の朝にラモから聞いたが、それはこの話が上手くいったらという条件付だった」

「上手くいったら差し上げますって話よね。でも青木さんが待ちきれないんだったら、正式な売買契約を結んでもいいということよ。ただし家具も含めて十八万ドルいただくわ」

「おれはそれでも構わない。むしろ気が変わらないうちに買い取りたい」

「気は変わらないわよ」

堀が少し考え込んだ。

「ま、いいか。教えてあげるわ。でも、私が言ったということは内緒にしてね。これにはちょっとした裏があるの」

「裏？」

「ええ。青木さんとの話は別にして、実は私たち、前々から引っ越すことにしていたの。ほんとうのお金持ちは、こんな潮風で肌がべとつくような海辺に住んだりしないわ。もっと涼しい高原に住むものよ」

「キンタマーニか？」

「そう。あの高原に手頃な物件が見つかったの」

キンタマーニ高原は標高千五百メートル、この島の霊峰とされる三千メートル級のアグン山を遠くに望む高原型リゾートだ。

おれも駐在員時代に何度かキンタマーニのゴルフ場を接待ゴルフで回ったが、朝夕はカーディガンが必要なほど冷え込む。もちろん昼間の風も、カラッとした高原の風が吹く場所だ。

「それがやっとラモにも分かってもらえたのね。来月の終わりには屋敷の改装が終わるの。私たちはそっちに引っ越すからここはもう要らなくなるってわけ」

「でも」と、堀が付け加えた。「それでも十八万ドルは破格よ。もともと五十万ドル近くかかった家だもの」

この屋敷が手に入るという現実的な希望に、目の前が明るくなった。誰にもじゃまされずにミチコと暮らせる場所さえあれば、他に何も要らない。

「その話はほんとうだろうな」

「ほんとうよ。なんなら今夜にでもラモに確認してみて」

「それがほんとうなら、おれはどんなことでもやる。ラモの役に立つように頑張る」

「それでいいのよ」

おれの手に重ねられた堀の手が離れ、おれの頬をやさしく撫でた。

「いいこと、忘れないで。ラモには力があるわ。あなたが欲しいものをあなたに与えられる力よ。あなたは難しく考えなくていいの。ラモに言われたとおりの役割を演じればいいのよ。けっして難しいことではないはずよ。あなたならできるわ」

「分かった。これからは迷わずにそうする。ラモにもおれがそう言っていたと伝えてくれ」

頬にあてられた手首を軽く摑んで堀の膝に戻した。ニューハーフを忌み嫌うわけではないが、ミチコ以外の人間に触れて欲しくなかった。そしてミチコも誰にも触れさせたくはない。アユに任せていた世話を今夜からはおれがやろうと決めた。いずれこの屋敷で二人きりになる。おれはミチコのすべてを世話し、すべてを守るのだ。

「そうしてちょうだい。ただしこの屋敷の維持費は馬鹿にならないわよ。これからもどんどん稼いでね」

堀の言葉は的外れだった。

屋敷はむしろ廃墟になればいい。その朽ちかけた廃墟の一室で、ひっそりと暮らすミチコとおれの姿を思い描いてみた。甘い空想に脳がだらしなく融けた。

「部屋に帰ってもいいか。今の話をミチコに聞かせてやりたい」

「もちろん。私もお店に戻らなくちゃいけないわ。これから忙しくなる時間よ」

「ラモに礼を言っておいてくれ」

部屋を去りかけたおれの目に、ラモのデスクに置かれたレコーダーが入った。閃くものがあった。おれは少しの躊躇もなく横目で堀を窺いながら、レコーダーをズボンのポケットに滑り込ませた。

「おやすみなさい。あしたになれば西村さんも戻ってくるわ。ゆっくりできるのはきょうまでかも知れないわよ」

「そうだな」

曖昧に応じて部屋を出た。階段を上りきる間も待てずレコーダーを取り出した。カウンターを十分後にあわせて再生ボタンを押した。レコーダーから階段を足早に上る気配が聞こえた。おれの足音だ。五分先にカウンターを合わせ直して再度ボタンを押す。ミチコの囁き声が微かに聞こえた。囁き声がけたたましい警報ベルに掻き消される。

この警報ベルの音の向こうでワヤンが死んだ。呟きのようにも呪文のようにも聞こえた抑揚のないミチコの囁き声とワヤンの死を、おれは切り離すことができなかった。

逆向きの三日月から冴えた光が降り注いでいた。地表を照らすほどの光ではない。大気に拡散する淡い光だ。

満天の星の下、住み慣れた村の境の割れ門のシルエットを認めた。バイクのアクセルを緩めた。ブレーキレバーを握り込む。そのまま道端の叢にバイクを乗り入れて横倒しにした。警備室からの連絡で、おれが出かけることを知ったアンドリの制止をやんわりと振り切り、ここまでバイクを疾走させてきたが、深夜の時間、この先でエンジン音を立てるのは拙いと判断した。

徒歩で割れ門に入った。割れ門の由来が頭に浮かび無意識に身をすくめた。割れ門は閉じることなく、薄い影を道に這わすだけだった。石の割れ門が閉じるはずがない。あたりに広がる底の見えない闇が、感性をおかしくしているのだと自分を嗤《わら》った。

五十メートルほど歩くと、最初の街灯の黄色い灯りが闇に浮かんだ。街灯の灯りは頼りなく、却ってあたりの闇を深くしている。街灯の足元の、輪郭のない光の輪の中に三つの蹲る影が見えた。おれが近づく足音に、影は一斉に起き上がり、小さな唸り声を発し始めた。

「おれだ。心配するな」

影どもに語りかけながら近づいた。影もおれを認識して唸り声を収めた。

影はこの村に巣くう犬たちだ。深夜、村の灯りがすべて消えると、村の犬たちは闇を恐れるかのように街灯の灯りの下に群れ集う。唸り声を収めたのは、村の住民としてのおれが、犬たちの記憶に残っていたからだろう。外部からの侵入者に対しては、昼夜を問わず、激しく吠え立てる犬たちだった。

街灯の傍らを通り過ぎた。犬たちがおれの後に従った。多くの場合は打擲が、そしてたまに気まぐれで村人は犬に餌を与える。その気まぐれを期待して犬は村人に従うのだ。百メートルほどおれに従い、餌が期待できないと知った犬たちは、次の街灯の足元にそれぞれ勝手に蹲った。

三本目の街灯の先を脇道に逸れた先に目指す家があった。星空を背景に家のシルエットは確認できたが、足もとは平衡感覚さえ危うくするほどの闇だ。

細い道を踏み外さないように小さな歩幅で慎重に歩みを進めた。

目的の家に辿り着き、玄関の木戸を遠慮がちに叩いた。応じる気配はなく何度かそれを繰り返した。意を決し引き戸をゆっくりと開けた。引き戸の向こうも闇だった。

ただ匂いが違った。生活の匂いがした。ケチャップマニスとサンバルの混じる、この島のどこの家庭を訪れても覚える匂いだ。

——誰かいないか。

闇に向けて抑えた声で語りかけた。

——すまない、こんな時間に。誰かいたら返事をしてくれ。

ふいに闇が揺れた。

——風が戸を鳴らしているのかと思ったら、日本人か。

闇の中から腰の曲がったバリアンの老人が歩みだした。

——どうした。ミチコの身に何かあったか。

老人は深夜の訪問を咎めることもなくおれに質した。

——分かりません。私には判断ができないのでそれを訊ねにやってきました。

——中に入るか。

——いえ、すぐに終わります。それより。

おれは用意してきた質問を老人に投げかけた。

——ワヤンは元気にしていますか。

ワヤンの死が何かの間違いではないかというわずかな期待があった。もしワヤンが無事でいれば、おれはそのままこの場を去ろうと思っていた。

ワヤンの名を耳にして老人が首を横に振った。

——おまえがミチコを連れてこの村を出た日からワヤンも姿を消した。

——そうですか。

——何か知っているのか。

――いいえ、私もあれ以来ワヤンとは会っていません。

ポケットの中からレコーダーを取り出した。

――これを聞いてもらいたいのです。

答えを待たずに、皺んで固まった老人の耳にレコーダーを押し当てた。

――私に分からない言葉を、またミチコが口にしたのです。

再生ボタンを押した。あのときのミチコの声が忠実に再生された。

老人は無言だった。しゃべりだす気配がなかった。

――いかがですか？

一通り聞かせて老人に問いかけた。長い沈黙があって老人が言った。

――そうか。ワヤンは死んだか。仕方あるまい。

――どうしてワヤンが死んだと。

――これはワヤンに投げつけられた呪詛の言葉だ。おまえなど縊《くび》り殺してやると声は言っておる。聞いたこともないような、強い呪詛だ。この声の向こうで、ワヤンは死んだのだな。

――まさか、信じられません。

――おまえはすべてを知っているはずだ。

――どうして私が知っているのですか。私はこの村を出て以来、ワヤンに会ったこともないんですよ。

老人が一歩前に出た。

いきなりおれの胸倉を摑んで、おれの顔を自分の顔の位置まで引き下げた。抗いがたい力だった。乾いた土壁に似た老人の体臭がおれの鼻をついた。

――これはおまえの声ではないか！

絶句するおれに、老人は容赦のない怒りの言葉を浴びせかけた。

――これですべてが分かった。ミチコに呪いをかけていたのはおまえだったのか。迂闊だった。まさか日本人だとは思わなかった。誰が呪いをかけているのか、探り当てて止めさせようと思っていたが、まさか日本人のおまえに、その力が備わっていたとは思いもよらなかった。

老人が腕の力を抜いておれは解放された。

――呪いは闇から生まれる。ミチコは闇の住人だった。ワヤンもその闇に呑まれた。日本人よ、おまえも闇の住人だったのか。それを見抜けなかったわしが未熟だった。

自分を責める言葉に老人の身体が萎んだ。老人は力なくおれに背を向けた。

――もう手遅れだ。あれほど忠告しておいたのに、どうして従わなかった。愚かにもほどがある。だがおまえだけを責めたりはすまい。みんな愚か者だ。

唖然とするおれを残して、老人の姿が闇に呑まれた。

20

空港ビルの出迎え口で待つラモに西村は満面の笑みで手を上げた。

「長旅ご苦労様でした」

握手を求めるラモの傍らから手を差し出したアンドリが西村の旅行鞄を受け取った。

「上々の成果だったようですね」

ラモが西村を労った。

「上々なんてもんじゃないぜ。最初は何しに帰ってきやがったんだっていう目で見られて不安だったがよ、だんだん周りが騒がしくなって、しまいにゃ出先から役員は呼び戻されるわ、戻れない役員はテレビ会議に参加するわ、もちろんこれだけの案件だ、即決されることはなかったが、とにかく来週早々にも本社担当役員と、スタッフご一同様が現地入りすることになった」

上気させた顔で語る西村をラモが車に案内した。二人は迷わず後部席に乗り込んだ。おれは仕方なくアンドリの隣の助手席に座った。

「具体的な話ができる席をセッティングしろって、おれはとんぼ返りだ。久しぶりの日本なんだから家族にくらい会わせろと言ってやりたかったぜ」

文句を言いながらも西村の表情は晴れやかだった。さぞかし赤坂では丁重に扱われたに違いない。

「とにかく詳しいお話は私の家でうかがいましょう」

「ラモさんよ。今夜くらいは酒を飲ませてくれるよな」

「もちろんです。存分にお楽しみ下さい。私のレストランのシェフを呼んで、料理も逸品をそろえさせます」

「料理だけかよ」

「女も必要ですか。それでしたらホリの店からよこしましょう」

「それについちゃ少しリクエストがあるんだがな」

西村がシートの背から身を起こして隣に座るラモに身体を向けた。

「久しぶりにこの島を出てよ、いろんな女に目移りがしてしまった。どうも南の島の女には食指が動かないんだ。他に持ち玉はないのか」

「どのようなものをご希望でしょうか」

「日本人は昨日の夜、赤坂のやつらの招待で堪能したからまあいいや。今夜は金髪っていうのはどうだ」

「国籍にご注文はありますか」

「細かいことまで配慮してくれるんだな。国籍であそこの具合が違ったりしないだろ」

「オーストラリアとニュージーランドが一番手配が容易です。しかし彼女らは大柄ですから、あまり日本人には好まれないのではないかと思います。なかにはニシムラさんよりも大きな女もいます。もちろん大女が好きだという人も少なくはないですが」

「なるほど。それはそれで面白そうじゃないか。大女結構。どうせならでかいやつを揃えてくれ。もちろんブスは願い下げだぜ。それとブロンドが条件だ」

　ラモが携帯を取り出して手短に指示をした。

「アオキさんはどうされますか」

「いや、おれは西村のおこぼれでもいただくよ。今夜の主役は西村だからな」

　とても女が欲しいような心境ではなかった。バリアンの老人から言われたことが頭から離れなかった。ワヤンを死に至らしめたのはミチコが発した呪詛の言葉なのだ。しかし老人は、それをおれの声だと言った。鵜呑みにするつもりはないが、否定することができずにいた。確かにおれはワヤンの死を願った。願ったどころか、自分の手で殺してやると自分自身に誓った。

　ミチコのことにしてもそうだ。おれは、自分を捨てたあの女を心の底から憎んだ。破滅を望んだ。もしミチコが、誰かに呪われ、黒呪術の餌食になったのだとしたら、その誰かは紛れもなくおれだろう。

きょうの午前中、ラモから正式に屋敷の売買を持ちかけられたが、おれはそれを保留した。不当に得た金の半分と、バグシーから報酬としてもらった五十万ドルの小切手が手元にある。引き上げ時ではないかと思い始めていた。十分とはいえないが、これだけあれば日本のどこか片隅で、ミチコと生きていくことはできる。手錠で拘束したミチコを、檻で飼うという異常性に臆する気持ちが芽生え始めていた。

バグシーやラモとの関係も、おれは息苦しく感じ始めていた。どうせ今後も対等に付き合える相手ではないと今では自覚していた。道具として使い捨てにされるのであれば、深入りする前に手を引いたほうが得策だと思った。「もう手遅れだ」と告げられた老人の言葉が、おれをすべてに対して消極的にしていた。

ラモの屋敷に到着した。おれたちはメインダイニングに通された。五人の体臭のきつい女たちが、おれたちを仰々しく迎えた。どれも大柄な金髪娘で、確かに美人だった。

「ニシムラさん。私がお願いしたものはございますか」

めいめいが手馴れたしなをつくる女の群れに、飛び掛らんばかりの西村を押し留めてラモが確認した。バグシーが封入した書類一式のコピーを持ち帰るよう、ラモは日本を発つ前の西村に指示していた。

「旅行鞄の中だ」

鼻息を荒くした西村が女の群れに目をやったまま答えた。

「ではごゆっくりお楽しみ下さい」

「ちょっと待て」

部屋を出ようとしたラモを、今度は西村が呼び止めた。

「他に、何か？」

「清水を呼んでくれ。青木と違って、あいつもおれと同じ使用人小屋で軟禁されていたんだ。楽しむ権利はあるだろう」

その口調はおれに対する非難のようにも、あるいはおれと自分の力関係を計っているようにも聞こえた。ラモが西村の要求を承諾した。

「お二人のお相手はアオキさんにお任せします」

その言葉を残し、旅行鞄を持ってラモが部屋を後にした。鞄の中身が気になるおれもラモに従いたかったが、「青木、まぁ、座れや。東京の土産話を聞かせてやるよ」と横柄に言う西村の言葉に部屋を出られなかった。

すぐに清水が姿を現した。

「……清水さん」

血色が見違えてよくなっていた。

「驚いたでしょ」

愉快そうに清水がほほ笑んだ。

「ずいぶんお元気そうで驚きました」

素直に認めた。

「アユさんのおかげです。バリアン料理とかいうのが効きましてね。このとおり、体調がすこぶる良くなりました」

土色の顔が上気したピンクに変わっている。しかし清水がこの屋敷に軟禁されてから、まだ何日も経っていないのだ。急激な変化は、清水の体調が改善したということよりも、むしろ望ましくない変化が起きているのではないかと疑わせるものだった。わずかな期間でミチコを幼女の人格から解放し、さらにそれよりも短い期間で元の幼女に戻したアユの力を思った。正しい力ではない。邪な力だ。

「そんなことより、東京の話を聞きたくはないのか」

我に返った。ソファーに身を沈め、両腕を左右に座ったブロンドの肩に回して足を組んだ西村が、愉快そうな視線を送っていた。

「聞かせてくれ」

西村が三人の男の名前を並べた。どれもおれの同期入社の男だった。西村の同期でもある。本社採用の新卒同期は二百人を超える。そのうちの三名が、役員として赤坂の本社に残っていた。そのうちのひとりは、代表権を持つ専務にまで昇っているらしい。『ウルワツ総合開発計画』が成功していれば、おれは四人目だったはずだ。

「あいつらはおれのことを覚えてなかった。そりゃそうだわな。途中から子会社に外されたおれのことなんて、覚えているはずないわな」

西村が自嘲した。

「しかし青木よ、おまえのことは覚えていたぜ。よきライバルだったそうじゃないか」

よきライバルだった。

当然といえば当然のことだろうが、あいつらはおれのことを過去形で語っているのか。

「今回の『アンギン・ヌサ計画』が実現すれば、おまえにも本社復帰の道が拓かれたのに、どうしてこのタイミングで計画から降りるんだと、みんな不思議がっていたぜ」

確かに赤坂に返り咲くシナリオも考えなかったわけではない。しかし今更、東京の雑踏に身を置く気にはなれなかった。この島で、ラモの屋敷を私邸として、ミチコと悠々自適に暮らすほうが、よほど魅力的な選択だと、あの時点では思えた。

「おい、おい。おれが降りるわけがないじゃないか。あの計画はすべておれが絵を描いたんだぜ」

心にもないことを言いながら胸の内に不安が広がった。

「いいよ、無理しなくても。不正に裏金まで得ていたんじゃ、いくら頑張っても、道は拓けないだろう」

西村の言葉におれは愕然とした。おれの不正が、なぜこの場面で出てくるのだ。混乱するおれをおいて、西村が触れたのは、おれが赤坂にあげた『進言書』の内容だった。

それによると、おれは自分の不正を告白していた。アンギン・ヌサの提案と引き換えに、その免罪を嘆願していた。

「もちろん免罪は受け入れられる」

勿体ぶった口調で西村が言った。おれを苛んできた過去の失態から解放されるということか。しかし西村が伝える言葉は、おれの自由を伝える言葉ではなく、おれが裸で放り出されることを意味するものだった。

「おまえが降りるのはおれにとっても計算外だ。おまえがいなければ、おれが今回の計画から余禄《よろく》を掠め取る算段も立たなくなる。なんだこの期に及んで、勝手に降りるのかよとおまえのことを恨みもした」

西村の口調はおれを責める風ではなかった。

「しかしおまえは、進言書とやらで、おれを擁護してくれていた。おまえの進言どおり、おれはこの島の囚人同様の生活から自由になれる。西村という戦友がいたから、この島に残ってアンギン・

ヌサを推し進めることができた。ついては何らかの恩賞で彼を日本に迎えてほしい。そうおまえは進言してくれた」

西村が胸を張って言った。

「次期社長だ。それがおれに対する恩賞よ。計画が成ったら、道路会社の次期社長の椅子を用意してくれるとお墨付きをもらったぜ。子会社だが、おれにとっちゃ望外の出世だ。謹んで受けることにしたよ」

――失礼します。

凜とした声がダイニングに響き渡った。英国英語の主はアユだった。

――おお、アユさん。どうぞ、どうぞ。

清水が米国英語でアユを招き入れた。アユの背後に立つボーイ姿の若い男が、陶器の壺を掲げていた。さらにその背後に、酒瓶や食器類を載せたサービスワゴンを押すボーイが従っていた。

――薬膳スープをお持ちしました。

ボーイが陶器の壺をテーブルに置いて蓋を取った。たちまちプラスティックな香りが、ダイニングに広がった。

――そう、これですよ、これです。

清水の喜びように、彼の血色を良くしたのはアユの薬膳スープだと推測した。しかしおれはその成分を疑った。アユの正体を知らないまでも、垣間見たおれには、アユが作る薬膳スープなど、とても喜んでは口にできない。

――ボスが書斎にお呼びです。

清水に微笑んだ顔のまま、唇も動かさずにアユが言った。

おれは弾かれたようにダイニングを後にした。

ラモの書斎に急ぎながらおれは考えた。すべてはコントロールできていると思っていた事態が、思わぬほうに転がっている。おれひとりが取り残されている。波間に霞むペニー島のように、アンギン・ヌサの実態があやふやに思える。

いずれにしてもおれはこの計画から降りるつもりでいる。おれが望んでいるものは、ミチコとの穏やかな暮らしだ。そのための金ならある。ラモが換金してくれた金にバグシーから得た報酬を合わせると、日本円で一億近い金をおれは手にしているのだ。死ぬまで贅沢に暮らせる金額ではないが、不自由なく暮らせるくらいの金額でもある。

降りるべきだ。

その思いが、ラモの書斎に急いでいたおれの足を鈍らせた。それでも今の時点では、ラモに会わないわけにはいかない。決別を告げて、関係を終了させるためにだ。バグシーからは、既にお役御免を言い渡されている。赤坂はおれを免罪するらしい。ラモとの縁さえ切れれば、おれは自由の身になれる。

書斎のドアをノックした。

「入ってください」

ラモが応じる声がした。くぐもった声だった。ドアを開けると、書斎のソファーに身を投げ出しているラモがいた。虚ろな目が天井に向けられていた。

「……呼んでいると聞いたので」

なんとも締まらない言葉を投げかけた。

「いったいどうなっているのか」

相変わらず、ラモの目線は天井に向けられたままだ。おれにというより、自分自身に問いかける口調だった。何も言えないまま、しばらく重苦しい沈黙に耐えた。いつまで待ってもラモに変化がないので、さっき考えたことを切り出してみた。

「おれは降りようと思うんだ」

ラモがわずかに反応した。緩慢に右腕が動き、人さし指が一点を指した。デスクの上に書類が散乱していた。

デスクに歩み寄って書類を手にした。おれが作成した『アンギン・ヌサ開発計画書』だった。西村がコピーを東京から持ち帰っていたのだ。手にはしたが、いまさらページをめくる気にはなれなかった。おれにとっては終わった話だ。

「もう、この計画にかかわる気持ちになれないんだ。おれは降りたい」

はっきりと意思表示した。

ラモがソファーから身を起こした。

「私は組織の掟に背くことになります」

ラモが意味不明のことを言った。

「なんだ、それは」

「あなたもオメルタの掟くらいは知っているでしょう。見聞きしたことくらいは、あるはずだ。たぶん映画か小説を通してでしょうが」

「マフィアの掟か?」

乏しい知識を手繰って聞き返してみた。

「そうです」

ラモが力なく頷いた。

「私はオメルタの掟に定められた血の十戒を犯してしまった」

「血の十戒？」

「その六に、約束は必ず守られなければならない、とあります」

ラモが何を言いたいのか、まるで分らなかった。おれはただ困惑していた。ラモがおれに歩み寄った。

「血の十戒を犯した者に与えられる報いは血の償いです」

「死をもって償わなければならないのか」

「ただの死ではない。むしろ死を哀願するほどの責苦の末の死です」

ラモが手を差し出した。自然な流れで、おれはラモの手に書類を移した。ゆっくりとページがめくられ、書類がおれの手に戻った。ラモが開いたページは、資金調達計画のページだった。

「私が推したカジノ運営会社が記載されていません」

確かに記されていなかった。しかし別のことに気を奪われた。資金調達計画が大幅に書き換えられている。金額が改竄されている。

ページを戻って資金調達計画の第一ページを開いた。

資金調達目標額三百億ドル。

絶句した。あり得ない金額だった。おれが試算した調達目標は百億ドルだ。

百億ドルは、事業内容も資金調達計画も限界まで膨らませて作成したものだった。それ以上の計画が、実現性の説得力を持って作成できるはずがない。企画書のプロとしての矜持《きょうじ》が粉砕された。

焦る気持ちを抑えてページをめくった。

からくりはすぐに判明した。かつての独裁者が拠出する資金が、二十億ドルから百億ドルに修正されていた。それにともなって、世界の投資市場から調達する資金も大幅に増額されていた。そして事業内容は国際金融センター都市の構築にまで及んでいた。カジノコンプレックスは計画の末端にさえ記載されていなかった。

「このままでは私の未来はありません」

資金調達計画の最後のページに目を落としたまま呆然とするおれにラモが言った。

「カジノビジネスへの参加が必ず達成できると大言して、本部から十億ドルの協賛金の拠出の許可をもらいました。もちろん勝算はありました。カジノのオペレーションに関しては、世界トップの企業をバックにするのですからね」

ラモが自嘲を浮かべる。

「それがこの有様です。そもそもカジノコンプレックスの計画がないのであれば、私の思惑など絵に描いた餅にもなりません。組織は面子を重んじます。私は彼らに恥をかかせた。彼らの面子に泥を塗ったのです」

「……これはおれが作成した計画書じゃない」

無駄だと分かっていたが、そう抗弁するしかなかった。

「分かっています。残念ながらこの計画は、アオキさんに、いえ、日本人の想像力で紡ぎだせる計画ではありません」

辛辣な指摘だったが、彼我の力量の違いを見せつけられた今となっては、返す言葉もなかった。所詮おれは、島国の総合建設会社の企画マンにすぎない。これだけのダイナミックな発想力はない。だが文脈はおれの文脈だった。おれの文法でバグシーの組織はおれが描きえない計画を描き出していた。

これが奴らの狙いだったのか。おれの文脈、文法を手に入れること。おれにそれを書かせること。そして内容を改竄すること。

企画書には個性が表れる。赤坂の連中は、この計画がおれによって描かれたものだと疑わないだろう。

「封蠟の謎が解けましたね」

ラモが自嘲の笑みを浮かべた。

「書類のすり替えが露見しないための措置だったのですね」

あの時の光景を脳裏に描いた。

「どこかでアオキさんの注意を逸らすようなことがあったはずです。よく思い出してみてください」

言われるまま、おれはもう一度あの時の光景を脳裏に描いた。

「あっ」と小さくおれは声を漏らした。

あの写真だ。思いもよらぬ独裁者の写真を見せられて、しばらくの間、おれはあの写真に釘付けになっていた。

「あったのですね、空白の時間が。その時にやつらは計画書をすり替えた。ついでにアオキさんの進言書もね」

進言書。そこでおれは自分の不正を認め、この事業から身を引くことを進言していた。

「あんたはとても謙虚な方だ。自分はこの計画をアカサカに取り次ぐだけで、計画そのものにかかわる気はない。今までの分の報酬を受け取り、その後はこの島の片隅で一島民として穏やかな毎日を暮らしたい。書類にはそう書かれている。そしてあんたは今までの報酬、五十万ドルの受け取りにサインした」

「違う。おれが確認した書類は――」

「だからすり替えられたのですよ」

「……でも、どうして。おれにはまだ役割があるはずだ。もし俺の役割が赤坂をテーブルに着かせることだけだったら、バグシーがおれを仲間に引き込むようなことを臭わせるのが理解できない。最初から五十万ドルの報酬をやるから、赤坂に繋げと言われてもおれは引き受けていただろう。少なくとも当初はそう考えていなかったはずだ。今の時点でもおれは西村よりはるかにやつらの役に立てる。やつらの意向を理解して、赤坂に働きかけることができるのは、西村ではなくておれだ」

「彼らの意向を理解して？」

　ラモがおれの台詞をわざとらしく復唱した。憐れむような表情を見せた。

「そんなものを彼らは望んでいなかった。ただニシムラさんに書類を運ばせ、その書類の信憑性を少しでも高めるためだけにアオキさんを利用した」

「たったそれだけのために五十万ドルもの大金を支払ったというのか」

「計画全体からすれば微々たる金額です。それと同時に、今後の関与をあなたに諦めさせるのに十分な報酬ではないですか」

　返す言葉がなかった。現実におれはさっき「計画から降りたい」とラモに伝えたのだ。

　ぶつぶつと呟きながら、ラモが部屋の中を歩き始めた。やがて自分の考えを整理するように口を開いた。

「あなたを確保しているというアドバンテージはなくなりました」

「おまえもおれを見捨てるのか」

おれにも血の償いが必要なのか、とは訊けなかった。

「少し考えさせてください」

おれを無視してまたラモが部屋をうろつき始めた。

「交渉の場にアオキさんが必要でないとやつらが判断した以上、私も部外者になってしまった。いや、ニシムラさんがいるか。アオキさんに比べるとだいぶん頼りないですが、この際ですから仕方がないです。今度はニシムラさんを取り込みます。幸いそれはそれほど難しいことではありません」

「おれはもう必要ない人間だというのか」

堪らずに口を挟んだ。

「そうです。もう必要ありません」

どうでもいい口調でラモが答えた。

「……それはおれに命をもって償えということか」

ついにその問いを投げかけてしまった。毅然としていたかったが、自分でも嫌になるくらい弱々しい問いかけだった。

ラモの目線がおれに向けられた。焦点が合っていなかった。高性能カメラが機械的に焦点を絞るように、ラモの目線がクリアになった。自分の内面にまで焦点が絞られたようにおれに感じさせる目線だった。しかし焦点はすぐまた曖昧になった。

「そんなことを心配していたのですか」

ラモが微苦笑を浮かべた。

「あなたを殺して私が何を得るというのですか」

　鼻を鳴らした。

「腹いせですか？」

　首を小さく横に振った。

「私は無駄なことが嫌いです。ましてやあなたは、私たちの仲間でさえない。好きにすればいい。殺す値打ちもありません」

　ラモの一言で、身体から憑き物が落ちたように感じた。そして深夜のバリアンの老人とのやりとりが思い出された。この島が呪われた島に思えた。

　ミチコとこの呪われた島を離れよう。

　不意にそんな考えに囚われた。

　ラモの屋敷を買い取って、ミチコと暮らす夢が霧散した。その生活になんの輝きも覚えない。いずれにしろこの島はおれたちの住むべき島ではないのだ。社会にも法律にも、おれたちは庇護される立場にはない。そんな島で暮らしていれば、いずれ何らかのトラブルに巻き込まれるのではないか。少なくとも日本に戻れば、おれたちは社会や法律の庇護のもとに生きられる。

　永年おれを脅かせてきた不正の発覚にビクビクする必要も今はない。隠遁生活ではなく、穏やかに暮らすことができるのだ。

「金庫に預けてある預金証書と小切手を出してくれ。それをもっておれは日本に帰る。老後を考えると十分とはいえないかもしれないが、ほそぼそと暮らしていくさ」

　そんな虫のいいことが許されるのかという懸念があったが、思い切って口に出してみた。金がなければ、精神に異常をきたしているミチコを抱えて暮らすのは困難だ。

「承知しました」

ラモがあっけないほど素直に肯いた。書斎の奥にある金庫に足を向けた。

「大丈夫なのか」

いつもより小さく感じるラモの背中に問いかけた。要らぬお世話だろうが、そこでようやく、ラモの困難な立場に思いが至った。死を哀願するほどの責苦がどれほどのものなのか、想像すらできない。想像することを脳が拒否していた。

「ご心配なく。ここから先は私個人の問題です」

ラモが振り返り、金庫から取り出した封筒をおれに差し出した。

「中身を確認してください」

おれは首を横に振った。

「その必要はないだろう」

「最後まで甘い人だ」

ラモが苦笑した。そんなラモに、おれは今まで一度も感じたことのない親近感を覚えた。それはあえて言うなら、友情に近い感情だった。

「どうしました？　あなたのお金です。どうぞお受け取りください」

差し出された封筒を受け取ろうとしないおれにラモが首をかしげて言った。

「少し時間をくれないか」

自身でも思いもしなかった台詞が口をついて出た。

「このままバグシーの思惑に嵌められて引き下がるのも釈然としないな。せめてあいつらの狙いを暴くくらいのことはしたいじゃないか」

ラモが眉毛をあげて目を見開いた。

「ほう」

唇を丸くして呟いた。

「そうじゃないか。計画の全容を知っていて、その狙いを理解していれば、おれはもっとまともな計画書を作成できた。それなのに奴らは、たった五十万ドルの小銭で、おれにガキの使いのようなまねをさせた。それが許せるか」

言葉を重ねれば重ねるほど、自分の言っていることが空虚に聞こえる。しかしまさか、ラモに友情を感じ、このまま友を死地に追いやるわけにはいかない、などと言えるはずがない。それは余りにもおれらしくないセリフだ。

「分かりました」

ラモが肯いて封筒を金庫に戻した。金庫の扉が閉まる瞬間、おれはとんでもない選択を自分がしたことを悔いる気持ちになっていた。

「アオキさんの選択を歓迎しましょう。これ以降、私はアオキさんを仲間として認めます。組織に必要なのは血の掟の結束ですが、仲間として認めるために必要なのは友情です」

「友情？　何を勝手に憶測しているんだ」

おれの反論をラモが差し出した手のひらで制した。

「議論は止めましょう。私は私の感じたままに申し上げたまでです」

ラモが差し出した手を握手を求めるかたちに直した。

おれは気恥ずかしさからそれを無視した。

「まぁ、いいでしょ」

握手を求めた手を宙に浮かしたままラモが言った。

「ただし、仲間として認めた以上は、仲間として扱います。それだけはお忘れなく」

気の迷いとしか言いようのない自分の判断を、おれはすでに後悔していた。

21

翌日、おれは朝からバイクでラモの屋敷を後にした。アンドリは西村の護衛にまわった。他人が運転する車の後部座席で安穏としていられる気分ではなかった。確固とした当てがあるわけではないが、当たって砕けろと自分を鼓舞した。

最初に足を向けたのは、一回目と三回目の交渉を行ったバグシーの店だった。そこは何の変哲もないインド料理のレストランに変わっていた。店内の照明も十分明るく、バグシーどころかナノーイの影さえ見つけることはできなかった。巻き舌で聞き取りにくい英語をまくし立てるインド人店主から「知らない。そんな者はここにはいないし、いたこともない」と門前払いされただけだった。

偽造されたおれの進言書を頼りに、おれとバグシーが設立したことになっているＡ＆Ｂの事務所の所在地にも足を運んだ。州都のオフィス街の一等地に構えられた真新しいオフィスビルに、目的の事務所は見つかった。ビル一棟を丸ごと使用した、巨大開発をオペレーションするのに相応しい堂々としたオフィスだった。しかしバグシーの名前を知る者はそこには居なかった。インド系の受付嬢が丁寧な対応でおれを出迎え、三十分後には、二人のガードマンに腕を抱えられて路上に放り出された。

諦めきれず、事務所の前で張り込んだ。排気ガスをもうもうとまき散らし、砂ぼこりをたてて何台もの車がおれの前を行きかったが、事務所に目立った動きはなかった。やがて事務所のスタッフが帰路につき、照明が消えた後も張り込みを続けた。結局なんの成果も得られなかった。足を引きずるようにしてラモの屋敷に戻ったのは、夜の十時過ぎだった。

「どうやら目立った成果はなかったようですね」

汗と埃にまみれたおれを迎えたラモの第一声だった。

「そっちはどうだった」

端から無理な企みだったのだ。周到に組み立てられたバグシーの組織の計画を、当たって砕けろという気概くらいで暴けるわけがなかった。暴くどころかその尻尾の先を垣間見ることさえできなかった。

冷静に考えるまでもないことだったが、相手は隠遁した独裁者を担ぎ上げ、開発費が日本円で三兆円を超える事業の立ち上げを目論んでいる組織なのだ。おれよりははるかに太いネットワークを背景にしたラモといえども、昨日の今日で目立った成果を上げられるわけがない。

「成果らしい成果は得られませんでしたが、興味深いヒントは得られました」

「さすがに組織を持つ人間は違うな」

「いいえ、組織からの情報ではありません。組織を使うためには、私の失敗を明らかにする必要があります。早晩それは明らかになるでしょうが、何も好き好んで自分の死期を早めることもないでしょう」

確かにそうだ。今のラモが組織に頼ることはできないだろう。手足を捥《も》がれたのも同様の立場なのだ。それでもヒントを得たのか。

「シミズさんが興味深い見解を述べてくれました」

意外な男の名前が挙げられた。

「……清水が。あの強迫観念の塊の変態が」

拍子抜けした。

おれの反応を無視してラモがデスクの上のパソコンのキーを叩いた。おれとラモを結ぶ線を底辺とした三角形の頂点にスクリーンがある。そのスクリーンにペニー島の地図が現れた。

「今回の件に関与する国は三国です」

またクリック。画面右から国名がスライドインする。どうやらパワーポイントで作成された画面のようだ。何を始めるつもりかとおれは訝った。

「自分の考えをまとめるために作成したメモです」

ラモが断りを入れた。

ペニー島の地図の上に現れた国名。

INDONESIA　INDIA　JAPAN
「私のデスクトップには日本語ソフトが組み込まれていませんので、英字表示で失礼します」

おれの返答を待たずラモが続ける。

「この三国を並べてみるとひとつのキーワードが現れます」

クリック。三国間にスライドする黒い文字。

BULLET TRAIN
即座には理解できなかった。記憶を辿って和訳に至った。

「……新幹線」

ラモが満足そうに肯く。

「これが清水さんから得たヒントです」

なんのことかさっぱり見当もつかない。どうしてペニー島の開発と新幹線が結びつくのか。おれの疑問を置き去りにしてラモが話を続ける。

「あなたの国はこの二つの国に高速鉄道をセールスしました。当初は両国とも受け入れると思われていましたが、結果として合意に至ったのはインドだけでした」

それは知っている。しかし――。

「ここから先は私が味付けをしたシナリオになります」

ラモの視線はずっとおれに向けられている。

「このキーワードを当てはめると、もう一国、忘れてはならない国が浮かび上がります」

クリック。画面がアジアの地図に置き換わる。

INDONESIA　INDIA　JAPAN の文字はそのままに、それぞれの国の地図上の位置に分散する。

クリック。画面の中央にスライドインする国名。

RED CHINA

文字が深紅に輝く。そのままの色で地図上に移動する。

「赤い中国か。ずいぶん古い言い回しだな」

日本では使われることがなかった言葉だ。まだあの国が共産主義のベールに包まれていたとき、西側諸国ではあの国をそう呼んでいた。

「これで売り手の二国と買い手の二国が揃いました。ただし売り手の二国の思惑は全く違います。

あなたの国は純粋な経済活動として高速鉄道の売り込みを図りました。しかしもう一方の国は」

　クリック。スライドインする文字。

　OBOR

　このシナリオで示されれば、それが“One Belt, One Road”の略語だとすぐに分かる。二〇一四年十一月に中国で開催されたアジア太平洋経済協力首脳会議で、中国国家主席が提唱した経済圏構想だ。

『一帯一路』

　すべての路は中国に至る。ただしそれは単なる経済圏構想ではなく、中国が世界に覇権を唱える構想だった。一帯は『シルクロード』を意味する。しかし陸路だけではない。中国の構想には海路、すなわち『海のシルクロード』も謳われている。

「高速鉄道のセールスは、この構想を具体化するひとつの手段でした。しかしインドはそれを拒否した。日本に次いでアジア第三の大国の意地でしょうか。かの国の政治家たちの思惑など推測さえできませんが、インドネシアは中国の提案を採用した。韓国に続くアジア第五位の国がです」

「一位と二位の国が売り込みを図って、それぞれ三位と五位の国が採用を決めたわけか」

　四位の韓国は独自にフランスから技術導入をし高速鉄道を開発している。

　日本と中国を除く三強のうちインドの拒否は構想の小さな綻びだったに違いない。

「さらにもう一国、このシナリオに加えましょう」

　クリック。画面がメルカトル図法の世界地図に置き換わる。中心は太平洋だ。そしてスライドインする文字。

　United States of America

「世界一でないと納得できない子供じみた国です」

ラモがシナリオの全体像を語り始める。

ユーラシア大陸全土に及ぶ一帯一路構想に米国は不快感を抱いた。世界の玉座から退場する不安が産み出す不快感だ。すでにユーラシア大陸のもう一方の果てのＥＵ諸国も、中国に懐柔されつつある。それよりはるか以前から、アフリカ大陸にも中国の触手は伸びている。

「彼らは、中国の高速鉄道の導入拒否を表明したインドを窓口として、この国の失脚した独裁者を担ぎ出しました。アジアの虎が共産主義を嫌悪しているのは、誰もが知っていることです」

その独裁者の保有資金百億ドルを核に三百億ドルの事業資金を調達する。

「莫大な資金の使途が、純粋にあの島の開発だけを目的にしたものとは考えられません。あまりにも多額すぎます」

クリック。画面が切り替わり、またアジアの地図。さっきとは違い地図上に数字が列記されている。

クリック。ひとつの国がクローズアップされる。

Indonesia GDP　$1042（billion）

クリック。国名と数字を残したまま再びクローズアップ。画面に示されたのはあの島だ。

画面の上下左右から太い矢印が島に向かう。矢印が集合する先に数字が表示される。

Pulau Pemmy　$300（billion）

ペニー島。今となっては忌まわしい島の名前だ。

「ペニー島の開発資金はこの国の国内総生産の二八・七九％にも及びます。常識的に考えれば、これほど冒険的な投資に世界は反応しないでしょう。いったい彼らはこれだけの資金を調達してどんな開発をしようというのでしょうか」

ラモの視線がおれを試している。確かに一つの島を開発する資金としては過剰ともいえる金額だ。どのような開発を目的としているのか。そのスケールはおれの想像を超える。

「疑問は感じるが開発の概要については想像もつかない」

答えを返したものの疲れを覚え始めていた。朝一番から遅くまで、高温多湿のなかで身を曝していたのだ。その間、目の前の伊達男は、空調の効いた部屋でこんなものを作成していたのか。彼の言うシナリオとやらに何の意味があるというのだ。早くシャワーを浴びて横になりたい。一日かけて砂粒ほどの成果も得られなかった負い目がなければ、こんなお遊びに付き合う気にもなれなかっただろう。

「それは私も同じです。ですから視点を変えてみました」

おれに構わずにラモがまたクリックした。

かつての独裁者。亡命先で撮影された写真だろうか。微笑んではいるが、落魄《らくはく》のさまは隠し切れない。

Honor recovery
名誉回復の文字が画面に浮かぶ。おれが納得させられた開発資金の拠出と引き換えに政府が彼に約束した対価だ。

クリック。

画面が細かなドットになって薄れて消える。そして再び現れる独裁者。かつて国を支配していた頃の自信に満ち溢れる笑顔。軍服の胸を数多の勲章が飾る。

Reinstatement

復権。

The coup

クーデター。

Dictatorship

独裁。

矢継ぎ早に現れる文字列。ラモのお遊びに弛緩し始めていた気持ちに緊張が芽生える。戯言《ざれごと》だ。

しかし実感を伴った戯言が次々スクリーンに浮かぶ。

「……馬鹿な」

上着のポケットに差し込んでいたエビアンのボトルを取り出して残った水を喉に流し込んだ。生温い。そういえば朝から口にしていたのは水だけだった。空腹は感じない。ボトルは一口で空になった。南国の熱気を吸った埃臭い水だった。

ラモがデスクトップの前から立ち上がり、ドリンク用の小型冷蔵庫からアクアのボトルを取り出した。受け取って十分に冷えた水を喉に流し込んだ。

「空想だ。いや妄想だ」

同調しそうになる自分の気持ちを押し留めた。知らぬ間にラモの陥穽《かんせい》に嵌っていた。

「……字幕効果」

おれの指摘にラモが首を傾げる。

「テロップ・エフェクトともいう」

補完した。

経営企画部に配属された初年度に教えられた。古典的なプレゼンテーション技術のひとつだ。印象的な文字を次々に相手の視覚に投影し、相手の思考を単純化する。近年ではテレビが情報番組で多用している。映像と音声で即物的な情報伝達を行えるはずのテレビというメディアが、キーワードやポイントとなる発言を字幕表示することで印象を強くする。活字文化の彼岸に産まれたはずの最新メディアが、果てに採用したのは活字だった。

「なるほど。では私のプレゼンにアオキさんも誘導されかけたということですね。心強く思います。事情も裏も知っているアオキさんが誘導されかけたのですからね」

ラモが会心の笑みを浮かべる。

「意味が分からん。こんなことをして何になる。時間の無駄だ」

ミチコが待つ部屋に帰ろう。ソファーを立ち上がりかけた。

「矢を放ちました」

ラモの言葉に動作が止まった。

「このプレゼン資料はアオキさんに見せるために作ったものではありません。今日の午後の便で、シミズさんはシンガポールに飛びました」

さらに理解不能なことを言う。

「シミズさんにお願いしました。お付き合いのある華僑の重鎮に、今私がしたのと同じプレゼンテーションをしてくださいと」

巨大免税店の総支配人の清水には彼らとのパイプがある。清水なら接触することも可能だろう。

しかしラモの意図が分からない。

「シミズさんから発信された情報は中国政府の中枢部に伝達されるでしょう。どこまで深く伝達されるのか、あるいはそれがいつなのかは予想もつきませんが、その情報は、彼らが歓迎する情報ではないはずです。必ず何らかの動きがあるのではないでしょうか」

「プロジェクトを潰すのが目的か」

「そんなことをしても私の立場は変わりません。カジノの権益を手中にできなかった時点で私は終わっています」

他人事のようにあっさり言った。

「しかしひとつだけ、私の運命を変えるチャンスはあります。カジノの権益以上に大きな権益を見出すことです」

清水を使って中国政府を煽ることでどんな権益が生まれるというのだ。おれが疑問を口にする前に、ラモが答えた。

「戦争です」

「……戦争？」

呆気にとられた。追い詰められてヤキが回ったのか。今の時代に中国ほどの大国が戦争を起こすわけがない。アメリカにしろインドにしろ同じだ。その全部が核保有国ではないか。

ラモが口元を綻ばせる。おれの内心を見透かした笑いだ。

「私が期待するのは内戦です。独裁者が旗を掲げれば、敵対する勢力も黙ってはいないでしょう。場合によってはそれが内戦の引き金になる可能性もあります」

「あり得ない」

頭から否定した。この話ばかりは万に一つの可能性も考えられなかった。

「政情が不安定な国ならともかく、それなりに成熟した国家で、政治的解決が、内戦によってなされるなどということがあるはずがないじゃないか」

ラモは微笑みを崩さない。

「確かにおっしゃるとおりでしょう。しかし利益の相反する世界の二大大国が陰でせめぎ合えば、状況は変わってきます」

不意にあの村が脳裏に浮かんだ。不正の発覚に怯え隠れ住んでいた村だ。平和そのものの村だった。おれを住民として迎え入れてくれた村だ。

「シミズさんからの吉報を待ちましょう」

その言葉に送られて、おれはラモの書斎を後にした。

22

翌日。翌々日。目立った動きはなかった。朝食を済ませたおれは、焦れて書斎にラモを訪ねた。清水がシンガポールに飛んで以来、ラモは屋敷から出ていない。

「今朝は静かだな」

挨拶の代わりに天井を指差した。

西村は屋敷の二階のゲストルームに、ラモが手配した五人のオーストラリア娘たちと籠りきりだ。長い廊下の反対側にある部屋から、昼夜を問わず彼女らの嬌声と西村の咆哮が耳に届く。それが今朝はなかった。

「ニシムラさんは彼女らと隣のメインダイニングで食事中です。この二日間、ほとんど飲まず食わずでお楽しみでしたから、さすがにお疲れのようです」

「まだ清水から連絡はないのか」

食後のエスプレッソを淹れるラモに問い掛けた。

「今は待つときでしょう」

ラモに軽くかわされた。応接セットにデミタスカップを二つ置いて向かい合うソファーにラモが腰を下ろした。

「もし時間を持て余しておられるのでしたら、いつぞやのイタリアンレストランにご招待しましょうか。ホリも呼びましょう。ここ二、三日、まるで構ってやれていませんから、ニシムラさんも含めて前祝というのはいかがでしょう」

いつぞやのイタリアンレストラン。おれがバグシーに計画書を見せたレストランだ。それにしても、前祝というのはどういうことだ。

「ここまでシミズさんから連絡がないということは、少なくとも門前払いにはならなかったということでしょう」

「途中経過の連絡もなしか」

「それは私のほうでしないようシミズさんにお願いしてあります。盗聴の危険性は常にありますからね」

そのラモの言葉に気懸りだったことを訊ねた。

「清水はあのシナリオが、――前の独裁者が復権を狙っているというシナリオが、おまえのでっち上げだと知っているのか」

「もちろん知りません。根拠のある裏情報だと思い込んでいるはずです。シミズさんが情報を得たのは、親交のあるニシムラさんとアオキさんからだということにしてあります。実際あなたたちお二人は、今回の件で重要な役割を果たされました」

「皮肉か」

苦笑した。おれも西村も、バグシーの駒にすぎなかった。

「いいえ。少なくとも私に重要な情報を与えてくれました。ニシムラさんからは調達する資金の総額が三百億ドルだという情報を得ました。そのうえ、これは昨夜アカサカからニシムラさんの携帯にあった連絡ですが、アカサカからの訪問団には中央官庁のキャリアも加わるようです。来訪は、来週の月曜日。三日後です。ニシムラさんはA&B社、日本領事館に連絡して、迎え入れの準備をするよう指示されました。訪問団はホテルではなく、領事館のゲストハウスに滞在予定です。これだけでも、私のシナリオを補完する大きな意味を持つ情報といえます。その情報は今日の午前中に、ニシムラさんの携帯からシミズさんの携帯に伝わっています」

「なるほど、ラモが表に出られないという意味では西村の役割は大きいかもしれないな」

「アオキさん、あなたの役割も同じです」

「世辞はよせよ。おれは不正の免罪と引き換えに計画から外れた人間だ」

「少なくとも計画を立案した担当者ではあります。今の段階ではニシムラさんもシミズさんもそう信じています。そしてもっとも重要な情報は、あなたが持ち帰った独裁者の近影です。他の情報は傍証ですが、あれは直接的な証拠となるものです。それだけのインパクトは十分にあります」

そうだ。あの写真のインパクトに、おれは判断力を鈍らせたのだ。それは赤坂の連中も同じだろう。

冷めて苦さを増したエスプレッソを一息で喉に流し込んで話題を変えた。

「シミズを信じられるのか」

「どういうことでしょう」

「おまえの使い走りを素直に奴が引き受けたのが、どうも納得できない」

「対価は与えてあります」

「いくら払った」

「金銭ではありません。健康です」

ラモが手のひらを上に向けておれが飲み干したデミタスカップを掌の先で示した。小さく首を振って二杯目を断った。

「成否にかかわらず、アユを主治医としてレンタルするという約束をしています。シミズさんはとても喜んでくれました」

見違えるほど血色が戻った清水を思い浮かべた。短期間で驚きの変化だった。

「アユの話によれば、ここを離れて三日もすれば、体調がまた悪化し始めるそうです。アユの薬膳スープが、シミズさんの忠誠を保証してくれます」

三日で成果を見せたアユ。ミチコのケースと同じだ。ますますアユという女が信用できなくなる。

また話題を変えた。

「どうして奴らは赤坂をビジネスパートナーとして選んだのだろう」

独り言のように呟いた疑問は前の夜に抱いたものだった。この計画のことを振り返ったときに湧いた疑問だ。そもそも奴らが赤坂に目をつけなければおれが巻き込まれることもなかったのだ。

「独裁者の次男が計画したかつての開発事業のパートナーとして名乗りを上げたのが赤坂だった。確かに繋がりはある。しかしそれだけだとはどうにも考え難い。資金調達の容易さを考えれば、アメリカあたりにもっと適当な相手がいたはずだ」

「彼らが選んだのはアカサカではありません」
少しの躊躇もなくラモが応えた。
「彼らが選んだのはニホンです」
「……日本？」
「かつての独裁者の復権の片棒を担ごうというのです。場合によってはとんでもない火中の栗を拾うことになりかねません。そんな計画に喜んで手を出すのは、少なくとも経済大国といわれる国の中ではニホンぐらいでしょう」
付け加えた。
「ニホンはその意味で国際政治のアマチュアです」
バグシーの言葉を思い出していた。バグシーは赤坂に目をつけた理由を、同じ言葉で語っていた。
耳慣れない音が響き渡った。
タッ、タッ、タッ／タッ、タッ、タッ／タッ、タッ、タッ／
タッ、タッ、タッ／タッ、タッ、タッ／
タッ、タッ、タッ／タッ、タッ、タッ／タッ、タッ、タッ／タッ、タッ、タッ／
タッ、タッ、タッ／
タッ、タッ、タッ／タッ、タッ、タッ／タッ、タッ、タッ／
大粒の雹がトタン屋根を叩くような音だった。乱れた音ではなかった。規則正しく区切られた三つの音が複合する音だった。
屋外からだ。そう遠くはない。敷地内だ。

「三点バースト？」

ラモの眉間に深い皺が寄った。言葉の意味が理解できなかった。

ガガガガ。ガガガガガ。ガガガガガガガガガガガ。

ガガガ。ガガガガガ。

呼応するように乱れた音が耳に届いた。

ラモがデスクのインターフォンに駆け寄った。ボタンを押して口早に叫んだ。

——報告しろ。

この島の言葉だった。

インターフォンは沈黙したまま。外からの音が銃撃戦のそれだとおれにもわかった。

——報告しろ。

ラモが繰り返した。苛立った声ではない。冷静だ。

——敵襲。

インターフォンが短く答えた。A班のリーダー。アンドリの声だった。

——当直のB班はゲート付近の緒戦で全滅。現在、AC班で応戦中。当方の被害程度は不明。ただし甚大。

「おまえの組織の襲撃か。おまえを確保するためか」

デスクに両手を突いたラモの背中に問いかけた。

「違います。早すぎます。しかも組織であれば、襲撃などする必要はありません。電話一本で私を確保できます」

「だったらバグシーの組織か」

「分かりません。分かりませんが、戦場で必要なことは無駄な憶測をめぐらすことではありません。やるべき行動を実行に移すことです」

ラモがデスクの引き出しから拳銃を取り出して、ズボンのベルトに差した。

「私はニシムラさんを擁護します。あなたにも守るべき対象はあるはずです」

口早に言って書斎を飛び出した。

ミチコ。

おれが守るべき対象。

ラモに続いておれも書斎を飛び出した。

ひどく長く感じたが、実際の銃撃戦は十分程度のものだっただろうか。その間おれは、リビングのソファーでミチコを後ろ抱きにして、全身を耳にしていた。

銃撃の音が止んだ。それまでよりもむしろ耐え難い静寂が流れる。窓の外には南国の青空が広がっている。椰子の葉がそよ風に揺れている。

インターフォンの緑色の受信ランプが点灯した。

――全滅。……使用人も含め……鏖《みなごろし》。

しわがれてはいるが、紛れもなくアンドリの声だった。

――報告……敵の員数は……おそらく……十名。うち二名を……排除。……東アジア系。……火器は……ウルティマックス……１００……軽機関銃。シンガポール……ＣＩＳ社製。バリエーションは……Mk.5と推定。

なぜそれをおれに報告する？　おそらくは重要な報告なのだろうが、それをおれにするアンドリの意図が理解できなかった。

――おれだ。アオキだ。報告相手を間違えているぞ。ラモに報告しろ。

――ボスは……。

タッ、タッ、タッ。

屋外とインターフォンの両方から軽快な銃声。緑の受信ランプが消える。アンドリの命も消えたのだと理解した。

再び耐え難い静寂が訪れた。静寂を破って、複数の女の悲鳴が響き渡った。ラモが西村のために手配した四人の金髪女たちの悲鳴だ。メインダイニングからだろう。屋敷の外部を制圧した敵が、屋敷内に踏み込んだのだ。すぐにこの部屋にもやってくるに違いない。

ミチコを残して海側のベランダに出た。姿を現さぬよう注意して壁に身を張り付かせて外を覗き見た。

人間が庭に点々と倒れている。ラモの使用人やボディーガードたちだ。まだ動いている者もあった。黒ずくめの男が四人。二人が軽機関銃を肩掛けにし、手にした鉈のような刃物で倒れている者の頭を叩き割っていた。すぐに男たちの姿が屋敷の中に消えた。

タッ、タッ、タッ。

タッ、タッ、タッ。

短く銃声が二度耳に届いた。金髪女たちの悲鳴が、いっそう姦《かしま》しくなった。悲鳴というより、パニックに陥った人間の咆哮だった。女たちが喉を引きつらせて吼えている。

延々続くかと思われた金髪女たちの悲鳴が、次第に薄れていった。

三度目の静寂。

全員が掃討されたのか。応戦する銃声は聞こえない。

鉈で頭を割られる金髪女たちが脳裏に浮かんだ。くっきりと像を結んだ。銃弾で頭を撃ち抜かれるより、それが彼女らに相応しい末路に思えた。残酷な想いだった。しかしそれは数分後のおれとミチコの姿だ。

室内に戻ってきつくミチコを抱きしめた。

ミチコがゴロゴロと喉を鳴らした。ミチコの体温を感じた。ある種の覚悟めいたものがおれに芽生えた。

ミチコの細い首に両手をかけた。

せめてミチコだけは、おれの手で殺してやりたかった。

「あう」

ミチコが幼児の言葉を発して、嬉しそうにほほ笑んだ。

それにしても、とおれは自身の運命を嗤った。

日本を代表する総合建設会社の経営企画部門のエリートとしてこの島での開発案件を立ち上げた。アジアの通貨危機に端を発した民主化運動で計画が頓挫した。日本に呼び戻され子会社で冷や飯を食わされた。再び本社に呼ばれて喜んだのも束の間、与えられた職務は、除染作業現場の所長という仕事だった。

おれはサンドイッチマンだった。日本を代表するスーパーゼネコンの看板を背負うサンドイッチマンだ。業務らしいものは無いに等しかった。権限もそうだ。所長という名のお飾りに過ぎなかった。現場が終わればまた子会社に飛ばされる身の上だった。

しかしそんなサンドイッチマンでも背負う看板は絶大だった。除染作業を取っ掛かりとして、天下のスーパーゼネコンとの取引を望む中小の土建屋が、次々におれを訪れた。やつらは知らない。

除染作業で取引口座を得たところで、そう易々と、正式な取引口座など得られるはずはないのだ。その認識に欠けるやつらは、おれに接待攻勢を仕掛けてきた。やがてそれが賄賂に変わった。業界でいうところの実弾を撃ち始めたのだ。どうせ会社に残っても先のないおれは、迷うことなくその実弾を受け取った。空約束をして、要求さえした。その空約束が二進《にっち》も三進《さっち》も納められなくなって、現場を放り出し会社を辞めた。

日本に居場所がなくなり、土地鑑のあるこの島に逃げ込んだ。島民として隠遁生活を送ることを余儀なくされた。島の一隅のなんでもない村に住居を構えた。そこでミチコとの人生が重なった。

隣家のマデの屈託のない笑顔が浮かんだ。素直に太陽に向かって成長する若木の笑顔だ。現地の言葉で太陽をマタハリという。マタは眼をハリは日を意味する。大いなる眼に見守られて、日の光を浴びて、マデはすくすくと成長していくのだろう。おれやミチコにその光が届くことはない。

ドアをノックする音がした。

部屋のドアには施錠してあるが、そんなものは何の役にも立つまい。応じなければ蹴破られるだけだろう。

再びノックの音がし、暫くして鍵穴に鍵が挿し込まれる音がした。

……鍵？

襲撃者らしくない振舞いに指に込めた力が緩んだ。

ドアを開けたのは意外な人物だった。

「……アユ」

——どうやら間に合ったようですね。

アユの視線がミチコの首を摑んだおれの手に向けられていた。ミチコの首を摑んだ指を解いた。

——何があったんだ。

——私が知りたいくらいです。アオキさんも、さっきのインカムからの最終報告を聞いていましたよね。あれはアオキさんにチャンネルを合わせたものではありません。オープンチャンネルで、関係者全員に情報が行き渡るよう発信されたものです。

——おれと同じ程度の情報しか知り得ていないということか。

——いいえ、同じ情報を得ても理解する程度が違います。それに私は彼らと直に接しています。それはアオキさんにはないアドバンテージです。

相変わらず癇に障るアユの物言いだった。

——なぜこの状況でそこまで冷静でいられる。みんな殺されたのにどうしておまえだけが助かっている。どうしてやつらはこの部屋を襲撃しないんだ。

——質問はひとつずつにしてもらえませんか。それにみんな殺されたというのは、誤った認識です。

——おまえ以外にも生存者はいるのか。

アユが肯いておれの向かいのソファーに腰を下ろした。

——そこにもヒントがあると思われます。現時点で分かっていることと疑問点を整理しましょう。そこから推理するのです。

何を悠長なことを言っているのだ。腹が立った。

——そんなことより、ここから脱出することのほうが優先だろう。

おれの反論にアユがいつもの苦笑を浮かべた。

——脱出などいつでもできます。それも襲撃者たちを殲滅《せんめつ》したうえで、堂々と表玄関から出ていけます。
アユの余裕が理解できなかった。襲撃者たちはラモが率いる精鋭部隊を駆逐してこの屋敷を占拠しているのだ。そんな奴らを殲滅したうえで、脱出できるというのか。いったいどんな魔法を使うというのだ。そこまで考えて、魔法という言葉におれはアユがバリアンの秘術に精通していることに思い至った。

……それにしても。

――まずはひとつずつ整理しましょう。

おれの困惑を置き去りにして、アユが話を進める。

――最初に、アオキさんが一番気にされている生存者についてですが、ボスとニシムラさんは、脱出用のカプセルで難を逃れました。

――カプセル？

――ニホン製です。ツナミの時に乗り込んで難を逃れる目的で開発されたものと聞いています。動力はありません。ただ浮かんでいるだけの代物です。

――そんなもので逃げられるのか。

――離岸流です。

そういえばこの屋敷に移り住んだ初日、強い離岸流が、海からの襲撃に対する防御になっているとラモが得意げに言っていた。

――乗り込んで支綱を切断すると海面に落下する仕組みになっています。海面に浮かべば離岸流がたちまち安全な沖合までカプセルを運びます。後は携帯なりで連絡し、回収を待つだけです。ただし残念ながら二人乗りです。

さほど残念そうではない口ぶりだった。

――他にも生存者はいます。ボスがニシムラさん用に手配したオージー娘たちです。

ついさっき耳に届いたヒステリックな喚き声が甦った。

――今は襲撃者たちの欲情のはけ口にされているでしょう。彼らの性欲が続く限り、彼女らの命も安泰です。

――おまえはどうなんだ。おまえも女じゃないか。

――私は見ての通りです。性的な魅力は知性でカバーできるものではありません。むしろ往々にして、それは相反するものです。

――だったらどうしておまえは殺戮《さつりく》を免れたんだ。さっきのアンドリからの報告だと、使用人も含めて鏖になったんじゃないのか。奴らは非戦闘員でも関係なく殺したんじゃないのか。

――守備隊が籠城したのが使用人棟でしたから、そこにいたすべての人員が戦闘員と見做されました。私は母屋の研究室にいました。それに私が助けられた理由は。

「ドクターを殺すわけがないじゃないですか」

日本語が割り込んだ。声のほうに目をやった。

「もちろん青木さんもミチコさんも身の安全は保障します。ただしその代償として、ささやかな協力をお願いすることになります」

ドア枠に凭《もた》れかかって微笑んでいたのは清水だった。

「清水さん、……あんた裏切ったのか」

訊ねることが山ほどある気がしたが、他に質問の言葉を思いつかなかった。

「何を言うのですか、私は青木さんと西村さんを助けたかっただけです」

「それがこのありさまか」

ミチコを抱き抱えるおれの向かいのソファーに座っているのは清水ひとりだった。さっきまでそこに座っていたアユは、清水に指示され、薬膳スープを作るために階下のキッチンに降りていた。アユ自身は研究室と呼ぶキッチンだ。

清水の顔色はシンガポールに行く前より悪くなっていた。かつてほどではないが、目の下に色素が沈着し始めている。清水は部屋に入るなり、アユに薬膳スープを作れと命じた。

——四時間もあれば。

言い残してアユは部屋を出た。

「だってそうじゃないですか。あの男は売春を生業とするマフィアでしょ。青木さんにはずいぶん失礼な脅迫をされましたが、気にしないでください。あの男に指図されての所業だと私は理解しています。水に流しましょう」

「おまえが連れてきた連中は何なんだ。中華系の暴力団か」

「彼らはれっきとした軍人です」

「軍人？　銃弾に倒れている人間の頭を鉈で割って、女をまわす奴らがれっきとした軍人なのか」

屋敷内に静寂が戻っていた。時折女たちのあからさまな嬌声が耳に届く。征服者たちの饗宴は続いている。あの声の中に堀もいるのだろうか。

「そうだ。堀はどうした。無事なのか」

「人質になると思いましたので、殺すなとは助言しておきました。私も『海神』では世話になりましたからね。しかしあのニューハーフは、兵士たちを怒らせました。女のなりをしておきながら、ドレスを剝いたら立派な男の印をぶら下げていたのですから、兵士たちが怒るのも無理はありません」

　クックックッと清水が笑った。

「そんなことより」

　ソファーに座った膝に肘をついて身を乗り出した。

「お願いしたい協力なのですが」

　清水が指を折りながら要求を並べた。

・ペニー島の開発計画の全容。

・印僑の組織の実態と彼らのアジト。

・アジアの虎の現在の居場所。

・西村の逃亡先。

　ひとつ目の質問に対する答え。

　叩き台となる計画を作成したのはおれだが、それは採用されなかった。西村が赤坂に運んだのは違う計画書だった。

「コピーがラモの書斎にあるはずだ」

「持ち出されていました」

　ふたつ目の質問に対する答え。

　組織の実態も彼らのアジトも知らない。しかし彼らが今回のビジネスの窓口とするはずのオフィスの所在は知っている。

みっつ目の質問に対する答え。

虎の居所は知らない。島内だろうとは推測できる。

よっつ目の質問に対する答え。

同じく西村の逃亡先も予想だにつかない。

「そんな程度ですか」

落胆を隠さずに清水が嘆息した。

「まぁ、多くは期待していませんでしたが、それにしても貧弱だ。彼らがそれで満足するでしょうか」

「さっき軍人と言った奴らのことか。掲げる旗はどこだ。五星紅旗か」

「表立った存在ではないので掲げる旗はありません。でも合理的に考えれば、彼らを抱えているのはあの国でしょう」

清水が腕組みをして考え込んだ。おれの取り扱いを思案しているのか。ここで何らかの存在意義を示さなければ、骸にされるかもしれない。ミチコを思った。腕に抱えたこの小さな存在のためにも生き延びなくてはならない。

「おれは西村と連絡がとれる」

言ってみた。清水が意外そうな面持ちで目を細めた。

「それが何か？　ぼくもとれますが」

「これだけの強攻策を講じた組織に与したあんたを、あいつが信用すると思うか。西村はラモと敵対しているわけではないんだ」

「……確かに」

清水が困惑の色を浮かべた。

「この襲撃の目的は何だ」

「計画の立案者である青木さんと日本へのパイプ役である西村さんの奪取でした。状況次第では、印僑に代わってビジネスを引き継ぐという考えもあるようです」

「それが主たる目的じゃないだろう。そんな目的のためにこれほどの襲撃をするはずがないじゃないか。奴らの最終目的を訊いているんだ」

「独裁者を手中に入れて蜂起を阻止することです」

清水が澱みなく答える。

「で、あんたの目的は？　金か、それとも地位か」

「ぼくは一度自分の人生を諦めた人間ですから、そんなものに興味はありませんよ」

薄い笑いを浮かべた。諦観に満ちた老人の笑いだった。笑いの底に生ゴミの臭気を漂わせている。そしておれは気付いた。清水の視線はおれに向けられているが、意識が注がれているのはおれではない。おれの腕の中のミチコだ。ミチコを抱えた腕に力が入る。

「青木さんはその娘を飼っているらしいですね」

娘と言われる年齢ではない。ミチコは成熟した女だ。しかし娘という清水の言葉はおれに馴染んだ。イノセント。無垢なミチコ。

「ぼくはドクター・アユの薬膳で健康体を取り戻して、元の総支配人の席に戻ります。青木さんのおかげで、シンガポールに転地療養に赴いていることになっているのですから、健康体になったぼくを迎えるのに不都合はないでしょう」

話を続けながら、清水の視線が露骨にミチコの身体を這い始めた。

「ドクターから聞きました。檻で飼っているそうですね」

語感に羨望が滲んでいた。

「言い成りにできるそうじゃないですか」

清水の視線に犯されて腕の中のミチコの実体がどんどん希薄になる。

「西村さんにも聞きました。いつぞやは西村さんのものを自ら咥えて、精液を飲んだらしいですね」

深く抱え込んでミチコを清水の視線から守った。嬉しそうに清水が口角を上げた。老醜を隠そうともしない。

「青木さんの処遇は追い追い考えるとしましょう。安心してください。命は保障します。ただしミチコさんのことも含めて、協力は惜しまないでください」

清水が右手を宙に浮かして人差し指を立てた。いつの間にか、二つの人影がドアに立っていた。身長は百八十を超えている。黒いシャツに黒いパンツの男たちだった。筋肉の隆起が体温として伝わってくる二人だった。アンドリの報告にあったとおり、東アジアの顔立ちだ。しかも凶悪。禍々しい相貌。兵士を思わせる冷徹さなど欠片もない。

清水は間違ったものを引き入れたのではないか。

疑いを口にする間もなく、二人がおれのもとに歩み寄った。無音で猫よりも素早い動きだった。たちまちミチコは奪われ、追い縋ろうとしたおれは、さして強くもない手刀の一撃でその場に崩れ落ちた。

気が付くと檻に入れられていた。ラバーの床にしみ込んだ芳香はミチコの匂いだった。仰向けになったまま首を廻らせた。檻はメインダイニングの中央にあった。

檻の中に裸体が転がっていた。背を丸めて横臥した裸体だった。

堀——

赤黒い紫の痣が全身に浮き出ていた。

檻の外には金髪の女たちがいた。彼女らも全裸だった。後ろ手に革紐で拘束され、絨毯に尻座りしていた。全員が項垂れて、眠っているようにも見えた。

ソファーに男がいた。ひとりだ。軽機関銃を抱いて足を組んで視点の定まらない目を宙に泳がせている。

手をついて上体を起こした。首筋に寝違えたような痺れを覚えた。男の視線がおれに向けられた。おれを凝視した。すぐにおれは男の視線から解放された。

裸体の堀に這い寄った。

「おい、堀、大丈夫か」

細い肩に手をかけて呼びかけた。月並みなせりふしか出てこなかった。

「おい、生きているのか」

肩を軽く揺すった。

「……堀、……堀、堀」

ぴくりともしない。肩を揺するおれの手から力がグニャグニャと伝わるだけで、強張りさえしない。しかし体温は感じられた。むしろかなりの高熱だ。

——死んではいません。

檻の外から声がした。アユだった。隣にソファーの男がいた。

アユが男に短く一言言った。男が肯いて檻の南京錠を開錠した。四つ這いになってアユが檻に入ってきた。アユの手には大ぶりの広口瓶が握られていた。

男が南京錠を施錠した。

——軟膏を作ってきました。

アユが広口瓶の蓋を開けた。檻の中に桂皮の匂いが拡散した。

——効きます。

断定する口調で言ってアユが右手の親指を除く四本の指を瓶に差し込んだ。

——仰向けにしてあげてください。

アユの言葉に従った。慎重に横臥の堀を仰臥にした。分布する痣は、背面より正面のほうが顕著だった。睾丸は三倍にも膨れ上がっていた。

——髪が邪魔です。

堀の顔面を覆う髪を払った。思わず目を背けた。美形の面影もなかった。陳腐な喩《たとえ》だが潰れたトマトだった。

アユが軟膏を塗り始めた。

——そんなもので大丈夫なのか。

もっとしかるべき治療が必要なのではないか。具体的には分からないが。

——大丈夫です。

またアユが断定した。

——一時間前に化膿止めと炎症を緩和する薬も服用させました。

——意識がないじゃないか。

――薬で眠ってもらっています。安静が一番ですから。

堀の脱力は眠っているというようなレベルではない。おれの疑問を払拭するようにアユが言った。

――二日もすれば動ける程度には回復します。

たったそれだけの期間で、とは思わなかった。ミチコに、そして清水に、短期間に現れた変化を思うと、アユがそう言うのならそうだろうと思った。

――ボスにも報告しておきました。

アユが小声で言った。

――ラモと連絡がとれているのか。

小声で質した。

――緊急用の携帯です。通常の連絡用の携帯とは別に幹部には支給されています。

横目で男を見た。男はソファーに戻っていた。

――態勢が整い次第、ボスは奪回に動きます。

――奪回？　この屋敷を奪回するということか。それに何の意味があるというのだ。ここを占拠している奴らは組織の先兵に過ぎない。

――奪回するのはマダムです。ボスはマダムを愛しています。

――西村を救って堀を捨てたじゃないか。

――仕事を優先させただけです。マダムもそのことは理解しています。そんな二人だから、私はボスとマダムを信頼できます。

アユが淡々と治療を続ける。

視界の片隅に動くものがあった。ソファーの男とは別の男が部屋に訪れた。ソファーの男は直立不動の姿勢になっている。上官か。

訪れた男が短い言葉で直立の男に命令した。命令された男が檻に駆け寄って南京錠を開錠した。軽機関銃の銃口をおれに向けて短く言葉を発した。理解できなかったが、銃口の動きで出ることを命じられているのだと理解した。

——シミズさんの呼び出しです。

アユが堀の裸体に目線を落としたままの姿勢で言った。軽機関銃を構えた男が苛立たしげに言葉を発した。

——マダムのことは心配しないでいいです。ただ、さっき私が言ったことは忘れないでください。そのうえで、シミズさんと交渉してください。

四つ這いの姿勢のまま、おれは檻を出た。その時になって初めて、自分も全裸に剝かれていたことに気付いた。心細さが沸き起こってきた。

全裸のまま二階の部屋に連行された。おれの部屋と似た造作の部屋だった。

エントランスの次の間、リビングのソファーに浅く腰を下ろした清水の姿があった。足元にミチコが跪いていた。白いサテンのネグリジェ姿だった。後ろ手に手錠を掛けられていた。白いフェイクファーの手錠だ。革のベルトで固定されたリングを咬まされている。腹が西瓜を飲み込んだように膨れ上がっていた。

「きさま」

駆け寄ろうとするおれの両腕が、背後に控えていた男たちに押さえられた。清水の視線がちらっとおれに向けられた。すぐにそれはミチコの口許に戻された。おれのことを気にもしないように責め苦が再開された。

テーブルの上のバナナの皮を剝いて清水が頰張った。

「ミチコちゃんはこんなものを咥えているから、自分で嚙めなくてかわいそうでちゅね。おじさんが嚙み嚙みしてあげまちゅからね」

清水が頰を膨らませてバナナを入念に嚙み潰した。ミチコの髪を摑んで上を向かせた。リングの中にどろどろになったバナナを口移しで流し込み始めた。

「喉に詰まらせたらだめでちゅよ。そうだ、喉に詰まらせないように、おじさんがミルクを飲ませてあげましょうね」

清水が蓋の開いた二リットル入りの牛乳瓶を手にした。その中身を、ゆっくりとミチコの口に流し込み始めた。ミチコが喉を鳴らしてそれを飲もうとした。喉仏が激しく上下した。バナナと牛乳の混じったどろどろの液体が溢れ出た。それでも清水は瓶を傾けた手を戻さない。容赦なく責め苦を続けた。

「ぐえっ」

ミチコが腹と喉を痙攣させた。どろどろの液体を噴水のように吹き上げた。

「やめろ」

激しくもがいて男たちの手を振り切った。ミチコの元に駆け寄ろうとした。一歩も進まない内に手首を摑まれ、身体が引き戻された。引き戻される勢いに合わせて、鳩尾にひざ蹴りをくらった。

「うっ」

倒れこんだおれを男たちが片膝をついて床に押さえつけた。

「ミチコちゃん、暴飲暴食はだめなんですよ。おじさんはね、健康おたくで身体にいいものしか食べないんでちゅぅ。それもいつも腹八分目を守っていたんでちゅよぉ。それなのにどうして肝臓が硬くなってしまったんでしょうねぇ」

霞がかかったおれの目に、赤いジャム瓶を開ける清水の姿が映った。

「ほら、きれいな色でしょ。でもこれは合成着色料の色なんでちゅよ。おじさんは絶対食べない。でも肝臓が硬くなっちゃいました」

ミチコの口の上で清水は瓶を逆さにした。赤い塊がゆっくりと瓶から顔をのぞかせた。リングを咥えたミチコの口を覆うように流れ落ちた。

「止めてくれ」

床に押さえつけられたままおれは懇願した。清水は一切の反応を示さない。

「こぼしたらだめでちゅよぉ」

清水の舌がミチコの顎からミチコの口を舐め上げ、リングの外に洩れたジャムをすくいとった。うがいをするように左右交互に何度か頰を膨らませてから「やっぱりおじさんの口にはあいませんね」と、唇を丸めミチコの口にジャムを吐き出した。

ミチコが壊れた。痙攣を始めた。清水が摑んだ髪を離した。ミチコは顔を下に向けて激しく嘔吐した。大きく肩を上下させ、腹を波打たせた。目から一滴の涙が落ちた。感情のないミチコの涙におれの脳が爆《は》ぜた。

激しい嘔吐を繰り返すミチコを置いて、清水がおれに歩み寄った。しゃがんで顔を近づけた。おれは男に抑え込まれたままだった。

「ずっと不思議だったんだよ。ぼくの気持ちが青木さんに分かるかな。誰よりも健康に気を付けて、食べるものだって、ぼくほど気を遣ってる人はいないよ。それなのに肝臓がいかれちゃった。ほんと理不尽だよねぇ」

　清水の口の周りが赤いジャムで汚れていた。

「はじめて他人に打ち明けるんだけど、ある時ね、テレビでフォアグラを作るところを観たんだ。不意に激情に襲われたよ。あれって鵞鳥《がちょう》の喉に無理やり食べ物を詰め込んで、肝臓を膨らますんだよね。知識としては知ってたけど、映像で見るのは初めてだった」

　清水が口の周りを手の甲で拭った。拭った手を絨毯に擦り付けた。

「自分もやってみたいって思った。もちろん鵞鳥じゃないよ。人間でね。誰かの肝臓を壊してみたいって思ったんだ。でも真似事だけ。そりゃそうだよね。人間のフォアグラができるまではやらせてはくれるわけがないよね。だからずっと真似事で我慢してきた。みんなぼくのことを嗜虐趣味とか勘違いしていたみたいだけど、女の子を苛める趣味はないよ。ぼくはフォアグラを作る真似事をしていたんだ。知らなかったでしょ、青木さん」

「……サイコ野郎」

　おれの侮蔑に清水がにんまりと嗤った。

「この子貰ってもいいよね。きっといいフォアグラができると思う。そしたら青木さんにも分けてあげるね」

「狂ってる。おまえは狂っている」

「そりゃ、狂いもしますよ。ぜんぶあなたのせいじゃないですか。ラモさんに言われてシンガポールに飛んだ。今度のビジネスに華僑を巻き込もうという提案だった。シンガポールに行かないなら、ドクターの薬膳スープを断つと言われた。よく考えもせずぼくはラモさんの言葉に従った。こんなことになるなんて思いもしなかった」

　哀しげな口調だった。

「みんな狂っていますよ。……あんな簡単に人が殺されるなんて、少なくともぼくの日常にはないことでした。狂わなければついていけません」

〝――――〟

　おれを押さえつけた男が清水に何かを言った。広東《カントン》語か。意味はわからない。

〝――――〟

　清水が応じて肯いた。

「こんな状況でお願いするのは心苦しいのですが、ひとつ協力してもらえませんか」

　清水がソファーの前のテーブルに手を伸ばした。

「これで西村さんに連絡を取ってもらいたいのです」

　差し出したのはおれの携帯だった。

　携帯には吸盤でコードが連結されていた。コードはレコーダーに接続されている。レコーダーに接続されているイヤホンを清水が耳に挿した。

「テレフォンピックアップです。西村さんとの会話はぼくが傍聴させてもらいます。細かいことは訊かなくていいです。とりあえず青木さんは襲撃から逃れたことにしてください。で、西村さんと合流したい、そのためにはどこに行けばいいのか。訊いていただきたいことはそれだけです」

「おれが協力すると思うのか」

　唾を吐いた。清水の足元にも届かなかった。

「その前にミチコを放せ」

清水が呆れた顔でため息を漏らした。

「取引のつもりですか。勘違いしないでください。これは青木さんの存在価値を彼らに納得してもらうための方便みたいなものです。何も青木さんに連絡してもらう必要はない。ぼくが連絡してもいいんです。シンガポールから帰ったから会いたいってことにしてね。それで西村さんの居所が分かったら、青木さんは無用の人になる。で、バーンです」

清水がピストルの形にした指を撥《は》ね上げた。

「でも、それじゃあ後味が悪いじゃないですか。まんざら知らない間柄でもないのですから。黙ってぼくの言うことに従ってもらえませんか」

清水は知らない。この屋敷で進行していることはアユからラモに報告されているのだ。シンガポールから帰ったから会いたいなどと、それが素直に受け入れられるわけがないのだ。どうする。自分自身に問い掛けた。答えは自分以外から返ってきた。

――ニシムラさんに連絡してください。

アユの声だった。薬膳スープの匂いがしたが、男たちに押さえつけられているおれは振り向くこともできなかった。

――それがミチコさんのためにもなります。

妙に説得力のある声だった。アユはこの事態にあってもラモと通じている。そのことを思い出した。

「分かった。おれの携帯を返してくれ」

清水が男たちに声をかけて、おれの右腕が解放された。左腕は押さえつけられたままだ。代わりにおれの左のこめかみに銃口が押し付けられた。

「いいですね。余計なことは言わないように」

清水がおれの前に片膝をついて携帯がおれの手に渡された。アドレス帳から西村の携帯を選び出して通話ボタンを押した。すぐに応答があった。

「大丈夫か」

西村の声に不安を覚えた。通話は清水に傍聴されている。あの単細胞が、ちゃんと演技できるのか。

「大丈夫だ。おれは逃げ延びた。すぐに合流したい。どこにいる」

口早に用件を伝えた。

「ジンバランの事務所だ。ラモも一緒だ。来られるか」

「分かった。待っていてくれ」

それだけ伝えて通話を終了した。清水が通訳した。

「ずいぶん安易な場所に避難したんですね。ラモさんのアジトは他にあるでしょうに」

清水が疑問を口にした。疑る口調ではなく単純な疑問のようだ。取り繕いはしなかった。下手に取り繕えば馬脚を現す。そう判断した。

「まっ、それでもひとつの情報には違いない。とりあえず彼らに襲撃してもらいましょう」

軽々とおれの身体が引き上げられた。いったん宙に浮いてから自分の足で立った。

「私はドクターのスープで昼食を摂ります」

アユが壺を応接テーブルに置いた。アユが自らスプーンでひと匙《さじ》すくって口にした。毒見というわけか。清水が鷹揚に肯いて言う。

「兵士たちの昼食も頼みますよ。青木さんにも何か食べさせてあげてください」

アユが了解して部屋を出た。

おれは再びダイニングに連行されて檻に放り込まれた。ソファーの見張り役が変わっていた。さっきまでの見張り役は金髪女の尻を抱えていた。緩慢な動きだった。尻を抱えている兵士の眼差しにも、抱えられている金髪女の眼差しにも、欲情の色はなかった。ただの排泄行為。やがて兵士が果てた。命じられるまでもなく金髪女が口で兵士の陰茎の残滓を舐めとった。何の抑揚もない光景だった。ズボンを直した兵士が部屋を出た。

静寂。ゆっくりと時間が揺蕩《たゆた》う南国の昼下がり。

横臥したままの堀の額に手を当ててみた。熱が下がっているように思えた。

「もう少しで助けが来るからな」

小声で堀の耳元で囁いた。腫れ上がった唇を捲って、堀が微かにほほ笑んだ。前歯が無かった。それでも堀のほほ笑みは輝いて見えた。

静寂。

アユが盆を手に姿を現した。見張りの兵士と二言三言言葉を交わした。広東語も喋れるのか。兵士が檻の南京錠を開錠した。盆を持ってアユが檻に入ってきた。盆には二つの器が載せられている。

——右を。

聞き取れないほどの声でアユが口早に言った。視線の動きで意図を悟った。見張りの兵士は、おれに毒見をさせようとしているのだ。

右の器に手を付けた。中華風の粥だった。

——こちらも食べてください。

今度ははっきりと聞こえる声で言った。右の器を盆に戻し左の器を手にした。

――少しなら大丈夫です。

唇を動かさない小声だった。少しだけ掬って口に含んだ。

味に変わりはなかった。上品な中華風の粥だ。

――干鮑《ほしあわび》で出汁を取っています。

――美味い。

おれたちの会話に兵士が耳を傾けている。

――精も付きます。

アユが檻を出た。兵士が施錠した。アユの手から盆を受け取った。ソファーに戻って粥を食べ始めた。食べながらアユに何やら話しかける。アユはそれに笑顔で応える。兵士の顔にも笑みが浮かぶ。

――美味しい食事は垣根を取り除きます。

アユがおれに言った。兵士が肯いた。英語は解するらしい。シンガポールを根城とする兵士であれば当然か。

――この子たちも食べてくれればいいのですが。

アユの目が金髪の女たちに注がれている。

――目の前で頭を割られる光景を見たのでは仕方がないですね。

アユが金髪女たちの集団に歩み寄った。それだけで彼女らの裸の背中に緊張が現れた。金髪の産毛が濃い背中だ。

――何か食べたいものはないの。あなたたちはじきに解放されるわ。

怯える目でアユを見上げたひとりがぽつりと言った。

——フィッシュアンドチップス。

オーストラリアの国民食だ。アユが苦笑を漏らした。

——私の手料理が、あんな野蛮な食べ物に負けるなんて。

開いた両手を上に向けて、兵士に向かって肩をあげた。兵士も呆れ顔で肩をあげて応えた。まるで仲間どうしのやり取りだ。

——分かったわ。この人たちはもうすぐお仕事に出かけるから、お土産にお願いしておきますね。

兵士が親指を立てて了解の意を示した。

オージー観光客が多いこの島では、至る所にフィッシュアンドチップスの看板を掲げた屋台がある。手に入れるのは容易だ。

しかしアユの言う彼らのお仕事は襲撃だ。ジンバランの事務所に西村とラモが二人きりで隠れているということはないだろう。ボディーガードがいれば、また死人が出る。殺し合いのお土産にフィッシュアンドチップスか。

粥を食べ終わった。横になった。眠りに落ちた。

24

目覚めた。桂皮が匂う。アユの背中が目の前にあった。堀の看病をしている。肘を突いて上体を起こした。

──お目覚めですか。

アユが振り向きもしないで言った。

──奴らは？

襲撃に行ったのかと訊きたかった。アユが顔を上げた。視線を辿った。ソファーの見張り役の兵士は軽機関銃を抱えて項垂れている。眠っているようだ。

──全員があの状態です。

それだけ言ってアユが堀の治療に戻った。

──粥か？

背中を向けたアユが肯いた。だがおれは目覚めている。言いかけて思い出した。あの時アユは、おれが食べるべき粥を目線で示した。

──ラモは？

──間もなく。

アユが堀にタオルケットをかけた。眠る前にはなかったタオルケットだ。

アユが檻を出た。おれも従った。

──こいつらはいつまで眠っているんだ。

アンドリらを殲滅してたちまち屋敷を制圧した兵士らに対する恐れが、いまさらおれを不安にしていた。

──永遠に。

アユの口調が忌々しげだった。

──プロではありません。乗り込んだ敵陣で、そこの使用人に料理当番をやらせるなど、無用心にもほどがあります。ボスも同じ意見です。生かしておく価値のない連中です。戦闘中だというのに女も抱きました。

金髪の女たちの姿はなかった。

――ミチコは？

――アオキさんの部屋のベッドで休んでもらっています。大丈夫です。

銃声。近くの部屋からだ。

――ボスがお戻りになられたようですね。

また銃声。銃声。銃声。

――尋問はしないのか。敵の正体を知るべきだろう。

――それは私が済ませました。

――おまえが？

アユが皮肉な笑いを浮かべた。

――どうもアオキさんは、まだ私の力量とか、私の組織での立場をわかっておられないようですね。

――幹部だとでも言うのか？

――少なくともここではボスと同格です。

このアジア系の小柄な初老の女がラモと同格だというのか。

――自白剤を使いました。

おれの疑問を払拭するように、アユがポツリと言った。

――この島の茸からとれる麻薬成分を主成分とする自白剤です。大脳皮質を麻痺させます。そのうえで絶望的な恐怖を植えつけます。耐え切れない恐怖です。その恐怖から逃れたい一心で、検体はどんな秘密でも吐露します。

バリアン。邪悪な呪術師。この女の正体だ。

――施術後は廃人になります。それほどの恐怖です。

――ずいぶん便利な薬があるんだな。

あまりに簡単すぎないかという疑問が言わせた台詞だった。またアユが不愉快な表情を見せた。

――薬には補助的な役割しかありません。それを使う私が優れているのです。

それは分かる。ミチコのことといい、清水のことといい、そして襲撃者たちをたちまち無力化したことも含めて、アユがただならぬ者だとは理解できる。しかし。

――そんなことより、何か着ればどうですか。

アユの冷たい視線がおれの股間に注がれた。慌てて前を手で隠して、おれは部屋を出た。自分の部屋に戻れば着替えはある。そしてミチコだ。迂闊にもおれは、一番に駆けつけるべき相手の存在を忘れていた。

部屋にラモと西村を迎えた。奥の寝室にミチコが眠っている。海洋シューターで難を逃れた二人は、ラモの店で本場のイタリアンを堪能していたらしい。ただしげっそりと頬がこけて眼窩が落ち込み、顔が土気色の西村に限っては、どんな豪勢な料理も楽しめなかっただろう。

「おじゃましてすみません。下が片付くまで勘弁してください」

ラモが言って、向かいのソファーに西村と並んで腰を下ろした。片付けているのは死体だろう。襲撃者たちの骸、アンドリをはじめとする使用人たちの死体も転がっている。都合三十体ほどか。頭の中で指折り数えた。何本目かの指に清水が浮かんだ。

「清水はどうした」

ミチコに対する暴虐は許し難いが殺すとなると話は別だ。あいつは狂っていたに過ぎない。そしてあいつを狂わせたのは、おれを含め、ここにいる三人だ。

「眠ってもらっています。チャイナグループとの交渉の窓口になる人ですから、粗末には扱いません」

「交渉？　これだけのことをされて何の交渉なんだ」

語調がきつくなった。殺されたアンドリの面影が脳裏を過った。

「ホリが聞き出したことですが、彼ら、襲撃を仕掛けた連中が受けていた命令は、この島に帰還している独裁者の奪取でした。それと計画を立案したアオキさんと、日本側の窓口であるニシムラさんの確保です。奪取も確保も、生死を問わずという条件付きでした」

確か清水もそんなことを言っていた。いや、生死を問わずというのは初耳だ。おそらく清水もそこまでは聞かされていなかったんだろう。知っていれば、反対したに違いない。

「彼らが欲しがっていた三人の二人までを私は手中に収めています。残る札はアジアの虎だけです。それさえ確保できれば、計画そのものを握ることができます」

ラモがあっさりと口にした。

「クーデターの片棒を担ぐのか」

「それはチャイナグループが望まないでしょう。彼らの目的は、クーデターによる軍事政権の復活を阻止することですからね。計画の鍵となる三人を始末すれば、彼らの目的は果たせました。だからあんな強攻手段に訴えたのです」

「おれたちを始末しようとした連中と手を組もうというのか」

ラモに言って西村に目をやった。巨軀が縮んで見えた。蒼褪めている。自分が置かれている立場を消化できないでいる。

「一歩間違えば、おれたちの命はなかったんだぞ」

「一歩間違えば？」

ラモが薄く笑った。

「もはや私たちはそんな次元にはいないのです。少なくとも私とアオキさんはね」

西村が震える声で言った。

「……おれは」

言葉が続かない。瞳に光がない。

隣に座ったラモが西村の肩に手を置いた。

「ニシムラさんにはまだ逃げ道があります。アカサカに電話を入れればいい。計画の背景を洗いざらい暴露すればいい。アカサカは動きを止めるでしょう。ニシムラさんの役割はアカサカを巻き込むことだったのですから、アカサカが手仕舞いすれば、ニシムラさんは蚊帳の外に出られます。計画を立案したと思われているアオキさんとは違います。アカサカの目が消えても、立案者を放置したのでは、禍根を残すことになりかねませんからね」

計画を立案したのはおれではない。おれはバグシーにのせられて、計画書の文脈と文法を提供しただけだ。言いかけた言葉を呑んだ。そんな言い訳が襲撃者たちのバックに聞き入れられるはずはない。これだけの襲撃を躊躇なく実行した連中なのだ。

西村の瞳に光が宿った。

ラモが西村の肩に置いた手を首筋に移動させた。頸動脈に親指の爪を立てた。よく手入れされた爪だった。

「でも、それは私が許しません」

ひんやりとする声で言った。

「それでは私が終わってしまいます」

断言した。

「誤解しないでください。命が惜しいわけではありません。矜持の問題です。このまま引き下がるわけにはいかないのです」

ラモの手が西村を解放した。その手でドアの横に控えていた男に合図した。

白人だった。ラテンの血を思わせる桁外れの巨軀だ。西村が小さく見える。ゆったりと馴染む上等な仕立てのスーツ姿、磨き込まれた革靴、ラモと同じ匂いがする伊達男だ。

男が歩み寄って西村の腕を取った。

「なっ、何なんだよ」

西村が男の腕を振り払った。男が西村の顎の先を裏拳で払った。一撃で西村の身体を支えている糸を断ち切った。

ぐったりとした西村を片手で腋に抱え上げた。部屋を出た。

「心配しないでください。手荒な真似はしません」

ラモの視線はおれに張り付いたままだった。

「また軟禁するのか」

「軟禁ではなく監禁します」

事も無げに応えた。

「どう違うというのだ」

ラモが薄く笑った。

「檻で飼います」

ミチコのことが浮かぶ。

「ご心配なく」

ラモが言う。

「ミチコさんの檻ではありません。ニシムラさんはアジトに運びます。そこにはもう少し檻らしい檻があります。お遊びの檻ではありません。普段は女たちを飼う檻です。少年も飼っています。臓器ドナーを、適合者が見つかるまで、一時的に保管する場所でもあります。今はシミズさんもそこにいます」

それがラモのアジトなのか。

ラモの商売を考えれば、その存在に今まで想いが至らなかったほうが不思議だ。この館は私邸に過ぎないのだろう。

「おれもそのアジトの檻に飼われるのか」

ラモが小首を傾げた。

「何故？」

また薄い笑いを浮かべた。

「私はアオキさんを仲間と認めました。それをお忘れなく」

「認められたか」

ラモの言葉を繰り返して嚙み締めた。とても信用できる言葉ではなかった。それは、まだおれに利用価値があるということだろう。

「仲間と認めたおれに何を期待する?」

当然の質問をした。

「アカサカとの再交渉です」

「えっ?」

「アカサカと直接交渉して、カジノコンプレックス案件に我々の関連する会社の参加を認めてもらってください」

「内戦のことはいいのか?」

「今回の彼らの対応で、そちらに誘導するのは難しいと思えました。どうやら赤い国もそれを望んではいないようです」

「赤坂の交渉役は西村だろう」

「あの人はもう使い物になりません。すっかり怯え切って、この案件から降ろしてくれと泣き喚くばかりです」

それはそうだろう。あの惨劇を目の当たりにすれば、誰だってそうなるに違いない。奴らは被弾して動けなくなっている連中の頭を、銃で叩き割って止めを刺したのだ。

おれにしても、ミチコを守るという気持ちの支えがあったから、どうにか冷静で居られた。そうでなければ、西村と同じように泣き喚いているに違いない。

ミチコ——

不意のおれの頭の中でスパークするものがあった。

「そうなると、おれは日本に帰国する必要があるな」

「ええ、明日のガルーダのビジネスシートを確保してあります。ナリタ直行便ですが、出発が深夜になります」

　直行便なら七時間弱の所要時間だ。経由便となるとその倍近い時間がかかる。そして直行便があるのはガルーダ・インドネシア航空のその一便しかない。

「それでいいだろう」

　鷹揚に肯いた。

「ただしシートは並びで二席確保してくれ」

「二席？」

「ミチコを日本に帰したい。この島を離れれば、少しは病状もマシになるだろう」

「彼女のお身内にお預けになるのですか？」

「いや、ミチコは天涯孤独の身だ。預ける身内はいない」

「では？」

「それなりの施設に入れる。ホスピスのような施設にな」

　ラモが解放してくれた不正金とバグシーから得た金を合わせれば、一億円足らずの金がある。それだけあれば、満足できる施設も探せるだろう。

　ラモがすうっと目を細めた。

「アオキさんも、そのまま日本に残るおつもりですか」

「残ってどうする？　おれも日本に友人はおろか、係累もいない人間だ。それにあの島のビジネスの行く末を見届けたい気持ちもある。そんなことよりも——」

　話題を変えた。

「バグシーの奴はどうする？　前の店にも、新しい会社の事務所にも奴はいない。奴だけじゃない。肝心のアジアの虎はどうする？　そっちのカードが揃わなければ、おれが赤坂を説得したところで、その後の絵図は描けないだろう」

「虎はすでにこちらの手中にあります」

「なんだと！」

「居場所は以前から把握していました。今回の襲撃を受けて、虎の身の安全を図るために、こちらで保護しました。彼さえ確保していれば、印僑サイドは、こちらから声をかけるまでもなく、向こうから接触してきます」

「護衛がいただろう？」

　バグシーの一味が護衛を付けていないわけがない。そこでも血が流れたということか。

「いいえ。虎は自分の足で隠れ家を抜け出して、私たちの元に参じてくれました」

「どうしてそんなことが……」

「ドクター・アユ・ウイラナタです。彼女は医師としてだけではなく、バリアンとしても非常に高い評価を受けている人物です。ドクター・アユが専属医として治療するという条件に、虎は簡単に寝返ってくれました」

「だったら、なぜ……」

　そんな簡単にアジアの虎を寝返らせることができるなら、最初からそうすればよかったではないか。切り札を確保しておけば、バグシーの組織も安易な裏切りはできなかっただろう。少なくとも主導権は取れたはずだ。

「なぜ？」

ラモがおどけた顔をした。

「アオキさんの疑問は手に取るようにわかります。なぜ独裁者を早い段階から確保しなかったのか？　それは私たちが表に出るのを嫌う商売だからです。あくまで陰の存在、裏道を歩む存在でいたいからです」

「それがマフィアの習性なのか？」

おれの質問には答えずに、ラモが肩を竦めた。

「それにしてもバグシーの組織が裏切った段階で、独裁者を確保していれば、こんな惨劇には至らなかった。そういう報復の仕方もあったはずだ。ビジネスの軌道修正も可能だっただろう。おまえが内戦を仕掛けるなどという発想をしなければ、死ななくてもいい人間を殺す必要はなかったのだ」

語っている内に激してきた。もしここでラモに銃口を向けていたら、おれは引き金を引いていたかもしれない。

「それを言われると返す言葉がありません。私も少し冷静さを欠いていたと反省します。血を見たかった——のかもしれませんね。マフィアの習性として」

ぞっとする笑みをラモが浮かべた。

「しかしそれはそれとして、赤い国の狙いが独裁者の抹殺であるなら、話は別です。もう彼らと協調することはできません」

「軍隊と思える人間を送り込んできた連中と簡単に縁が切れると思うのか？」

「独裁者の目的が、単なるビジネスと絡めた名誉の回復だと知れば、彼らも静観するのではないでしょうか」

「ミスリードしたお前の責任はどうなる？」

「私の？　それは違います。ミスリードしたのはシミズさんです」

「お、おまえ――」

「シミズさんには事態の収拾のために、もう一度シンガポールに出かけて頂きます。そして正式なビジネスプランを相手に伝え、独裁者の蜂起はシミズさんの錯誤であったと告げてもらいます」

「それで相手が納得すると思うのか？　たとえ納得したとしても、清水はどうなる？」

「来週あたり、アレクサンドラ運河に浮かぶことになるかもしれません」

ラモが、シンガポールの景勝地として知られる運河の名前を口にした。

「無理だっ。清水がわざわざ死地に赴くはずがないだろう」

「いま教育しています」

「教育？」

「彼自身に何をすべきか、どうすべきか、現在アジトで、ドクター・アユが念入りに教え込んでいます」

「つまりは洗脳しているということなのか」

「いえ、教育です。私たちはそう呼んでいます。洗脳よりも強い意志誘導です」

「どうせ危ない薬とかも使うんだろうな」

「興味がおありですか」

「ああ、明日は我が身かもしれんからな」

皮肉ではない。本気の言葉だ。日本に帰国する前に、その教育とやらを施されたのでは堪らない。

「ご冗談を。あなたは仲間として認めたと申し上げたはずです」

「だったらミチコを連れて帰ることも認めてもらえるな」

「ええ、もちろんです」

「ミチコは然るべき施設に入れる。おれもしばらくの期間日本に残るつもりだ」

「ニシムラさんは日本からのお客様をお迎えできる状態ではありません」

「おれに西村の代役をやれというのか」

「いいえ、繋いでいただくだけで結構です。アカサカの方々にこの島までお越しいただければ、その後の対応はこちらでさせていただきます」

「ミチコの分の席を確保してくれ」

「その必要はありません。席は、アオキさんの分とは別に三席確保してあります。護衛をお付けするつもりでした。そのうちの一席をミチコさん用にお譲りします」

護衛なのか、監視なのか、問い質す気力が失せていた。先ほどからのラモとの会話に疲弊していた。ラモに休みたいと告げた。それは受け入れられた。

ラモの退室を見届けて、ミチコが眠る寝室のドアを開けた。穏やかな寝顔で、ミチコは軽い寝息を立てていた。ベッドサイドの時計は午後四時を回ったところだ。いろいろとあり過ぎて、時間感覚どころか日にちの感覚も失せていた。

ミチコを起こさないようベッドに潜り込み、たちまちおれは深い眠りに落ちた。

25

日本に到着後、成田からホテルまでは、ラモの組織が用意したハイヤーで移動した。ワゴンタイプの六人乗りだ。ドライバーとは別に、おれとミチコ、バリ島から同行した護衛が一名、成田で合流したもう一名の護衛、そして驚いたことにアユが同行していた。

――私はミチコさんの主治医だからな。

それがアユの言い分だった。

――虎は大丈夫なのか？

アユは計画のキーパーソンである独裁者の主治医でもある。ングラ・ライ国際空港に向かうリムジンカーの車中での会話だった。運転席と助手席は遮蔽板で仕切られていた。おれとミチコ、そしてアユの三人だけが後部座席に乗り込んだ。

――私が診ていなければ余命一年もなかっただろうな。

アユが事も無げに言った。

――私の患者になった以上、あと三年間は生き永らえさせるつもりだ。もちろん寝たきりなどでは意味がない。ちゃんと人と会って、まともな会話ができることを前提として三年間は生きさせる。

――大した自信だな。ラモの話によると、アジアの虎は、おまえの治療が受けられると聞いて、自ら隠れ家を抜け出たそうじゃないか。普通なら争奪戦で、双方に死人が出ても不思議じゃない状況だった。

自分の膝枕ですやすやと寝込んでいるミチコの頬を、指先で撫でていたアユが上目遣いでおれを睨んだ。

——誤った情報だ。

——それじゃ、やっぱり、何らかの衝突はあったのか？

——無かった。しかし虎は抜け出てきたんじゃない。奴らが差し出したんだ。

——奴ら？　印僑の組織が差し出したというのか？

——そうだ。

——まさか。……いや待て、おまえがそれだけの人物だとしたら、最初からおまえを前面に出して交渉すればよかったじゃないか。

当然の疑問が口を突いて出た。

——おまえ呼ばわりは止めろ。いい加減、ドクターと呼ぶことを覚えろ。

アユが怒声を発した。

——しかし……。

アユがおれの言葉を遮るように開いた左手を前に突き出し、突き立てた右手の人差し指で唇と鼻先を縦に塞いだ。黙れという合図だ。

目線をミチコに落とした。釣られておれもミチコに目線をやった。自然に閉じられた瞼が微かに震えている。目覚める前兆だ。

ミチコの両目を左の掌で軽く押さえたアユが、おれには理解できない言葉でミチコに囁きかけた。しばらくして囁き声が英語に変わった。

——おまえの疑問に答えてやるから黙って聞け。途中で質問はするな。

生唾を飲んで肯いた。肯くしかない威厳をアユは漂わせていた。それは今までの付き合いの中で、一度も感じたことのない、しかし確かな威厳だった。

――私はラモの組織に属しているわけではない。前に同格だと言ったのは、相棒という意味で言ったのではない。組織にとっての重要度が同じくらいだという意味だ。しかし組織は私の真の価値を知らない。知っていれば、私は消されていたかもしれない。

価値を知れば殺される？

全く理解不能なことだが、おれに質問は許されていない。黙って聞くしかなかった。

――私を必要とする人間は世界中にいる。そしてそれと同じくらい、私を抹殺したいと考える人間も世界中にいる。

そんなアユを警護しているのはラモの組織ではなく、島に駐屯する軍だと言う。おれも島の治安が警察に一任されず、軍に委ねられていることは知っていた。それほど国にとって、あの島の観光収入が重要なものなのだろうと解釈していたが、アユの言い分を疑わないのであれば、軍が守っていたのは島の治安だけではないということになる。

言われてみれば思い当たることもある。三交代制、二十四時間体制でラモの私邸を守っていたのは、いずれもこの国の人間だった。そしてアンドリも含め軍隊経験者だ。

その守備隊が急襲され全滅した。さらに急襲した連中をアユが無力化した。

屋敷に戻ったラモが伴い、西村を（おそらくアジトに）連れ去った巨漢は見るからにイタリアンだった。あれがラモ本来の手下なのだろう。

――アジアの虎が本島ではなくあの島を帰国の場所に定めたのも、隠密行動をするためではない。私に会いたいからだ。

――しかしドクターは会おうとはしなかった。

――興味のない人間に自分の時間を割くほど暇ではないんでな。

――ミチコの場合は？

質問するなと釘を刺されていたので、どうしても遠慮がちな物言いになってしまう。

――非常に興味のある検体だった。考えられないほどの強い呪いに呪縛されていた。そしてその呪いをかけているのが、日本人、おまえだった。

それは村の老バリアンにも指摘されたことだ。しかしおれには、その自覚がまったくない。

――私はお前の過去を疑っている。一時に溜めた恨みで、ここまでの呪いの力を発することができるはずがない。お前は積年の恨みをミチコに向けて一気に放出したに違いない。その恨みの正体が、日本に同行すれば分かるのではないかと私は考えた。

そこまで話してリムジンがングラ・ライ国際空港に到着した。おれたちは煩雑な出国手続きに煩わされることもなく、搭乗口近くの特別室に案内された。そしてガルーダ・インドネシアは定刻に離陸し、早朝の成田空港に到着した。

ホテルではインペリアルスイートが用意されていた。リビングだけで通常のベッドルームの五倍の広さがありそうだ。ベッドルームは二部屋、それぞれにクイーンサイズとキングサイズのベッドが用意されている。もちろんバスルームも別だ。

二人の護衛役には隣室が与えられた。堅牢なドアで仕切られた続き部屋になっているが、向こう側からこちらへ入るドアを開けることはできない。

おれは赤坂に出向いて交渉するのではなく、ホテルに責任者を呼び付けることにしていた。いまさらという気がしないでもないが、かつて不正を働いた会社の敷居を跨ぐのは、なんとも複雑な気持ちがしたのだ。

赤坂側の責任者は社長ではないが代表権を持つ専務取締役だった。鳥飼《とりかい》文也《ふみや》。熟知している相手だ。熟知どころか大学の同期だった。同じ法学部を卒業し、本社に配属され、あの島の巨大開発が破綻するまでは、おれの後塵を拝していた男だ。

特に目立つ存在でもなかった。経営企画本部に配属された俺に対し、たしか鳥飼は総務本部だったように記憶している。人事部給与課という目立たない部署だ。

フロアーが違うので、会社で顔を合わせることもなく、年に何回か開催していた同期の飲み会でも、隅っこで小さくなっている奴だった。ただボーナスの査定情報を握っていたので、それだけが同期会での奴の存在意義だった。もちろん漏洩などはしなかった。頑なに情報を守る詰まらない奴だった。

それが今では代表権を持つ専務だ。なるほど会社というものはそういうものかもしれない。目立たず実績も上げず、しかしその一方でミスらしいミスもしなければ、上へ上へと上がっていけるものなのだろう。

その発想がおれにはなかった。おれ以外の多くのエリート社員たちも同じだろう。スタート時点でエリートの座にあったおれたちのほとんどは、他より抜きんでることを第一義に考えた。そしてその多くが躓《つまず》き落伍した。

エリート社員候補など、毎年二十人、五十人単位で補充されるのだ。一度失敗すれば再挑戦の機会は与えられない。その条件で、なおかつリスクを背負い、しのぎを削って生き残りを図るのだ。

しかし結果として生き残るのは、下手に目立たずに、地道に経験を積んだ鳥飼のような人間なのだろう。それが分かっていても、そんな詰まらない人生を選ぶおれではない。

鳥飼との面談にはアユを同席させた。彼女がそれを希望した。

「はじめまして。ドクター・アユ・ウイラナタと申します」

驚いたことにアユは、流暢な日本語を喋って握手の手を差し出した。

「トリカイフミヤと申します。日本語がお上手ですね」

握手をしながら鳥飼がありきたりなお追従を口にした。

「ベイラーで学位を取得後、東京医科歯科大学で二年学びました」

テキサス医療センターにあるベイラー医科大学は世界トップクラスの医科大学だ。

「ご専門は？」

「精神医学と薬学です。北京中医薬大学への留学経験もあります。母国ではガジャ・マダで学位を取得しています」

「ということは、ヒンドゥでいらっしゃる」

「創始者がそうだから学生がそうだとは限りません。むしろ学生の多くはモスレムでしょう。ただし私はヒンドゥに帰依しています。こちらでは臨床薬学を修めました」

「大学自慢はもういいだろう。お互い時間があるわけじゃない」

二人の会話に割り込んだ。それぞれソファーに腰を下ろした。

「メモ代わりに録音させてもらうよ」

鳥飼がスーツの内ポケットから取り出したＩＣレコーダーは、すでに作動していた。

「資料は検討してもらえたか？」

「もちろんだ。急な変更だったので全員で徹夜したよ」

そう言って苦笑する鳥飼の目の縁には隈《くま》が浮かんでいる。

「それで西村くんは大丈夫なのかね」

なるほど西村くん呼ばわりか。もともとエリート候補でさえなかった西村など、鳥飼にしてみればカスのような存在だろう。

「不注意だよ。困ったもんだ」

おれも苦笑で返した。西村は大麻保持で現地の警察に勾留されたことになっている。

これは決して珍しいことではない。クタあたりの繁華街を遅い時間に歩くと、派手な格好をした女装の男たちに囲まれる。性交渉を求めているのではない。抱き着きスリだ。数人で囲まれて、財布から金を抜かれてしまう。金を盗られるだけではない。ポケットに葉っぱを捻じ込まれる。大麻をくれるのだ。

もちろんタダでくれるわけではない。女装強盗が去ったあと、ワンブロックも行かない先には制服姿の警察官が待ち構えている。職務質問され、持ち物検査をされ「これはなんだ！」ということになるのだ。その場で現金が払えれば問題はないが、それは財布から抜き取られている。それでもよくしたもので、カード類は残っている。親切な警察官はカードでキャッシングができるＡＴＭまで案内してくれる。百ドルもあれば無罪放免だ。しかしなければその夜はお泊りということになる。

この茶番劇を簡略化し、酔った西村は陥穽にはまって一週間は動けないということになっている。金がないのに気付いて動転し、警察官を殴って逃亡しようとしたと脚色しているのだ。それで仕方なくおれが乗り出したというわけだ。

「それから計画についてですが――」

鳥飼がビジネスバッグから薄型ノートパソコンを取り出した。

「かなり変更があったようですね」

印僑の連中が削除したカジノコンプレックスの計画を復活させたのだ。もともとおれが作成した企画書ではそうなっていたし、そのデータもラモのデスクトップに残っていたから、変更は造作のないことだった。

「赤坂は乗り気じゃないのか?」

「乗り気もなにも、もう日本政府の上にまで話を通しているんですよ。いまさら矛先を収められるものじゃありません」

おれたちがガルーダで日本に向かっている時間、ダメ押しで、『アジアの虎』は赤坂のトップと衛星テレビ電話で会談している。一時間くらいの会談であれば、だれが見ても健康体にしか見えないよう調整したとアユが言っていた。調整した、と。

「で、このラモス・アッカルドというかたですが」

鳥飼がラモのフルネームを口にした。

「主に東南アジアを拠点としてかなり手広く事業をされておられる」

「素性を調べたのか?」

身を乗り出してしまうのを辛うじて留めた。

調べたのであれば、おれがそれを知りたいくらいだ。しかし紹介者のおれが知らないというのでは、話にならないだろう。

「ええ、失礼かとは思いましたが、一応は調べさせていただきました。貴族の血を引くかたのようですね」

「まあな」

知らなかった。いや、そんな経歴はどうにでもなるのだろう。

「そちらは、王族の血を引かれるかただった」

鳥飼がアユに視線を向けた。

「調べるまでもないことだ。ウイラナタ家が八王家のひとつだと、国民なら誰でも知っていることだ」

アユが憮然とした顔で応えた。

「いや、失礼しました」

不機嫌そうにそっぽを向いたアユに、鳥飼が慇懃に頭を下げた。

「おい、いい加減にしろよ。ビジネスの話はどうなっているんだ」

演技ではない怒気を込めて質した。ラモやアユの出自など、おれの知ったことではない。

「いや、失敬、失敬。青木さんの提案で進めさせていただきます」

ずいぶん簡単に鳥飼が言った。

「現地代理人は――」

言い淀んでしまった。

「ラモスでいいんだな」

ファミリーネームまでは覚えていない。

「ええ、その方にすべてのアテンドをお任せします。なにしろもう日にちがないものですから、あれこれ注文を付けられる状況じゃないんですよ」

鳥飼の顔が情けなく歪んだ。ただし目は笑っていなかった。

「もちろん青木さんの企画案を、全面的に承認したわけではありません。それは現地を視察したうえで、当社の専門チームがフィージビリティースタディーを行います。それは言うまでもないことでしょうが」

「だったら言うなよ」

何がフィージビリティースタディーだ。お前にその能力があるのかと言ってやりたかった。どうせ若手の精鋭が現地調査も含め、汗を流すのだろう。その結果がどうであれ、鳥飼に責任が及ぶことはない。挑戦とか責任から、逃げるだけ逃げて、この男は今の地位を手に入れたのだ。

そういえば——

嫌なことを思い出してしまった。島の開発に失敗して、関連会社に飛ばされていたおれに、本社復帰の道筋を付けてくれたのは、当時人事部長だった鳥飼だ。おれは素直に喜んだ。感謝さえした。しかしおれを待っていたのは、五千人を超える除染チームをまとめる所長役だった。そのほとんどが寄せ集めの作業員なのだ。ムショ帰り、入れ墨者は当たり前だった。アルコール中毒者など可愛いものだ。覚せい剤中毒者もいたはずだ。現実、俺の現場ではなかったが、麻薬取締法違反で逮捕される除染作業員も珍しくなかった。喧嘩など日常茶飯事だ。刃傷沙汰も何度かあった。全部揉み消して警察沙汰にこそしなかったが、人死にが出たらそうもいくまい。

そんなことにびくびくする毎日だった。

そして毎日のようにおれを詣でる土建屋連中。地元福島ではさすがに拙いので、主に接待を受けるのは隣県宮城の仙台だった。東北随一の歓楽街の国分町《こくぶんちょう》だ。

酒池《しゅち》肉林《にくりん》はあたりまえ、さらには現金まで押し付けられた。使い切れない金は、ボストンバッグに入れて、宿舎のホテルのクローゼットに放り込んだ。そこそこ大きめのボストンバッグだったが、それが満杯になったとき、不意におれは正気に戻った。何をしているんだと自問した。

遅かった。最早後戻りができない地点におれは踏み込んでいた。何社もの土建屋に空手形を振り出していた。

妻にだけは正直に打ち明けた。自主退職し、退職金を受け取って、ローンの終わっている家を売り払い、さらに賄賂を貯め込んだ一億円があれば、一生のんびり暮らせる。日本では無理でも、アジアの国なら大丈夫だ。そう掻き口説いた。必死で説得した。

「訴えられたらどうするのよ！　あなたのしたことは犯罪なんでしょ」

「犯罪じゃない。仕事がほしいという土建屋連中から、金を受け取っただけだ」

「で、仕事があげられるの？」

「全員には無理だ。しかしそれはあいつらも納得尽くだ」

「仕事をもらえなかったことを逆恨みされて会社に訴え出るかもしれないでしょ」

「そのときは、会社が始末をつけるさ。除染現場なんだぞ。普通の現場じゃない。日本中が注目しているんだ。そんな現場の不始末を、会社が白日の下に曝すわけがないじゃないか」

それはおれの希望的観測でもあった。

しかし嫁はそうは考えなかった。退職金全額と家の権利の譲渡手続きを要求した。聞き入れられないのであれば、マスコミにすべてをぶちまけるとおれを脅した。従うしかなかった。嫁の要求を鵜呑みにし、おれは一億円の入ったボストンバッグを抱えて日本から逃げ出したのだ。

一時間ほどかかっただろうか、視察団の具体的な受け入れの打ち合わせを終え、鳥飼が部屋を後にした。

「なるほどね」

鳥飼の背中を見送ったアユが腕組みをして呟いた。日本語だった。

「何を納得しているんだ」

おれも日本語で返した。ソファーに腰を下ろして、鳥飼が持参した書類を確認した。

「あんたの呪いの根源だよ」

アユが窓辺に歩み寄った。

「呪いの根源？」

「そう。どうしてバリアンでもないアオキが、あれほど強い呪いを発揮できたのか、ということさ」

「ほう、興味深いお話ですね。ドクターのお説をお聞きしましょうか」

おれは未だ呪いを莫迦にしている。

島にいるときは、ぼんやりと信じる気にもなりかけたが、日本に戻り、大都会東京を目の当たりにすると、そんなもの、ただの戯言にしか思えない。

——コンプレックスだ。

アユの言葉が島の言葉に戻った。それだけで言葉の響きに説得力が増す。

——おまえはさっきの男に、とんでもないほどのコンプレックスを抱えていた。いや、それだけではない。殺意とも思える悪意を発散していた。

——ドクターが読心術まで使われるとは意外です。

——よほどの苦労をしたんだな。

揶揄《やゆ》したおれを置き去りにしてアユが言った。憐れむ口調にムッとした。

——いつからだ？

——は？

――おまえはいつから、さっきのあいつのようになりたいと、努力してきたんだ。

――さっきのあいつ？　鳥飼のことか？

――あの男は、前におまえが働いていた会社のボードメンバーなんだろ。

ボードメンバーとは役員のことだ。

――その地位をおれが羨んでいるとでも？

――無理をするな。アカサカの社員数はどれくらいいるんだ。

――さぁな。一万人か二万人くらいじゃないか。興味もないね。

――たったそれだけなのか？

――関連会社も入れれば、五万人か十万人か。そこから仕事を請け負っている会社の作業員まで含めると、百万人は超えるだろう。いやもっとかも知れん。

たったと言われて意地になった。しかし員数を口にした途端、そのヒエラルキーの頂点に立つ同期の鳥飼が堪らなく羨ましく思えた。

そう――

頂点を目指すおれの努力は小学生の時から始まっていた。中学受験だ。もちろん塾にも通った。高校、大学と受験勉強に終わりはなかった。

一九八二年に大学を卒業した。その時点で日本は世界最大の貿易黒字国だった。多くの新卒者が商社を希望した。

おれは当たり前のように中央官僚を目指したが、ここで最初の挫折を経験した。なれなかったわけではない。なろうと思えばなれた。しかしその組織の中で、競合する連中のことを考えると、頂点は無理に思えた。鶏口牛後の訓《おし》えに従い、おれは民間企業を選択した。

商社かゼネコンの二択を迫られた。軽佻浮薄嫌いを気取って、おれは後者を選んだ。そして入社後も競争が終わることはなく――。

考えただけで憂鬱になる。

いつの間にかおれはソファーで、前屈みの姿勢のまま自分の世界に溺《おぼ》れていた。窓枠に凭れて腕組みしたアユが、見下すような視線を送っている。

「そんなことより、今後の予定はどうなっているんだ」

あえて日本語で質問した。

「島に帰る。ほかに何かあるのか？」

「何のためにミチコを日本に連れ帰ったと思っているんだ。然るべきホスピタルに入院させる約束だろうが」

「そんな約束をした覚えはないが」

「ラモとの約束だ」

「だったら、あの男に言え」

「金は？」

「金？」

「そうだ。おれは日本円で一億円近い金をラモに預けてあるんだ」

「ラモから返してもらうんだな」

アユが窓辺から離れ自分の寝室に消えた。

おれは預かっていたモバイルフォンでラモに連絡した。

ラモは会談の成功を喜んでくれた。おれはラモに、当初から予定したとおり、ミチコを施設に入れてから島に戻ると告げた。施設に入れるためにはそれなりの費用が必要だ。費用が確定次第、連絡を入れるのでそれをおれの日本の口座に振り込んでくれるよう依頼した。当然のこととしてラモは快諾してくれた。

当座の金は二万ドルを持参していたので、一ヵ月くらいは持つだろう。しかし一泊四十万円を超えるインペリアルスイートは、さすがに無駄に思えるので、同じホテル内で部屋を移動すると告げた。ラモはそのまま滞在してくれと言った。代金はラモの組織で持つということだった。おれは素直に、その厚意に甘えることにした。

その七日後、部屋に備え付けのパソコンを開いたおれは悲鳴を上げた。すぐにモバイルフォンでラモに連絡した。しかしモバイルフォンは解約されていた。固定電話から連絡した。呼び出し音は鳴らなかった。

――お掛けになった番号は……

英語のアナウンスが聞こえただけだった。

26

午前八時、砂利を敷き詰めた仮設駐車場に、音割れした音楽が鳴り響く。日本人なら誰でも馴染みのあるラジオ体操だ。三十人前後の作業員に混じって、おれも背伸びの運動を始める。還暦を目前に控え、まさか土木作業現場で働くとは思ってもみなかったが、それでもおれはまだ若いほうだ。ラジオ体操をする作業員の大半は還暦を越えている。

「手抜きはダメだよ。事故に繋がるからねぇ」

間延びした声で注意するのは施工管理を担当する篠原《しのはら》 隆平《りゅうへい》、六十八歳だ。

「暖とってんじゃねえよ。おめえもやれよ」

おれの隣の列でチンタラ体操をする若造が小声で不平を口にする。若造といっても四十歳は過ぎている。ドラム缶焚火で背中を炙っている篠原が気に食わないのだろう。篠原以外にも現場監督がもう二人いるが、どちらも七十歳近い年齢だ。三人でドラム缶を背負っている。

施工管理は現場を監督する仕事なので、おれたちのように作業をする必要はない。それでも寒風の中、あの連中の年齢で、足踏みをしながら一日立っているのはキツイだろう。

朝礼が終われば、おれたち作業員は、三班に分かれて現場に向かう。土砂崩れで寸断された道路の補修作業だ。おれは重機の操作ができないので、専ら担当するのはスコップ仕事だ。作業終わりには竹箒に持ち替える。

現場に入ったら何も考えない。午前十時から十五分間の休憩がある。持参した保温水筒の茶を飲んで、喫煙者は現場の灰皿の脇で忙しげに煙草を吹かす。次の休憩までのニコチンをしっかり溜め込む。

幸いおれには喫煙の習慣がなかった。何が幸いかといえばおれは高血圧症なのだ。若いころからその兆候はあったが、現場に入る前の健康診断で百八十というとんでもない数字が出てしまった。

「これじゃうちでは採用できないね」

でっぷりした総務部長にあっさりと言われてしまった。

「よくこんな診断書を持参したよね」

呆れられたりもした。

総務部長が作業着を着ているような会社だ。本社はプレハブ二階建てで、一階が作業員の溜り場、二階が事務所兼応接室だった。部長は絵に描いたようなチェーンスモーカーで、このご時世に応接テーブルの灰皿には吸殻が山になっている。

おれは縋り付く想いで、無愛想な部長に採用を頼み込んだ。それまでどれだけの数のバイトに応募したか。面接したか。もうヘトヘトに疲れていた。精神的に参っていた。なけなしの金を叩き、健康診断まで受けたのだ。引き下がれなかった。終いには土下座までした。異臭のする絨毯に額を擦り付けて哀願した。

「しょうがねえなあ」

五分刈りの頭をガシガシと掻きながら、部長が女子事務員に声をかけた。

「おい、いつものやつあるか」

同じくらいでっぷりした体軀の事務員が、事務机の一番下の引き出しを開けた。出っ張った腹が閊《つか》えるのだろう、それだけで鼻息が荒くなった。

「いくつ？」

「二袋だ」

事務員がおれの手元の床に何かを投げて寄越した。袋入りのトロロ昆布だった。

「食ってみろ」

部長に言われ袋の封を切った。ひと摘み千切って口に入れてみた。

「違ぇよ。団子に丸めて食うんだよ」

言われるままにした。ギュウギュウに握ると、二袋分のトロロ昆布は、ゴルフボール程度の大きさになった。

口に放り込むと甘酸っぱさに唾液が迸った。その唾液を吸ってトロロボールが膨張した。両手で口を塞ぎ、歯でボールを嚙み解《ほぐ》しながら、舌で喉に送り込んだ。

何度も噎《む》せた。胃が逆流した。涙で顔をドロドロにしながらなんとか吞み込んだ。口を思い切り開いて、舌をいっぱいに突き出して。部長に口の中をアピールした。

「汚ぇもん見せんじゃねぇよ」

唾を吐いた部長がソファーを立って自分の席に戻った。

「あのう、面接は――」

恐る恐る訊ねた。こんなことをさせられたのだから、採用してもらえるのだろう。

「十五分待ちな」

それが部長の答えだった。

「五百円」

床に手を突いて部長を見上げるおれの頭上で声がした。向き直ると事務員が掌を差し出していた。ずいぶん立派な太腿だと、おれは不埒なことに感心した。

「五百円」

繰り返した。トロロ昆布の代金か。ズボンのポケットから小銭を取り出した。五百円に足りなかった。上着のポケットから財布を出して、一枚だけ残った千円札を取り出した。「フン」と鼻を鳴らして、事務員が乱暴におれの手から千円札を捥ぎ取った。そのまま自分の席に戻って帳簿を捲ったりしている。

「あのう、お釣りは？」

「一袋五百円」

「ぼったくりだな」

部長が笑った。

「ま、なんだ、サービスで測ってやれよ。手間賃だ」

憮然とした事務員がキャビネットから（血圧計）とマジックで手書きされた麻袋を引っ張り出した。袋から器具を取り出した。

「上着を脱いで、テーブルの上に腕を置いて」

言われるままにし、事務員に血圧を測ってもらった。

「九十の百五十」

事務員の言葉に部長が肯いた。

「ぎりセーフだな」

すぐに近くの病院に行って、健康診断を受け直せと言われた。受診料の持ち合わせがないと言うと、日当からの天引きを条件に貸してくれた。

そんなこんなで、おれはその零細土木会社に採用され、半年前から日給月給で土木作業に従事するようになったのだ。

従事、か。

思わず苦笑を漏らしてしまうが、他に言いようがないだろう。たとえ末端土木作業員であろうが、仕事があるときだけの日雇いであろうが、日当が九千円で、そこから仕出し弁当代を六百円天引きされる身であろうが、働いているのだから従事だろう。

　角形スコップで砂利混じりの土を掘り起こしながら、あの日のことを思い出す。鳥飼との会談を終えた翌日、アユは日本を後にした。おれはミチコと二人で日本に残った。ミチコを然るべき施設に入れて、おれ自身も島に戻るつもりだった。それまでの間はラモの言葉に甘えて、スイートルームでのんびりした。

　そしてアユが島に戻って七日目の朝、日課にしていたパソコンの画面を開いておれは思わず顔を綻ばせた。おれが見ていたのは『ビンタン・タイムズ』のホームページだ。あの島の州都で発行される英字新聞で、観光関連のニュースが多く掲載される。

　その一面に、アンギン・ヌサ計画が大々的に報じられていた。驚いたのはＡ＆Ｂ社が未だ健在だったことだ。もとはと言えば、おれとバグシーの名前にちなんで命名されたその会社が、赤坂とオプション契約を結んだというのが記事の中心話題だった。オプション契約というのは、正式な契約に先立って締結する、交渉の優先権を互いに認め合う契約だ。

　記事にはラモの名前まで記載されていた。その契約を橋渡しした実業家として、あの島にラモが展開する高級レストランが数軒紹介されていた。

　バグシーと握手する鳥飼の写真。

　その中央後ろに一歩下がって満面の笑顔を見せるラモ。

「ん？」

　綻んでいたおれの顔が微かに強張った。三人が写っている画像にカーソルを合わせてクリックした。画像が画面いっぱいに拡大された。

「誰だ！　こいつら」

　間の抜けた声がこぼれ出た。

　鳥飼は本人に間違いない。しかしラモとバグシーは、おれの知らない人物だった。確かにひとりはイタリア系、そしてもうひとりはインド系に見えなくはない。しかし違う。見れば見るほど、まったく見覚えのない男が二人満面の笑みを浮かべている。

「どういうことなんだ！」

おれは悲鳴を上げた。それからモバイルフォンで、固定電話で、ラモに連絡しようとしたが、連絡どころか通話さえできなかった。

――地下に潜ったのか。

混乱する頭でそんなことを考えた。ありえないことではない。あの二人は表舞台で実業を営むような人間ではないのだ。

とにかく島に帰ろう。

フロントに電話を入れてチェックアウトを伝えた。デポジットからの超過分、百二十五万円を請求された。おれの手元には二百万円を下回る金しかなかった。宿泊費を支払っても、渡航費用には十分足りる。

だがもし島に戻って奴らとコンタクトできなければ――。

その懸念がおれを躊躇させた。ミチコとふたり、一文無しになった状況で、島にいるのが正解なのか、日本に残っているのが正解なのか。あれこれ考えた挙句、おれは日本に留まることにした。当然の選択だろう。

ラモから、アユから、あるいはバグシーから連絡があるかもしれない。そんな淡い期待に賭けるしかなかった。

先ずは格安ホテルに移動した。そのホテルを連絡先として、前のホテルに伝え、ジリジリとしながらホテルの部屋の電話が鳴るのを待った。そしていよいよ金が尽き始め、おれは待つことを諦めた。

問題はミチコだった。島を離れてからミチコはほとんど寝てばかりだった。アユが薬を飲ませたのかも知れないが、大人しく暮らしていた。

ホテルを変わってからそのミチコに変化が見え始めた。覚醒する時間がだんだんと長くなった。しかも覚醒しているときのミチコが露わにするのは、老人の人格だった。ほかの人格が表に出ることがなくなった。ミチコは、性格だけでいえば、口うるさい老人になってしまった。同じ老人の人格でも、島にいたときとの違いは、暴力的ではなくなった。その代わりに口汚さが酷くなった。目に付くあらゆることに文句を言う。

そのうちミチコは、長い髪が鬱陶《うっとう》しいと、ホテル近くの散髪屋で坊主頭にしてしまった。着るものは着るもので、身軽な恰好がいいと、これも近くの洋品店で、上下揃いの黒いジャージを買い求め、二十四時間、その姿で過ごすようになった。

そのうちおれは、自分が一緒に暮らしているのが女性なのか老人なのか、分からなくなってしまうようにさえなった。

27

錆《さび》だらけの外階段をカツン、カツンと安全靴の音を響かせて一段、一段、手摺《てすり》に掴まり、踏み締めるようにおれは上がる。疲労が身体を重くしているのだ。階段を上がってすぐの部屋、二〇一号室が、おれとミチコが暮らす部屋だ。宿舎として会社が借り上げてくれたのは、板の間三畳の台所と六畳の和室があるだけの老朽アパートだ。

「ただいま」

ベニヤ板で補強しているペラペラのドアを開ける。

遠慮がちに声を出して、パンパンに腫れ上がった足から安全靴を脱ぎ取る。ムッと足臭が発散する。靴下もろくに洗っていないのだから仕方がない。基本土木作業は週休一日だ。実働時間は七時間半。朝の八時から夕方五時まで、間に一時間の昼食休みと、午前と午後に十五分ずつの小休止がある。

それだけならともかく、現場には会社のバンで運ばれる。今の現場は少し距離があるので、集合場所である会社の駐車場には、朝六時四十分までに行かなくてはならない。自宅アパートから会社までは徒歩で三十分掛かる。だから毎朝六時前にはアパートを出るようにしている。帰りはその逆だ。夕方五時に仕事を終えて、後片付けや何やら、会社に戻るのが午後六時半くらいになる。そこから徒歩でアパートに戻る。

「通勤用の自転車が欲しいんだが」

一度ミチコに頼んでみた。家計はすべてミチコが握っている。

「何だと？」

ジャージ姿で胡坐を掻いたミチコに睨まれた。

「いや、もちろん新品じゃなくていいんだ。会社の近くにリサイクルショップがあって、一番安いやつなら二千円くらいで……」

ミチコに睨まれ続けると声が先細ってしまう。結局強く言えないまま自転車の件は有耶無耶になり、おれは今でも徒歩通勤だ。

夜の七時過ぎにアパートに辿り着いて、それでおれの一日が終わるわけではない。先ず夕飯の用意をしなくてはならない。ミチコが昼間食い散らかした食器やゴミを片付けて、二合の米を炊飯器にセットする。スイッチを入れ炊き上がる前にオカズを用意する。

これがなかなか難しい。味に関してだけ言えば、ミチコには、あの島の記憶が残っている。ナシ・チャンプルを作れだの、ミィ・ゴレンが欲しいだの、その日の気分であれこれ注文される。おれにも味の記憶はあるが、自分で作ったことなどほとんどない。スーパーでいくつか買い揃えた香辛料で、それらしく作ってみるのだが、ミチコの口に合わないときは、皿をひっくり返して怒鳴られる。延々と作り直しを命じられる。

「こんなものが食えるか！　飯もろくに作れんような奴は叩き出すぞ」

理解できない恫喝を吐き散らしながら散乱した飯を踏み付ける。いったいミチコはおれを何だと思っているのだろう。金を稼いでいるのも、買い物をするのも、洗濯も、部屋だけでなく、風呂やトイレの掃除も、飯を踏み潰したミチコの足裏を拭くのも、すべておれがやっているのだ。

そんなおれにミチコは遠慮会釈なく命令する。飯の作り直しだけではない。自分が皿をひっくり返し、散乱した飯も「おまえが食え」と命令するのだ。

「馬鹿野郎。誰が手を使っていいと言った。直接口を付けて食え。舐め取って綺麗にしろ」

おれは言われたとおりにする。

ミチコの責めは深夜まで続く。

何しろミチコは昼過ぎに起きて、シャワーで沐浴をして、午後は寝転がってテレビを観る生活なのだ。それに引き換えおれは、ヘトヘトになって帰宅している。そんな状態で皿をひっくり返され、罵詈雑言を吐かれたら泣きたくなってしまう。いや実際におれは、毎晩のように泣いている。情けなさに堪らなくなる。

かつておれは、スーパーゼネコンのエリートだったのだ。そのあとで挫折したとはいえ、五千人近くの作業員が働く現場の所長だった。それが今では、作業員十名足らずの会社の末端土木作業員として、毎日、スコップで穴掘りをする身分だ。

どこでどう間違ったのか、よくよく考えてみても、おれに落ち度らしい落ち度はなかった。その時々で、求められた役割を必死で果たそうとしただけだ。

西村はどうしているのだろう？

清水はどうなったのだろう？

ようやくミチコが寝てくれた六畳間の隅の暗がりで、そんなことを考えてみたりする。蒲団はミチコが独占している。寝付きにくいと、おれはリサイクルショップで買った寝袋で眠るよう命じられた。

島に帰ればよかった。

どうしてあのタイミングで、つまり『ビンタン・タイムズ』にあの記事が掲載された時点で、島に帰らなかったのか。

おれはずいぶん後悔した。

たとえラモやバグシーが頼りにならなくても、あの村に帰れば良かったのだ。「いつでも待っている」と、村長も言ってくれたではないか。マデも少年らしい屈託のない笑顔で迎えてくれるだろう。マデの母親が飯も作ってくれる。台所に足を運んで、自分の食う分を分けてもらえばいいのだ。

仕事か？

確かにまともな仕事には就けないだろう。しかしモグリのガイドでもやる気なら、暮らしていくくらいの稼ぎは得られたのではないか。

暮らしていくくらいと言っても、飯の心配は要らない。持つ者が、持たざる者に分け与えるのを当然と考える連中なのだ。

家賃にしてもそうだ。土地そのものは国の所有で村長が管理していることになっているが、家は、おれがおれの金で建てた家だ。だれも家賃を払えとは言わないだろう。

着るものにしても心配はない。赤道付近に位置する島は常夏だ。暑ければ水を浴びて日陰で涼めばいい。寒さに震えることなど一切ない。

それもこれも今は昔の物語だ。

今はあの国に入国することさえ不可能になっている。コロナの世界的な蔓延で、海外からの入国が厳しく制限されるようになったのだ。例の計画も頓挫したようだ。そりゃそうだろう。建築資材のほとんどを中国に頼っている昨今だ。計画が頓挫するのも無理はない。

どっちにしても現在のおれとは無縁の話だ。

乱暴で遠慮のないミチコの鼾に眠りを妨げられながら、おれは毎夜臍《ほぞ》を噛む。とっくに諦めているはずなのに、思い出すのだ。あの時点で手を引いていれば。そう考えるあの時点はいくらでもあった。どのタイミングであろうが、今よりは、遥かにまともな暮らしができたはずだ。

いや、そうでもないか。

俺は思い直す。たいていは不機嫌に怒ってばかりのミチコだが、最近、機嫌のいい時には笑顔を見せてくれるようになった。滅多にあることではないが、それだけでおれはすべてが報われた気持ちになれる。

翌日の朝食を考える。

何を食わせればミチコは喜んでくれるだろう。

笑顔を見せてくれるだろう。

卵が三個残っている。ミチコの好きなスクランブルエッグを作ろう。バターをたっぷり溶かしたフライパンで手早く作るのだ。

ベーコンもまだある。いや、安売りでまとめ買いしたハムを、早めに使ったほうがいいか。果物がない。明日の朝、一時間早めに起きて二十四時間営業のスーパーで苺を買おう。

蜂蜜は？

ミチコから与えられている食費の残りを思い出す。まだ月半ばだ。蜂蜜は贅沢だろう。とりあえず、明日のところは上白糖で我慢してもらおう。

それから、それから、それから――

おれの想いは、小型冷蔵庫の中を子鼠のように這い回る。流しの下も覗きに行く。

そうだ胡瓜のピクルスがあった。砂糖を塗して酢漬けにして、赤唐辛子を少し多めに入れた。ピリッと辛いはずだ。甘くて酸っぱくて辛い、このコンビネーションはタイ料理が本場だろうが、あの島の人間も好んで食べる味だった。

ミチコも美味いと言ってくれるに違いない。胡瓜をポリポリと齧るミチコの姿を思い浮かべ、おれは寝袋の中でクスリと笑う。幸せを感じる。

book design
岡孝治
photo
pashapixel / PIXTA（ピクスタ）
&
© G & M Therin-Weise/Robert Harding/amanaimages

本書は書き下ろしです。

赤松利市（あかまつ・りいち）

1956年香川県生まれ。2018年、「藻屑蟹」で第1回大藪春彦新人賞を受賞しデビュー。20年、『犬』で第22回大藪春彦賞を受賞。その他の著書に『ボダ子』『アウターライズ』『白蟻女』、エッセイに『下級国民A』がある。

風《ふう》致《ち》の島《しま》

二〇二〇年十一月十六日　第一刷発行

著者　赤《あか》松《まつ》利《り》市《いち》

発行者　渡瀬昌彦

発行所　株式会社講談社

〒一一二-八〇〇一

東京都文京区音羽二-一二-二一

電話　出版　〇三-五三九五-三五〇五

販売　〇三-五三九五-五八一七

業務　〇三-五三九五-三六一五

本文データ制作　講談社デジタル製作

印刷所　豊国印刷株式会社

製本所　株式会社国宝社

ISBN978-4-06-521564-7 N.D.C.913 342p 19cm